Sonhei que amava VOCÊ

TAMMY LUCIANO

Sonhei que amava VOCÊ

valentina
Rio de Janeiro, 2014
1ª edição

CAPA
Marina Avila

FOTO DE CAPA
Mariesol Fumy / Trevillion Images

FOTO DA AUTORA
Simone Mascarenhas

DIAGRAMAÇÃO
editoriarte

Impresso no Brasil
Printed in Brazil
2014

CIP-BRASIL. CATALOGAÇÃO NA PUBLICAÇÃO
SINDICATO NACIONAL DOS EDITORES DE LIVROS, RJ

L971s

Luciano, Tammy
Sonhei que amava você / Tammy Luciano. - 1. ed. - Rio de Janeiro: Valentina, 2014.
296p. ; 23 cm.

ISBN 978-85-65859-45-5

1. Romance brasileiro. I. Título.

14-16232
CDD: 869.93
CDU: 821.134.3(81)-3

Todos os livros da Editora Valentina estão em conformidade com
o novo Acordo Ortográfico da Língua Portuguesa.

EDITORA VALENTINA
Rua Santa Clara 50/1107 – Copacabana
Rio de Janeiro – 22041-012
Tel/Fax: (21) 3208-8777
www.editoravalentina.com.br

Dedicado a Luiz Luciano, meu pai. Grande parceiro dos meus sonhos,
felicidade nos meus dias, me ajudou a caminhar, acreditar e
para quem adoro contar que escrevi mais um livro.

"Tudo que você conseguir imaginar é real."
(Pablo Picasso para Frida Kahlo)

UM

Fui pega pela senhorita surpresa

Eu posso garantir: no final, o que foi sonho foi sonho e o que foi real é pura realidade. Sonho e realidade terão certeza: não viverão um sem o outro. Boa viagem!

Um pássaro invadiu a loja e fiquei olhando a sua tentativa desesperada de sair pela janela. Pensei em ajudar, mas, antes que eu movesse meu corpo, vi o bichinho inclinar levemente o peito, erguer a cabeça e reconquistar o ar livre. Corri até a janela e fiquei observando aquele bater de asas, o alívio do animalzinho e, depois da angústia da prisão por poucos segundos, a sensação de liberdade, de ganhar o mundo inteiro para viver. Eu também queria esse mundo para viver!

Caminhei até a minha mesa, enquanto tocava *Pump It*, do Black Eyed Peas, dançando desordenadamente, jogando as mãos para a frente, girando a cabeça e feliz por não estar sendo observada por ninguém. Sentei rindo de mim mesma e me sentindo mais leve. Honestamente, nunca fui de alimentar problema, pelo contrário, sempre amei me renovar em doses sinceras, não ficar supervalorizando nada além dos bons momentos.

Fiquei parada, com aquela sensação maravilhosa de sangue *correndo* pelo corpo. No último ano, algumas mudanças e outros assuntos absolutamente congelados tinham me transformado por dentro. Mesmo quando nada muda nos nossos dias, estamos sofrendo mutações profundas. O tempo leva quem fomos e nos apresenta alguém que temos que conhecer na frente do espelho todos os dias.

A maior movimentação atualmente dizia respeito a ter aberto uma loja com minha melhor amiga Leandra, a Lelê, finalmente realizando o sonho de trabalhar com móveis antigos, decoração, moda, numa misturinha boa e um pouco diferente do comum. Afinal, procurávamos roupas, acrescentando detalhes especiais, e objetos antigos, literalmente na operação garimpo. Trabalhávamos em cima da peça, restaurando e repaginando não só poltronas, mesas, cadeiras e sofás, mas peças vintage, fazendo o velho virar antigo e esse antigo muito atual.

A ideia da loja nasceu do enorme sonho da Lelê em trabalhar com decoração, em um dia bem sem graça, depois que fomos a um churrasco cheio de promessas, porém mais desanimado que uma reunião de octogenárias debatendo crochê e tricô.

– Não arrumei namorado rico, então terei que trabalhar. – Ela soltou uma deliciosa gargalhada e bateu no meu ombro, selando um pacto que rapidamente deu certo. Não havia chance de eu correr da proposta. Lelê só tinha a mim como opção de sociedade e eu a adorava tanto a ponto de apostar em qualquer de suas ideias. No dia seguinte, acordou com tamanha determinação para abrir nosso negócio, que me deixou meio sem graça de lembrar da possibilidade de não dar certo.

Conheci Lelê por acaso. Eu morava duas ruas antes. As amigas do prédio detestavam o grupinho da minha futura sócia. Eu tinha má vontade só de escutar o nome de qualquer uma das garotas. A gente frequentava as mesmas festas, mas não nos olhávamos. Birra idiota de garotinhas mimadas. Tínhamos 13 anos nessa época. Um dia, as meninas da minha rua foram ao aniversário da prima de uma outra, da rua da Lelê. Sobramos, não fomos convidadas. Nos restou sentar na beira da calçada e ficar conversando. Horas de papo, curtindo cada assunto e descobrindo afinidades. Daquele dia em diante, não nos separamos mais. Viramos grude. Nós nunca brigamos, tínhamos muito em comum e tantas conversas nos fizeram as maiores e melhores amigas do mundo.

Nunca conheci quem gostasse mais de blogs de decor. E eu amava o *old is cool*. Apaixonada por moda e tecido acabei transformando um canto da nossa loja em uma espécie de butique de roupas vintage, um estouro, e minha responsabilidade na sociedade. A mãe vinha comprar uma poltrona antiga, renovada com tecidos coloridos, e a filha mergulhava em saias no joelho com tule, sapatos boneca, bolsas de mão exóticas, colares anos 50 e blusas com rendinhas. Algumas peças nós mesmas confeccionamos, outras a gente customizava para ficar com a nossa cara, e algumas poucas, compradas, recebiam tratamento VIP para ganhar nosso estilo. Para nossa sorte, minha mãe entrou como quase sócia do empreendimento e o local se tornou um sucesso desde o início.

Naquele dia eu ficaria sozinha na loja todo o tempo. Lelê visitaria uma cliente, esposa de um jogador de futebol, interessada em comprar de uma só vez várias peças para o recém-reformado apartamento, cheio de cantos perfeitos para cristaleiras, mesas antiguinhas, combinando com sofás caros cor nude e papel de parede off-white.

Permaneci sentada no escritório, um silêncio incômodo, o barulho de um carro freando ao longe. A loja estava completando um ano, um sonho realizado, mas, fora ela, minha vida amorosa estava pacata demais. Ultimamente, eu andava com uma sensação íntima da chegada de grandes acontecimentos. Não podia reclamar, os dias estavam ótimos, eu tinha sorte na vida de ser de uma família unida, ter amigos maravilhosos e, com apenas 22 anos, ter acertado a parte profissional.

Não foi fácil, até pela pressão familiar, todo mundo querendo decidir por mim o que eu deveria fazer, mas depois de me sentir levemente perdida, agora estava por cima. Convencer minha família do que eu desejava parecia tão difícil quanto manter meu peso.

Só para vocês entenderem: morávamos eu, meu pai, minha mãe e meus irmãos Carlos Eduardo, o Cadu, e Carlos Rafael, o Cafa, quatro anos mais velhos do que eu. Meus irmãos, gêmeos idênticos, lindos, carregavam a legenda de "os gatos do Recreio", isso porque morávamos no Recreio dos Bandeirantes, no Rio de Janeiro. Nunca fora muito fácil ser irmã dos "mais mais" do bairro. Eles faziam tanto sucesso... na maior parte do tempo era engraçado ser a irmã dos caras perfeitos. Assumo que muita gente se aproximava de mim por esse singelo detalhe. Garotas simpáticas até demais, forçadamente minhas melhores amigas casuais, que no dia seguinte passavam por mim na academia e mal lembravam que tinham me oferecido uma viagem a Miami em troca do corpinho de um deles.

Os dois tinham a combinação perfeita de serem altos, atléticos, morenos, cabelos lisos jogados, olhos cor de mel, dentes perfeitos, sorrisos radiantes, surfistas, adoravam se divertir... Mesmo assim tendo muito senso de responsabilidade, estudando e trabalhando, viviam animados e pareciam carregar a certeza de terem ganho a carimbada de uma estrela para o resto da vida.

Cadu queria trabalhar com restaurante, ainda bem alguém correspondia ao sonho materno. Cafa desejava ser médico, e meu pai, Juiz, adorava a escolha, seguindo a carreira do meu avô paterno. Cadu fazia MBA em administração, cursos de gastronomia e vivia envolvido na criação dos pratos do restaurante da minha mãe, o Enxurrada Delícia. Cafa, no primeiro ano da residência, fazia estágio na clínica de um amigo do meu pai, dermatologista, e sonhava em trabalhar na emergência de um grande hospital.

Meus irmãos, tão resolvidos em suas escolhas, acabavam sendo um leve problema para mim. Meus pais queriam saber qual das carreiras eu gostaria de cursar. Eu podia escolher qualquer área da gastronomia, qualquer especialidade médica, qualquer profissão ligada ao Direito, mas se eu falasse "quero ser cantora" estaria decepcionando a família profundamente. Durante anos carreguei uma culpa. Eu nunca seria dona de um restaurante, achava a coisa mais esquisita que se tem notícia, comidas frescas, pratos preparados com urgência, acordar às quatro da manhã, correria para limpar o lugar, preocupações com funcionários, criação de novos pratos, gentilezas e clientes sempre com razão. Olha que minha mãe fazia sucesso e recebia visitas frequentes de atores da Globo que saíam da gravação no Projac e iam jantar, muitas vezes invadindo a madrugada na companhia de um bom vinho. Atores e atrizes são pessoas estranhas. Duas da manhã querem jantar e encontrar tudo aberto em plena segunda-feira. Só mesmo a paixão pela gastronomia para explicar tanta dedicação da minha mãe, que aprendeu com a minha avó, que aprendeu com a bisa, que aprendeu com a tataravó... Eu mal sabia fritar um ovo.

Escolher uma carreira para a vida toda me amedrontava. E se depois de quatro anos eu tivesse certeza de ter escolhido a carreira errada? Várias vezes interrompi equações medonhas, olhava para o papel como quem observa o nada e concluía não ter mesmo a menor ideia do que faria na vida.

De um lado, Cadu dizia:

– Irmã, faz gastronomia! Vamos criar pratos no restaurante da mamãe.

Cafa gritava do corredor:

– Nada disso, a Kira vai fazer medicina, vamos abrir uma clínica aqui no Recreio.

Vez por outra, meu pai levantava a voz da cozinha dizendo:

– Ela será Juíza como o papai aqui!

Ai, ai... Honestamente? Não me via em nenhuma dessas profissões. Como externar isso, assumir para todo mundo quão desorientada eu estava? Eles se decepcionariam?

Enquanto ficava no restaurante almoçando, estudando, pensava no meu futuro profissional. O barulho dos pratos não incomodava mais. O entra e sai dos garçons eu também não notava. Puro costume com a agitação, com a rotina do restaurante e aquele caos instalado antes da chegada dos clientes da noite, mas isso não significava querer aquilo para mim. Por fim, decidi cursar administração, o que deixou Cadu empolgadíssimo, achando que eu tinha escolhido trabalhar, de alguma forma, no Enxurrada.

E foi assim que um dia, depois da conversa séria com Lelê, descobrimos que nossos sonhos podiam caminhar juntos, fazendo nascer a Canto da Casa. Não foi fácil convencer meus familiares sobre querer algo completamente diferente de tudo que tinha sido feito até então.

Minha mãe, uma querida, me apoiou e esteve comigo nas discussões preliminares sobre o assunto. Participou ativamente durante o processo de aluguel da pequena casa, vizinha de um centro comercial do Recreio, nos ajudando com a documentação absurda e me presenteando com um dinheiro valioso capaz de dar um gás inicial que, sozinhas, eu e a Lelê não conseguiríamos levantar. Em poucos meses, a casa ficou linda, pintada num rosa velho por fora e branquinha por dentro. A proprietária, dona Fafá, uma senhorinha de 75 anos com jeito de mais nova do que eu, nos adorou, falando gírias modernas e parecendo sair de uma novela, diminuiu o valor do aluguel quando nos conheceu melhor. Eu passei a chamá-la de sócia, e ela, vez por outra, nos procurava na loja para tomar um chá ou um *espresso*.

Meu pai não foi contra a minha decisão, mas também não foi a favor e muito menos abriu um sorrisão. Quando inauguramos a loja, no fim da festinha, me abraçou orgulhoso de me ver lutando pelo que eu queria, mesmo não sendo o que ele desejava. Daquele dia em diante, ninguém mais questionou meu desejo de empreender. Em pouco tempo, nossa proposta jovem, moderna e com um estilo diferenciado agradou em cheio às garotas do Recreio que vinham nos visitar. Viravam clientes assíduas depois de uma segunda visita, comprando poltronas reformadas com tecidos coloridos e modernos, e roupas capazes de ser o must da noite. Em breve conquistaríamos o Rio!!!

Nesse período, além das questões profissionais, muitas reflexões faziam minha vida emocional mudar, transformando dias e mostrando como existem mistérios e novidades capazes de nos reinventar dentro das mesmas pessoas que seremos para sempre.

Demorei a me dar conta desse novo acontecimento, achava que a única preocupação deveria ser a loja e o sonho de ser empresária, até pouco tempo tão inalcançável como namorar o galã mais lindo da novela. Pensava no negócio quase 24 horas por dia. Não queria decepcionar meus pais, perder tempo em dúvidas e mostrar fraqueza para as pessoas que mais amo. Minha mãe investira muito dinheiro nos nossos planos e a Canto da Casa precisava e iria dar certo.

De alguma forma, depois das adaptações à nova vida, comecei a lamentar não ter um namorado. Confesso, sentia falta. Ter alguém é tão bom, sentir a presença de um parceiro especial, chegar a uma festa acompanhada e parar de explicar o porquê de estar só. Chaaaaaaaaaaaaaaaato! Não tinha porque não tinha, se tivesse, teria. Simples assim.

Está bem, estava mentindo. Eu me sinto ridícula quando minto, pois sou uma pessoa que sempre prefere a verdade. Quase como chegar com figurino de casamento no meio da roda de amigos na praia. Eu não estava sozinha apenas naquele momento. Ainda não tinha namorado sério na vida, em dia nenhum. Vinte e dois anos e nunca namorei. Dramático. Sou descolada, resolvida, falo bem, não sou uma freak. Fiquei, beijei, encontrei alguns garotos numa média, sei lá, de três vezes por ano, mas namorar... jamais. Nada que tomasse forma e virasse algo importante no meu dia a dia. Nunca apresentei ninguém como meu parceiro e o máximo foi na saída de uma boate, indo lanchar depois com o garoto que não encontraria nunca mais. Um namoro de duas horas significava o máximo conquistado até então. Eu não tinha passado amoroso e sentia falta de nunca ter vivido coisas que não tinha a menor ideia de como seriam. Colocaria uma placa no pescoço com "procura-se um namorado" e postaria no Face? Quase todas as minhas amigas falavam de seus ex ou estavam namorando naquele exato momento, menos a Leandra, minha best Lelê. Talvez por isso até me sentisse tão parecida, igual até, e espelho da melhor amiga.

Para a Lelê, a questão ofendia mais. Eu, na rotina diária, não focava lá muito no tema namorado. Só em alguns momentos *realmente* incomodava. Nos dias em que doía em nós duas, parecíamos tão gêmeas emocionalmente como meus irmãos pareciam fisicamente.

– Posso ser franca? – Eu tinha a franqueza no sobrenome.

– Claro, Kira!

– Você é mais encanada do que eu com esse negócio de namorar. Deixa acontecer... de repente você se apaixona, ele também e está tudo resolvido. Pronto, acabou.

– Não é isso. Eu não fico pensando em ter um namorado 24 horas por dia. Na verdade, penso que nunca tive. Tô com 22 anos, igual a você, um abuso não ter tido pelo menos um namoradinho, no diminutivo mesmo.

– Não pensa, Lelê! Aliás, como pode uma garota tão divertida encucar com um assunto que, de uma forma ou de outra, algum dia, vai acontecer?

– Você não fica pensando que não namorou até hoje?

– Penso, mas sei que acontecerá um dia.

– Mas a gente está velha para não ter tido sequer um amor de verão.

– Não tivemos porque não tivemos, deixa de ser chata com isso, Lelê. Desencana e segue a vida.

– Por que tudo para você parece tão fácil, Kira?

– Porque tudo é fácil quando não é difícil, amiga. Decora isso e vai dar certo.

Para sair daquele, eca!, papo cabeça, fomos dar uma volta no Shopping Recreio. Lá, o tempo voa. É curioso que os moradores do bairro vão ao shopping totalmente desarrumados. Todo mundo trata aquele lugar como área de lazer do condomínio. Ficamos pelo menos duas horas entrando em lojas, pegando ideias para o nosso negócio, tagarelando e tendo planos mirabolantes sobre coisas totalmente sem importância. Nós nos víamos tantas vezes, mas, vira e mexe, costumávamos ter assuntos pendentes.

O shopping estava vazio, também o que esperar para uma noite de segunda-feira? Ao contrário, nossa loja tinha bombado, atendemos mais clientes do que no sábado, correria exaustiva, trash total; a gente merecia falar besteira, dar umas boas gargalhadas e escutar as histórias uma da outra. Lelê, quase todo dia, aparecia com 297 novidades, 140 dúvidas sobre si mesma e três escândalos que nasciam de madrugada. Estranhamente *aquele* dia, caminhando e olhando vitrines, minha amiga estava mais introspectiva que o normal.

– O que você tem, Lelê?

– Nada de mais. Estava pensando no que você falou sobre querer namorar. Você acredita no amor?

– Acredito, claro. Quando você menos espera, bum, o amor surge do nada.

– Mas você acha que pode acontecer na nossa idade? Hoje em dia é tudo tarde, né? A mulherada anda casando com 30, sendo mãe com 40, tendo o segundo filho com 50!

– Lelê, o que deu em você? Esqueceu que decidiu abandonar a fase garota em crise?

– Ah, nada, nem sei explicar. Tô me sentindo meio ridícula e infantil por ter me dado conta que nunca namorei sério. Nunca namoramos, Kira, isso é o fim!

– De novo isso, amiga?

– Somos bonitas, interessantes, felizes, divertidas, cheirosas, livres, saradas, adultas, empresárias e... ufa, encalhadas como um navio na beira da praia.

– Que exagero, garota dramática!

Demos alguns passos em silêncio e depois uma gargalhada enorme que fez o corredor silencioso do shopping acordar. Nos distraímos olhando as coisas mais fofas de uma papelaria.

Comprei um bonito caderno dourado, com um laço marrom brilhoso superchique o envolvendo. Andava querendo escrever. Não sabia bem o quê. Nunca levei jeito para ser escritora.

Saímos da loja dando risada com a espirituosa vendedora e entramos em uma loja de grife com vontade de comprar tudo. Escolhemos algumas peças e fomos para o provador. A loja tinha um papel de parede chique e espelhos que me faziam checar a imagem a cada segundo. Colares coloridos e longos chamavam atenção. Lelê experimentou uma saia de paetê rosa que amei. Eu experimentei um vestido de bolinha, que ela gostara. Saímos da loja de mãos vazias, a vendedora deve ter nos odiado.

Hora de jantar. Estávamos com nossos estômagos reclamando abandono. Fui caminhando e, de repente, parei na vitrine de uma loja masculina. Uma camiseta cinza chamou minha atenção e congelei. Não sabia explicar bem o que estava acontecendo, me senti incomodada com aquela roupa. Sentimento estranho, coração acelerado e não tinha a menor ideia do que estava acontecendo. Um singelo embaraço pareceu me envolver. Lelê ficou parada, tentando entender meu olhar fixo e minha mudança de humor.

– O que foi, amiga?

– Acredita que não sei. Travei! Aquela camisa. Sei lá. Déjà vu.

– Mas o que tem isso? Qual o homem marcante que passou usando essa camisa e abalou o seu coração?

– Sensação esquisita – falei, tentando buscar no meu HD da memória alguma ligação com aquela imagem.

– Sensação estranha com uma camiseta? Kira, só você! Vai ver um dos seus irmãos tem uma igual.

– É, pode ser.

Voltei para casa encucada com a imagem da camiseta na vitrine. Eu, hein! Bati a porta do apartamento, tentando lembrar de algo para explicar meu assombro ao olhar uma blusa. Nada me remetia àquela cena. Minha cabeça estava cheia de vazio. Entrei no quarto, tomei uma chuveirada e acalmei o pensamento. A vida precisa de pausas. Eu necessitava parar. Hora de dormir. Deitei na minha cama, me olhei ali e senti falta de algo que não sabia. Fiquei com o caderno dourado nas mãos, depois peguei uma caneta e escrevi na capa: *Caderno de Pensamentos da Kira!* Na primeira página, coloquei: *O que fazer quando temos tudo e um detalhe se faz ausente e tão necessário? Dos dias mais felizes, os melhores ainda nem chegaram...*

Peguei no sono e comecei a sonhar com a consciência de estar sonhando. Eu estava caminhando por um outlet a céu aberto. O simpático lugar tinha vasos de flores, lojinhas bem decoradas e belas vitrines. Passeava distraída, olhando colares, vestidos maravilhosos diretamente dos anos 50, quando, de repente, vi um rapaz na minha frente. Acelerei sutilmente o passo, achei que o conhecia de algum lugar. Ele entrou em uma loja, entrei atrás. O sonho ficou um pouco confuso. A loja que deveria ser calma, parecia não ter fim, estava lotada de gente, as paredes davam a impressão de se moverem e me perdi do desconhecido, me sentindo esmagada por um número enorme de pessoas. Depois da sensação de estresse, o tumulto parecia ter acabado, voltei a caminhar pela galeria, o rapaz estava novamente na minha frente. Foi aí que me toquei. Ele usava a camiseta cinza que vi na vitrine, a mesma de horas antes, no shopping. E o mais desconcertante foi perceber que aquela era a segunda vez que tinha o mesmo sonho… E com ele!

DOIS

Decifrando pequenos códigos

Uma garota, como tantas outras, começa a perceber que o seu mundo, aparentemente comum, também está cheio de novidades!

No dia seguinte, acordei com o silêncio típico do Recreio. Só quem mora no bairro sabe como o barulho do silêncio faz sentido aqui, com um friozinho levemente salgado da água do mar. Quando coloquei o pé no chão do quarto, escutei os Paralamas do Sucesso cantando *La Bella Luna*, lá no som da casa do vizinho: "A noite passada, você veio me ver. A noite passada, eu sonhei com você." Imediatamente me lembrei do estranho sonho que tive, andando atrás de um garoto, sem ter a menor ideia de quem ele poderia ser. Literalmente me senti recebendo uma visita em casa, sem ter noção de quem seria. Eita coisa mais bizarra!

Mais uma vez, para nossa felicidade, o dia na loja foi agitado. Lelê entregou uma mesa antiga reformada (se não tivesse dono teria levado para mim) e atendi meninas apaixonadas por vestidos modelo anos 50, batons vermelho vivo e bolsinhas com paetês.

Cheguei em casa exausta, como se tivesse carregado o meu carro nas costas, em vez de ser levada por ele. Cadu e Cafa estavam sem camisa, na varanda do apartamento, jogando um para o outro uma bola de basquete e comentando as histórias mais recentes do Dieguito e sua viagem para Las Vegas. Eu duvidava de quase tudo. O amigo do Cafa, meio mentirosinho demais para o meu gosto, não merecia muito crédito. Servia pelo menos de diversão para os meus irmãos. Dieguito não ficava com quase ninguém no Rio, bastou colocar os pés em Las Vegas e as garotas mais lindas do pedaço estavam apaixonadas por ele. Verdade ou consequência? Tirem suas próprias conclusões. Para piorar, ele tinha mais de 30 anos, só andava com a galerinha de 20 e poucos, corria de compromisso, fosse profissional ou emocional, passava quase o dia todo na praia e até em dia de chuva estava por lá, dentro do carro, assistindo DVD de Heavy Metal, na esperança da chuva parar. Um cara mimado, vivendo até hoje da mesada dos pais.

Cadu se jogou no chão de tanto rir, imaginando seu amigo, que nem sabíamos se tinha, de fato, ido a Las Vegas, fugindo por um corredor de hotel, porque foi dar ideia numa mulher casada com um lutador de MMA.

– Ué, ele não encarou? Mentira que dessa vez ele contou a verdade? – A infância parecia nunca sair da vida daqueles garotos, e que bom ser assim.

– Ninguém acreditaria se ele falasse que cobriu de porrada um lutador. – Cadu achava que o amigo do irmão parecia um personagem.

Eu gostava de olhar meus irmãos juntos, porque me sentia tão diferente e tão parte daqueles dois. Eu era bem mais baixa, 1,70 e eles, 1,85, fortes e cheios de atrativos. Meus irmãos tinham um quê de perfeição (acho que já disse isso!), belos cabelos, sorrisos, esportistas, e eu acabava não indo muito além de ser irmã de Cadu e Cafa, pelo menos assim me sentia.

Cadu tinha um temperamento calmo, Cafa, como o próprio nome diz, safado e destruidor de corações. O irmão menos comportado conseguia hipnotizar as garotas. Não raro, elas pediam meu telefone e me achavam o máximo por ser irmã dos garotos que elas tanto desejavam. Eu achava engraçado, mas me sentia levemente sem graça, como se estivesse enfeitando feito cereja as baladas dos irmãos *pops*.

Por outro lado, eu os amava e não imaginava minha vida sem eles, que tanto me protegiam.

Ficamos rindo na sala, quando meu pai chegou com o rosto cansado, colocou a maleta no chão, se esparramou no sofá, a respiração forte. Estava imerso em um julgamento desses longos, com gente poderosa envolvida, notícias nos telejornais noturnos e repórteres plantados na porta do Fórum. O acusado tinha cometido um crime hediondo e, ainda por cima, estava envolvido em acusações de desvio de dinheiro. Papai, conhecido por ser muito competente, andava estressadíssimo. Não trazia trabalho para casa, mas a gente sabia quando estava exausto.

Beijei meu pai e ficamos abraçados, enquanto Cafa contava os absurdos do Dieguito e todos gargalhavam, parecendo querer trocar as histórias do Fórum pelas do amigo do meu irmão. Fiquei deitada no seu peito, quando, de repente, algo me veio à mente: a camiseta.

Enquanto os "meninos" conversavam na sala, resolvi fazer algo ridículo. Fui no quarto dos meus irmãos e olhei as suas camisetas. Será que eu tinha cismado com uma bobagem? Primeiro, abri as gavetas do Carlos Eduardo e depois do Carlos Rafael. Por um segundo achei que a encontrei, mas nada. A cor até lembrava a da vitrine e a estampa de um índio ranzinza de olhar azedo me observava, questionando o que estava futucando nas gavetas alheias. Eles não ligariam. Só não olhei a gaveta de cuecas, certamente ligariam ou eu ficaria tremendamente sem graça ao encontrar algo pessoal que me colocasse sem ação, mesmo sem plateia.

Fui para o meu quarto, encucada, e tentei refazer os meus passos lá no shopping. Saí com a Lelê para conversar, comprei um caderno dourado de laço marrom, entrei em uma loja de roupa (milagrosamente nada compramos), e depois dei de cara com uma camiseta que me fez lembrar algo inexplicável, mas muito familiar. A seguir a mesma camiseta apareceu no meu sonho. Que mensagem aquilo tudo tentava me passar?

De alguma forma, entendi que algo meio estranho estava acontecendo comigo. Não tinha ideia, mas começava ali a viver a maior aventura da minha vida. Questões que eu não tinha a mínima ideia de como seriam, mas tinha certeza que existiam. Fosse o que fosse, descobriria.

Voltei para a sala e a família estava completa. Minha mãe acabara de chegar do restaurante, cheia de novidades, sacolas e falando sobre o novo prato de camarão que tinha criado e estava fazendo um enorme sucesso.

– Filha, adivinha quem apareceu no Enxurrada Delícia hoje?

Minha mãe dava pulinhos pela casa, parecendo uma doida, animadíssima.

– O Brad Pitt?

– A Xuxa! Como é linda aquela mulher. Olhos de Água-Marinha. Kira, linda e ainda é simples. Uma querida!

Nunca tive a sorte da apresentadora aparecer por lá e vê-la. Tinha dias que bastava eu não ir para minha mãe chegar em casa toda animadinha, anunciando que a apresentadora passara por lá para comer um salada.

Cafa, que nunca perdia a chance de fazer piada, comentou:

– E ainda adora a comida do Enxurrada. Aí, formô!

– Ô meu filho, formou o quê? Isso é uma gíria horrível que vocês falam. – Meu pai detestava os filhos falando gírias.

– Foi mal, pai.

– É igual a esse "deu ruim" que vocês inventaram. – Dona encrenca fez uma cara engraçada de decepção.

Minha mãe saiu pela casa, comemorando o dia e prometeu o jantar na mesa em poucos minutos. Ficamos pela sala, TV ligada, *Jornal Nacional* começando, meu pai comentando cada notícia, questionando para onde estava caminhando o Brasil, assistindo à matéria falando do processo no qual se encontrava julgando e minha mãe indagando se queríamos palmito na salada.

Cadu conversava sobre os assuntos da TV e Cafa, mais desatento, futucava o celular, não estava nem aí para os problemas do país, mais interessado nas notícias das suas redes sociais.

Uma hora depois do jantar, a dupla invadiu meu quarto, sem me dar tempo de desanimar.

– Se arruma! – Cafa parecia ter engolido uma pilha, vivia sempre mais acelerado que o Papa Léguas.

– Pra quê?

– Vai rolar festa na casa da Bia e a gente vai.

– Liga pra Lelê – pediu Cadu, me entregando o celular.

– Tá, vou ligar, em meia hora tô pronta. Por que vocês sempre acham que nós mulheres conseguimos nos arrumar rápido?

Os dois saíram do meu quarto, deixando um silêncio após a partida de um pelotão. O mais legal da minha relação com eles remetia ao carinho e atenção comigo, e da vontade de estar do meu lado, sem me excluir dos compromissos com os amigos. Sabe aqueles irmãos que nunca querem estar ao lado da irmã mais nova? Para a minha felicidade, eles fugiam dessa regra e tinham verdadeira paixão por mim.

Corri para procurar alguma roupa no meu armário, enquanto ligava para a Lelê e pedia pressa. Meu quarto significava meu mundo mais que pessoal, tinha tudo bem prático, para que me arrumasse rapidinho, quando necessário. Uma bancada branca de maquiagens, produtinhos de beleza com um espelho enorme e luzes que revelavam os detalhes mais secretos da minha pele. Embaixo da bancada, dois móveis com gavetas, um de cada lado, onde eu guardava minhas cositas de maquiagem, escritório e bijuterias. Do lado, o armário branco enorme com oito portas. Amava meu armário, tinha um espelho ótimo para tirar fotos do look e colocar para minhas clientes aprovarem na internet. Minha cama tinha vários ursinhos, almofadas fofas e uma Betty Boop lendária na minha vida, presente dos gêmeos.

Andando pelo quarto entendi que, apesar de ser meu canto, tinha me tornado madura demais para aquele espaço. Decidi, enquanto secava o cabelo, dar uma renovada geral. Pensaria depois no que fazer com as minhas paredes falantes, meus sentimentos bordados e colados nas janelas, minhas vontades ecoando pelo singelo corredor entre a sala e os quartos, e uma pessoa que até então eu não tinha ideia de ter me transformado.

Escolhi um vestido soltinho, estampado em preto com poás vermelhos e verdes, coloquei um cintinho vermelho cheio de spykes dourados e uma sandália de salto douradinha. Na bolsa marrom, discretíssima, só cabia o celular, um documento e o batom.

Meia hora depois já estava pronta, na sala, dando abraço nos meus pais e apertando o botão do elevador. Os irmãos, rindo pelo corredor, chegaram perguntando pela Lelê que já estava na portaria esperando.

No carro, até a casa da Bia, situada no Recreio mesmo, fomos escutando *Meu Novo Mundo* do Charlie Brown Jr. O Chorão tinha morrido, ainda era estranho processar, e lamentamos o fim da banda com a também partida do Champignon: "Como se o silêncio dissesse tudo/ Um sentimento bom que me leva pra outro mundo/ A vontade de te ver já é maior que tudo/ Não existem distâncias no meu novo mundo/ Tipo coisas da sétima arte/ Aconteceu sem que eu imaginasse..."

O celular do Cafa tocou, acontecimento repetitivo e comum, e como estávamos no carro, escutamos fácil a conversa.

– Gatinho sumido, por onde andas?

– Fala aí, gata! Ando sumido não. Correria. Ralando muito, malhação, trabalho, várias paradas acontecendo.

– Quando a gente vai se ver?

– Quando *você* quer me ver, deusa do meu coração? – Eu tinha um irmão cafajeste. Impossível não detectar pela fala e gestual do moço. Será que aquelas meninas não reparavam? Ou ele ser lindo-tesão-bonito-e-gostosão as fazia pouco ligar para suas atitudes descaradamente canalhas e nada confiáveis?

– Ah, gatinho, logo, né?

– Tá bom. Prometo que vou te ligar, combinado?

– Minha prima curtiu horrores seu irmão.

Lelê me deu um cutucão, fazendo cara de irritada, deixando a boca torta e mostrando os dentes. Ela nutria um ciuminho declarado, uma queda pelo meu irmão mais quieto, mas não assumia. Quando tinha esses ataques, se eu questionava a possibilidade de sentimento, dizia:

– Tá maluca? Seu irmão é meu amigo há séculos.

Quando Cafa desligou o telefone, a gente caiu em cima. O gato não tinha cura, não sei como conseguia administrar as confusões em que se metia. Não tinha namorada certa, mas encontrava espaço para se relacionar ao mesmo tempo com pelo menos umas quatro e não trocava nomes, nem marcava dois compromissos no mesmo dia. Enquanto isso… Cadu na dele, fazendo tanto sucesso quanto Cafa, mas fugindo de confusões.

– Cafa, você não tem cura. Muito safado! Vai ser esses coroas solteirões, fazendo festinha no final de semana e sonhando com a ninfeta de 18 anos – disse Cadu com uma voz levemente mais séria do que o normal.

– Sou safado nada. Eu fico na minh…

– … Elas é que me procuram – interrompemos em coro, imitando a voz dele.

– Ah, vão ficar nessa, tirando onda com a minha cara? Tá certo!

Chegamos à festa aos risos. Uma casa de esquina, muro bem alto. Bia nos recebeu sorridente, dando os nomes de quem já tinha chegado. Fomos informados de que a Gabriela esperava ansiosamente por Cafa. Ele parou na porta e perguntou:

– Que Gabriela?

– A irmã do Carlinhos.

– Ah, tá.

– Garoooooto toma jeeeito! Você não tem vergonha? – Lelê perguntou ainda se surpreendendo com o comportamento mulherengo dele. Meu irmão não tinha cura, mas não perdia seu lado apaixonante. – Cadu, como vocês podem ser gêmeos e tão diferentes?

– Na hora que a gente foi criado, fiquei com a coerência. Por isso, ele nasceu safado, perdido e galinha... Mas, por sorte, nasceu igual a mim, o maior gato!

– Concordo – mandou Lelê na lata e deu uma piscadinha marota.

Assim que chegamos à parte de trás da casa, uma turma animada estava reunida. Tínhamos os melhores amigos do mundo e encontros memoráveis. Talvez eu não andasse com aquelas pessoas se não fossem meus irmãos carismáticos. Muita gente me recebia bem por causa deles. Dessa forma, acabei andando com pessoas com pelo menos três anos a mais e carregando a Lelê comigo. Duas intrusas, fazendo parte da turma mais cool do Recreio.

TRÊS

Um novo sentimento chegando

Você escaneia o ambiente, está na festa, mas não se inseriu naquele contexto. Enquanto todos conversam, dá para sentir que tem algo novo no ar!

A festa começou com a nossa chegada. Quem disse isso foi a própria Bia, porque bastou colocarmos o pé e começou a rolar uma deliciosa confusão. A Gabriela viu o Cafa e ficou roxa. Queria muito que ele chegasse, mas quando aconteceu não sabia o que fazer. O rapaz em questão lá, na dele, falando com os amigos, tranquilo, rindo e parecendo não estar nem um pouco preocupado.

Eu e a Lelê sentamos para observar a cena. Os amigos dos meus irmãos tinham a beleza natural da juventude, fazendo fila para serem gatos duas vezes. Pedrinho parecia um colírio da *Capricho*. Lindo, lindo, lindo. Loiro, olhos claros, nariz afilado, cabelo jogadinho, corpo atlético, se vestia bem e tinha um charme na hora de falar, sorrir e agir. Dante, amigaço do Cadu, vivia na minha casa, charmoso, pode ser descrito como o garoto que a sua amiga namora e você dá descaradamente parabéns para ela: alto, magro, moreno, olhos puxadinhos, neto de japoneses, sorriso largo. Ygor, outro gato, tinha olhos verde-escuros, cabelo enroladinho, adorava malhar e tinha o corpo mais sexy da galera. Gustavo, Sodon e Pedro, também aprovadíssimos, completavam a máfia.

– Amiga, a gente tem sorte na vida, né? Olha como são gatos! – Lelê me deu um empurrão, quase me fazendo tropeçar e cair no chão.

– Verdade, mas, sabe, adoro todos eles só como amigos. A gente cresceu junto, são muitos anos. Você ficaria com alguém da nossa turma?

Lelê fez uma cara estranha, não olhou nenhum dos garotos e ficou séria de repente. Atitude incompatível com seu jeito de ser. Nossa amizade de tantos anos refletia em saber quando a outra estava pensando algo mais profundo. Mas, dessa vez, eu não fazia ideia do pensamento, muito menos da pausa e do silêncio.

– Você está gostando de alguém?

Lelê respondeu positivamente, balançando a cabeça, arregalando os olhos e amassando um lábio contra o outro.

– Por quem?

– Juro que tentei não gostar, mas…

– Ai, como assim? Tentou não gostar. Essas coisas a gente não manda, Lelê.

– Foi acontecendo, a gente quase sempre junto, essa turma reunida, fui me apegando, me aproximando, refletindo e quando vi, já era, estava perdidinha na história e agora não sei mais o caminho de volta.

– Por que quer o caminho de volta?

– Não quero perder isso aqui, adoro a nossa união. Como se diz a um amigo, estou apaixonada por você?

– O assunto é sério? – perguntei já tendo certeza da resposta.

– Estava guardando comigo, mas não sei esconder de você. Quando chegamos nessas festas, fico sem forças. Hoje ele está deslumbrante.

– Ele, que ele, amiga? Fala logo.

Lelê olhou para a esquerda onde estavam Cadu, Pedro e Sodon. Observei os três e fiquei sem saber qual deles. Pedro e Sodon, amigos maravilhosos, candidatos fortes, pareciam perder para o Cadu, já que eu andava desconfiada do desejo de Lelê em ser minha cunhada. Segurei em sua mão, como quem oferece ajuda na hora de um pronunciamento. Ela olhou para o chão, depois para mim e disse:

– Eu tô apaixonada pelo seu irmão.

A frase saiu num sussurro e se nossa convivência não fosse maior, talvez eu não tivesse tanta compreensão do que foi dito. Meu irmão Cadu e a Lelê? Vários pensamentos se embaralhavam na minha cabeça. Não seria nada mal minha melhor amiga virando cunhada.

– Pensa positivo, podia ser o Cafa, aí você estava ferrada.

Demos uma gargalhada tão alta que todos olharam na nossa direção. Queria me enfiar no buraco da churrasqueira. Ficamos em um estranho silêncio, olhando para o Cadu. Eu entendia bem como uma garota se apaixonava pelo meu irmão. Cara do bem, beleza exterior dessas de admirar, sorriso fácil, bom caráter, carinhoso, um jeito leve de viver a vida e um astral nas alturas.

– O que você pretende fazer? – perguntei, sem saber realmente o que dizer.

– Achei que você tivesse essa resposta. Sabe, há uns oito meses senti as coisas mudando pra valer. Não sei explicar. Conheço seu irmão há tanto tempo... Do nada, comecei a sentir meu coração bater mais forte. Nunca imaginei ser possível me apaixonar por um amigo.

– O assunto é sério. Li esse mês um livro em que a protagonista gostava do melhor amigo, mas só descobria quando o ex aprontava.

Lelê olhava na direção do Cadu que pareceu sentir os olhares e caminhou até a gente. Congelamos. Eu, sem graça, na frente do meu irmão, escondendo um segredo de quem não queria nem deveria ocultar nada.

– Vocês duas estão muito sérias. Já sei, estão falando de um cara.

Travamos. Nem eu nem Lelê dizíamos absolutamente nada. Cadu olhava para uma e depois para a outra.

– Que foi, garotas? Parecem que viram um fantasma. Sou eu, Cadu!

Ficamos ridículas, patéticas, congeladas, e meu irmão rindo, boiando. De repente, aquilo tão comum, eu, Lelê e meu irmão conversando, virou o maior climão, porque novos sentimentos tinham chegado. E é louco imaginar que, em alguns momentos, os sentimentos só mudam de um lado. Precisava urgentemente arremeter a queda livre da situação e mandei:

– A gente está brincando com você, seu bobo.

– Ah, tá. Eu não estava entendendo nada. As mais gatas da festa me olhando com cara de "não sei".

Continuamos com a mesma cara de primas da estranheza, até que Cadu se desligou, saiu de perto e foi conversar com os amigos que estavam na churrasqueira. Aquele dia, me senti observadora da vida alheia, olhando as pessoas conversarem, pensando na paixão da Lelê pelo meu irmão e em algo que não sabia bem, mas estava ali dentro de mim batendo forte.

A festinha da Bia seguiu normal, com papo bom, amigos rindo alto, brincadeiras, Pedro caindo na piscina sem querer e Cafa despedaçando mais um coração solitário. Gabriela na maior expectativa para ficar com ele, mas meu irmão acabou ficando com uma amiga da Bia chamada Laura. Gabriela ficou declaradamente incomodada e visivelmente chateada. Todo mundo parecendo olhar em detalhes o triângulo amoroso do momento e eu quase me desculpando pelo meu irmão. Em compensação, a tal da Laura sorria com pose de princesa depois de receber a coroa de brilhantes.

Nem sempre me sentia bem tendo um irmão tão namorador. Me colocava no lugar das garotas, sofria um pouco com cada uma delas. Pelo menos, ele tinha sinceridade no discurso, não prometia nada e seu comportamento descarado não mentia para ninguém. Mesmo assim, sentimentos não se controlam, se vivem. Eu conhecia o jeito feliz do meu irmão por estar curtindo apenas uma noite e a cara de apaixonada da garota que, no dia seguinte, acordaria cheia de sonhos.

É, pelo menos a Lelê tinha se apaixonado pelo cara certo.

Ali, ouvindo as histórias do Sodon, tive uma estranha sensação de amadurecimento.

– Lelê, tô começando a achar essas festinhas que a gente costuma ir meio infantis. Sei que tem gente aqui com 30 anos, mas sei lá, desde que abrimos a loja, tenho me sentido mais distante disso, meio culpada por curtir a vida. Pode ser que seja cedo para dizer isso, mas a responsabilidade adquirida com o nosso empreendimento me colocou em um patamar pouco acima dessa minha juventude. Será? É como se eu tivesse um assunto mais sério para resolver, ou não?

– De uma hora para outra, a gente amadurece, cresce e quer outros mundos, mas, amiga, aproveitar a vida é importante em qualquer idade.

– Não quero ser tipo essas pessoas mais velhas que parecem fora do tom, como se fossem idiotas por não ter avançado com o tempo. É como se estivéssemos esticando a adolescência, saindo com as mesmas pessoas, fazendo praticamente as mesmas coisas.

– Kira, envelhecemos, fato, mas muita gente gostaria de ter um grupo de amigos assim. De qualquer forma, nossos dias durante a semana nada têm de adolescentes: contas para pagar, trabalho duro, compromissos, ralação, suor, faturamento, reuniões... A maioria aqui estuda, trabalha, não estamos fazendo nada de errado.

– Amiga, me promete uma coisa? Quando eu estiver dando pinta de ridícula... você me avisa?

– Sempre. E, Kira, olha, sobre o que eu disse... – Lelê pareceu me pedir para esquecer seu desabafo de apaixonada.

– Amiga, relaxa, vou guardar esse segredo comigo.

Três da manhã, a festa acabou sem maiores acontecimentos. As notícias sobre a aprovação numa seletiva e a possível contratação do Sodon pelo UFC foi o assunto mais comentado. Eles estavam vibrando com isso e nosso amigo mais ainda, já que começou a lutar jiu-jitsu muito cedo, merecia a chance de poder mostrar seu talento.

Eu e a Lelê sabíamos que a nossa amizade era forte e tinha se tornado maior aquela noite, com a novidade da paixão por Cadu. Meu irmão nada notou porque Lelê sabia fingir bem seus sentimentos. Até quando? Não tínhamos ideia.

Por um minuto, pensei que queria uma paixão para mim também. Não gostar de uma pessoa não me bastava mais. Ao chegar em casa, lembrei do sonho com o rapaz desconhecido e tive a sensação de sentir meu coração acelerar. No caderno dourado, escrevi antes do sono chegar de uma vez por todas:

Uma emoção inesperada começa a mexer comigo e me sinto bem, mesmo sem saber onde posso encontrar esse sentimento de novo.

Não tenho o endereço das minhas verdades.

QUATRO

Sonho com jeito de real

Não importa se no Brasil ou no Japão, estou adorando a ideia de te encontrar! Volte sempre, vou adorar te rever no meu mundo.

No dia seguinte, acordei novamente com mais um sonho inteiro na cabeça. O rapaz desconhecido tinha voltado e, dessa vez, ficávamos nos observando como dois velhos conhecidos. Podia contar e recontar detalhes do que aconteceu, enquanto dormia. Foi isso que fiz, assim que encontrei a Lelê na praia. Ela ainda parecia anestesiada por ter desabafado sua paixão por Cadu, mas começou a se interessar, quando eu disse que tivera mais um sonho intrigante com o garoto da camiseta da vitrine.

– Mas como você sabe que teve o mesmo sonho com o mesmo cara?

– Eu fui sonhando e percebendo ser reprise de antes.

– E a camisa que o cara usava estava na vitrine daquela loja?

– A mesma cor, o tecido...

– E o que isso quer dizer, Kira?

– Sei lá. Devo ter ficado impressionada com algo e agora estou tendo esses sonhos.

– Como aparecia a imagem dele?

– Cabelo curtinho, um olhar forte e um sorriso marcante. Sabe esses sorrisos que a pessoa ganha o mundo?

– Ele riu para você? Se sorriu, deu condição.

– Ah, tá, da próxima vez que aparecer, vou corresponder. E aí, gatinho do meu sonho, estou disponível, vem aqui que eu tô na tua.

– Ué, se o cara não sorrisse, certamente, o sonho podia ser um recado de algo ruim chegando.

– Ah, não, a energia estava maravilhosa. Eu gostava de estar ali. Me senti bem, caminhando atrás dele, me parecia familiar, mas não tinha coragem de falar.

– Ele não parece com ninguém conhecido?

– Não. Ninguém.

– Já pensou estar se apaixonando por um desconhecido e esse sonho ser a resposta?

– Nunca sonhei assim na vida.

– Vamos torcer para você sonhar de novo – disse Lelê, confiando na possibilidade.

Tentei mudar o rumo da conversa e perguntei como ela estava em relação ao meu irmão. Aliviada por ter me contado. Finalmente, tinha confirmado e escancarado, principalmente para ela mesma, seus sentimentos. Hora de desacelerar e esperar um pouco o destino agir. Preocupada, me perguntou se eu falara algo com o Cadu. Claro que não! Não costumo me intrometer na vida dos outros, mesmo sendo duas pessoas que amo e quero todo o bem do mundo. Já me sentia fã do casal, mesmo ainda não sendo um par.

Olhamos o mar que parecia até uma praia de Cancun, a água calma, cristalina e acalmando nossas reflexões. Lelê apaixonada pelo meu irmão. Eu apaixonada por *ninguém*, mas mexida com um sonho cheio de emoção e nenhuma explicação. De longe, escutei tocar *Paradise* do Coldplay: "*When she was just a girl/ She expected the world/ But it flew away from her reach/ So she ran away in her sleep/ And dreamed of para-para-paradise/ Para-para-paradise/ Para-para-paradise/ Every time she closed her eyes*".* Tudo a ver tocar *Paradise*, enquanto eu olhava aquela imagem perfeita. O mar brando como se quisesse me dizer "tenha calma". Eu podia sentir a transformação

---

* Quando ela era apenas uma garota/ Ela tinha expectativas com o mundo/ Mas este escapou de seu alcance/ Então ela fugiu em seu sono/ E sonhava com o para-para-paraíso/ Para-para-paraíso/ Para-para-paraíso/ Toda vez que ela fechava seus olhos.

chegando. E de alguma forma, o novo, que eu não tinha a menor ideia do que seria, estava me deixando reflexiva. É como esperar aquele dia especial com a certeza de ser eternamente marcante. Estava me sentindo emocionada, como se tivessem escrito dentro de mim frases de encantamento.

Enquanto olhava o mar, uma garota se aproximou e perguntou se eu era irmã do Cafa.

– Sou sim. Do Cadu também. – Lelê me olhou, como se eu estivesse entregando o ouro e falando demais.

– Sou da academia, meu nome é Fabi. Cara, sou louca pelo seu irmão, mas me fala uma coisa, ele não quer nada com a hora do Brasil, né?

– Como assim? – Detestava ter que me fazer de desentendida, mas de que forma explicar dividir a casa com um garoto que foge do compromisso como "aquele que eu não falo o nome" da cruz?

– Ele é galinha? – A fama do meu irmão ultrapassava continentes. Me senti meio sem graça, como se fosse uma peça de Lego perdida em um pote gigante. Por outro lado, gostava do Cafa ser franco, agir quando estava a fim, ou melhor, agir não sendo a fim de ninguém. Não prometia, não enganava e não fazia o tipo certinho.

– Meu irmão é um cara super do bem, só acho que não quer se prender. Tem um monte de cara mentiroso aí, fazendo tipo de bonzinho e traindo direto a namorada.

– Eu sei. É porque tô apaixonada por ele e acho que não vai rolar.

Enquanto a tal Fabi falava, ela era *meio* sem noção, eu a observava. A garota tinha todos os atrativos físicos, mas pelo tom de voz lhe faltava uma certa autoestima para fazê-la diva. E aí, tudo parecia perdido: uma moça bonita, incapaz de se descobrir bonita, preocupada demais em parecer bonita e encantada por um garoto, por acaso meu irmão, desses sem vontade nenhuma de gostar de alguém. Por que ela estava preocupada com o Cafa? Tinha atributos físicos para conhecer qualquer cara, fazê-lo ficar jogado aos seus pés. Ah, paixonite medonha, faz esquecer o quanto valemos a pena e somos especiais.

Meus irmãos chegaram juntos, caminhando no mesmo passo, como quase sempre acontecia e se jogaram na canga da Lelê, como se tivessem ensaiado uma coreografia. A desconhecida ficou branca e não sabia se saía correndo, congelava para não ser notada ou sorria como se nada estivesse acontecendo.

– Fabizinha, você conhece a minha irmã?

– É, a gente se conheceu no shopping – menti, salvando a pele da garota.

Ela me agradeceu com o olhar e eu, mais uma vez, constatei como chateava gostar de alguém não correspondido. Tinha sido assim comigo, na adolescência toda, e seguia pela juventude adentro.

Fabi deu uma desculpa e saiu, tentando ser o menos notada possível. Cafa se despediu com dois beijinhos e jogou a atenção no papo com Cadu. Fabi foi andando de cabeça baixa e senti pena por ela estar apaixonada por um homem nem aí para o assunto namoro. Temos que saber quando o cara definitivamente não é pra gente, por não estar querendo se ligar em ninguém e se jogando na pegação.

De noite, Fabi me deixou um recado na internet, agradecendo o carinho. Gostei. Até que não era uma sem noção, não. Aliás, eu gostava de várias garotas que o Cafa ficava. O Cadu, mais discreto, não me deixava saber muito das escolhidas. E agora eu simplesmente precisava saber como andava o coração da paixão da Lelê. Às vezes, o escutava no telefone de papo com alguma garota, mas, definitivamente mais quieto, não deixava a vida exposta.

Bia chegou acompanhada dos garotos, fazendo a maior bagunça. A conversa ficou animada como de costume. Em minutos, estavam todos tagarelando sobre futebol, eu e Lelê falando da loja e das encomendas grandes recém-chegadas. Ao longe, reparei um grupinho de mulheres nos olhando. Pareciam nos achar sortudas por estarmos com uma turma tão astral. Fingi não olhar, mas impossível não reparar que estavam falando de nós.

As atenções se voltaram para Sodon, contando seu sonho de um dia lutar MMA no UFC. O sonho inicial era ser jogador de futebol profissional, jogar na Gávea, no Flamengo. Começou uma guerrinha entre vascaínos e tricolores, e Pedro, único botafoguense da turma, ressaltou o passado do seu time. Começou uma gritaria, os olhares na nossa direção aumentaram. Comecei a rir, aproveitei a deixa, entendia pouco de futebol e fui dar um mergulho. Bia e Lelê vieram atrás de mim. Ficamos na água, aproveitando o mar paradisíaco, de um turquesa hipnotizante e abrimos os braços para receber aquela energia solar abençoada.

– Vidinha mais ou menos – falei depois de um mergulho.

– Amigas, vou pegar uma água de coco. Alguém quer? – perguntou Bia.

Eu e Lelê preferimos ficar no mar. Minha melhor amiga fez elogios rasgados ao meu irmão e eu achava curioso ela não ter dúvida entre o Cadu e o Cafa, mesmo quando estavam de costas. Apenas eu, minha mãe e meu pai tínhamos esse poder de diferençar os iguais.

Fiquei olhando minha amiga observar cada gesto do Cadu, com um sentimento puro que os mais atentos reconheceriam como paixão fulminante. Depois de anos convivendo juntos, finalmente a ficha do sentimento caiu no colo. Uma amizade de anos agora pedia para virar algo mais. Como eu poderia ajudar os dois?

Saímos da praia depois de um pôr do sol cinematográfico, parecendo que o Jota Quest estava cantando *O Sol* para a gente. Como a banda não estava, seguramos microfones imaginários e alguém puxou o coro: "E se quiser saber/ Pra onde eu vou/ Pra onde tenha Sol/ É pra lá que eu vou..." Uma dessas cenas inesquecíveis, lembrada pra sempre em algum canto da memória.

Cheguei ao meu quarto cansada. Meus irmãos saíram com os amigos para um barzinho, mas preferi ficar em casa. No dia seguinte, tinha a correria do trabalho, pesquisa de moda, compra de tecido e apesar de curtir intensamente o final de semana, a vida real me chamava com força.

Enquanto preparava um lanche rápido na cozinha, queijo branco com alface, tomate em um pão de forma integral e um suco de laranja, minha mãe entrou.

– Filha!

– Oi, gata mãe, tudo bem?

– Tudo. Cadê seus irmãos?

– Saíram.

– Que coisa mais chata esse negócio de filhos crescerem.

– Devem chegar tarde, mãe. Sabe como essa dupla dorme pouco e não fica parada.

Minha mãe, apesar da tentativa de parecer divertida, tinha um ar estranho. A intimidade tem uma profundidade de conhecimento absurda. Sabemos exatamente quando tem algo diferente em quem amamos e temos certeza quando a pessoa diz estar tudo bem só para nos tranquilizar.

– Ah, filha, depois a gente conversa, te amo demais, tá?

– Eu também te amo muito, muito, muito, muito. – Mordi o sanduíche e saí da cozinha, fingindo não reparar o comportamento da matriarca da casa.

Deitei, tentando imaginar o que teria acontecido com os meus pais. Meu rosto foi afundando no travesseiro e vários pensamentos chegaram ao mesmo tempo. O sono não vinha. Fiquei pensando na Lelê apaixonada pelo Cadu, na Fabi, que mal conhecia, apaixonada pelo Cafa e eu oniricamente apaixonada. Coração vazio também nos dá uma sensação estranha, como se a vida ficasse de certa forma sem graça e não tivesse muita cor. Não estava triste, mas não me sentia feliz.

Dormi e, mais uma noite, tive um sonho diferente. Estava caminhando apressada, numa rua desconhecida com bastante verde, carros estacionados, mas a certeza de quem sabe para onde está indo. Era gente que não acabava mais. Parei em frente a um estádio. Aquelas pessoas estavam entrando para um show. Começou a aparecer ainda mais gente, tanta que senti um certo medo. Deu-se um empurra-empurra violento e quando comecei a sentir falta de ar, percebi uma mão me tirando dali. Saímos correndo por uma viela, de repente tudo ao redor pareceu mudar e senti que estava segura, sentada em um banco, com uma claridade ofuscando meus olhos, desconhecendo totalmente o local.

– Está tudo bem com você? – ele me perguntou com uma voz familiar.

– Você é? – perguntei com o coração acelerado, sem conseguir ver direito seu rosto.

– Tem certeza que não se machucou naquele tumulto?

– Onde nós estamos? – Minha cabeça girava.

– No Festival de Neve de Sapporo.

– Onde?

– Em Sapporo, no Japão.

– Mas isso é impossível, estou no Recreio dos Bandeirantes, no Rio de Janeiro.

– Posso garantir que estamos em Sapporo – afirmou ele. Eu puxei da memória e lembrei da minha mãe me contando sobre aquele lugar.

– É aqui que fazem aquelas esculturas enormes em gelo? Minnie Mouse, princesas e palácios gigantescos?

– Por acaso estamos, neste momento, dentro de um palácio. Essas esculturas podem ter até 40 metros de altura. Quase 40.000 toneladas de gelo estão aqui nessas criações.

Olhei ao redor, minha visão continuava meio turva. Quem seria aquele cara? Que viagem doida eu estava fazendo? Dois estranhos conversando, nada com nada sendo dito. Eu podia escutar um eco seguido depois de cada pergunta. Me questionei se estava bem mesmo, o que fazia ali, se tinha certeza que não estava machucada...

Quando dei por mim, ele beijava a minha mão, avisando de sua partida. Não podia ficar mais, o tempo tinha acabado, acordaria cedo e a noite estava terminando. Fiquei olhando o desconhecido ao longe e me dei conta pela silhueta, parecia o mesmo rapaz do sonho passado, dentro da galeria de lojas, usando a camiseta que vi no shopping. Dessa vez seu rosto estava menos embaçado para mim.

Antes de dizer algo mais, meus olhos abriram, o teto do meu quarto nada me dizia e uma luz ínfima entrava pela janela do banheiro. Estava acordada na minha vida costumeira, sem ter a menor ideia do que andava acontecendo nos meus sonhos. Foi aí, observando meu corpo inerte e os batimentos do meu coração, que lembrei de uma frase de Nietzsche, dita pelo meu pai: "Nada é tão nosso quanto nossos sonhos."

CINCO

Buscando entender os acontecimentos

Sinto-me como se tivesse poderes e pudesse viver duas vidas.
Mas... em qual delas serei feliz?

Acordei com o despertador tocando insistentemente: hora de academia, hora de malhar! De longe, escutei o falatório dos meus irmãos e minha mãe andando de um lado para o outro da casa. Rotina que me fazia feliz, mesmo sendo volume demais para uma plácida manhã. Os gêmeos pareciam ter acordado prontos para uma festa, levantavam acelerados, falando pelos cotovelos e um, pra variar, completava a frase do outro. Estranhamente, os dois pareciam ter recebido notícias durante a madrugada, pois acordavam cheios de novidades.

Desci o elevador com a maior cara de sono, acompanhada do meu pai.

– Não vai tirar foto no espelho do elevador? – Ele adorava pegar no meu pé.

De cara amassada, não rolava selfie. Entrei no meu carro, naquela hora da manhã a garagem do prédio já estava bem vazia. Fiquei sentada no banco do carro meio sem ação. Talvez devesse ter ficado mais tempo em casa, o sono não tinha sido eliminado por completo.

Um rápido pensamento me veio à mente e disquei o número do meu pai que já apontava o carro para a rua.

– O que foi, filha?

– Pai, você que, apesar de Juiz, adora psicologia, me diz uma coisa: o que a psicologia diz sobre sonhos?

– Minha filha finalmente se interessando por psicologia?

– Pai, fala, tô curiosa.

Meu pai me deu várias informações ao mesmo tempo. Para ele, a psicologia simplifica a vida; para mim, deixa tudo ainda mais confuso. Tentei decorar o que escutava: "O sonho é uma manifestação criativa da mente inconsciente e consciente, reflexo das nossas emoções e da nossa personalidade." E no meio de tantas frases, ditas com pressa, consegui decorar um pensamento de Carl Jung: "Dentro de cada um de nós, há um outro que não conhecemos. Ele fala conosco através dos sonhos."

Desci do carro e caminhei sem muito ânimo rumo à academia. Eu estava muito encucada com aquela noite para prestar atenção no que quer que fosse. Naquele dia não podia faltar à aula de jeito nenhum ou abandonaria de uma vez a prática de exercícios. O professor estaria interessado em escutar os meus sonhos? E aí, professor, você também ajuda com questões mentais? Não tive coragem de externar essa pergunta, só a fiz mesmo dentro de mim.

Cheguei à Canto da Casa antes mesmo da Lelê e, assim que a vi, pedi que sentasse ao meu lado, porque queria conversar. Necessitava falar do sonho, desabafar o que andava acontecendo dentro da minha cabeça.

– Amiga, deixa ver se entendi: primeiro você viu a camiseta na loja e achou que já tinha visto a peça em algum lugar. Depois sonhou com um cara andando de costas numa galeria aberta de lojas, depois sonhou com esse mesmo cara na entrada de um show de sei lá quem e depois ele te largou em Sapporo, no Japão, alegando um compromisso?

– Foi mais ou menos isso.

– Vamos combinar: seja lá que sonho foi esse, ele não é confiável.

– Eu seria esmagada por uma multidão, Lelê, ele me salvou.

– Quando você faz essa cara, fico até com medo, Kira.

– Será que ele sentiu o mesmo que eu? – Sim, fiz essa pergunta patética. Lelê ficou me olhando, querendo saber se eu queria mesmo uma resposta. Desnecessário. Quando nós estamos envoltos em pensamentos equivocados acabamos fazendo perguntas idiotas. Como um cara com quem sonhei estaria sentindo alguma coisa, se o sonho morava na minha cabeça?

– O fato de eu ter te contado que estou apaixonada pelo seu irmão não te dá o direito de vir com uma complicação ainda maior, me contando sobre encontrar um homem nos sonhos e eu achar a cena normal. Kira, aviso desde já, não vou achar isso basiquinho.

– Lelê, o sonho demorou, mas ao mesmo tempo passou rápido, entende? Quando vi, ele estava indo embora, mas eu queria ter ficado mais tempo.

– E o que você vai fazer? – Minha amiga suspeitava de problemas mentais, mas não disse. Aquela, sem dúvida, receberia a legenda de uma das conversas mais esquisitas que tive na vida.

– Nada, né? Desde quando a gente sonha o que a gente quer, ou consegue solucionar alguma coisa dentro de um sonho?

– Ah, Kira, combina de encontrar o cara de noite. Desculpa, amiga, mas você não pode fazer muita coisa.

Não mesmo. Quem me dera poder escolher o que sonhar. Queria tanto encontrá-lo de novo e saber maiores informações, mas daí isso acontecer tinha uma distância longa. Desde quando a vida, o destino e os acontecimentos ficam nas nossas mãos? Como seria a vida, caso eu pudesse decidir tudo?

A noite seguinte foi ridícula, eu deitada na cama, tecendo pensamentos repetitivos para sonhar novamente, pensando nas imagens que vi no Japão. Nada aconteceu. Concluí como um caso isolado e decidi esquecer o assunto até que na noite de terça para quarta, um novo sonho chegou.

Dessa vez, eu estava em uma sala, folheando uma revista, e ele, o tal desconhecido, com o rosto um pouco mais nítido, me chamou pelo nome.

– Kira!

– Como você sabe o meu nome?

– Vem comigo, é melhor você não ficar aqui.

Observei a sala e nada indicava onde nos encontrávamos. Pelo semblante dele, eu estava correndo um leve perigo. Senti meu coração acelerar. O que estaria acontecendo? Um garçom entrou com uma bandeja enorme de cookies e o rapaz me aconselhou a não aceitar nada. Um outro garçom passou com enormes dados, indicando que pegasse, achei melhor fingir que estava ocupada com a revista e negar a oferta.

Fui pega pela mão e saímos do lugar, entrando em um corredor com as paredes mais largas que o normal, portas enormes e uma luz fortíssima vindo de uma delas. Eu sentia aquelas mãos me segurando, não conseguia pensar muito, os neurônios ativados com força total. Ele abriu a porta, um barulho forte de explosão veio da sala onde estávamos. Quando percebi, me descobri em segurança, sentada com ele na beira de um penhasco lindo com o mar inteiro nos olhando.

– Onde eu estava? Quem é você? Por que me tirou daquele lugar? Que barulho de explosão foi aquele? Onde estamos agora?

– Seu coração está acelerado. Não tenha medo. As coisas mais complexas são bem mais simples.

– Você poderia responder minhas perguntas? – Eu sabia sobre o sonho, mas mesmo assim me sentia insegura, talvez fosse aquele rapaz, aquela sensação de perder o controle começando a me dominar.

Ele ficou olhando o mar como quem admira a perfeição. Eu o observei com mais atenção. Finalmente, consegui ver nitidamente seu rosto, os traços precisos de uma face bem desenhada. Tinha uma pele sem nenhuma marca, olhos firmes, seguros de si, iluminados, nariz reto, boca interessante, cabelos bem curtos e um ar de paz que me fazia bem.

– Esse mar é mágico... assim como você – disse isso com o foco nas ondas. Seu rosto parecia receber raios de luz do céu e o local tinha todos os itens preenchidos no quesito encantador. A água possuía uma luminosidade diferente do normal, parecia estar ligada na tomada.

– Não tenho a menor ideia de onde estou, mas me sinto muito bem aqui.

– Tem horas na vida, que não devemos ficar procurando respostas, apenas viver.

– Concordo com você – disse, sem ter muita noção do que realmente estava falando –, mas sou realista, não gosto muito quando minha própria vida anda confusa e sem respostas.

– Estamos em Vieques. – Fiquei estática, como se estivesse careca de saber onde era Vieques. Não tinha ideia. – Já ouviu falar de Mosquito Bay?

Detesto me sentir ignorante sobre um assunto, mas não mentiria.

– Desculpa, nunca escutei falar de Vieques, muito menos de um Mosquito chamado Bay.

– Vieques é uma ilha-irmã de Porto Rico e Mosquito Bay é uma das poucas enseadas do mundo com águas bioluminescentes. Quando agitamos a água, a concentração de dinoflagelados cria uma luz verde luminosa.

– Você decorou isso? – perguntei um pouco mal-humorada. – Impressionante! Esse lugar existe mesmo ou é um desses mundos mágicos?

– Claro que existe. Tudo aqui existe, até a gente.

Fiquei pensando que tinha certeza da *minha* realidade. Me pareceu meio ofensivo perguntar sobre a sua existência real. Tinha noção de estar sonhando. Quando dei por mim, estávamos saltando, de mãos dadas e afundando juntos na água. Um mergulho fundo, um silêncio longo, uma paz invadindo meus poros e depois o ar tocando novamente o meu rosto. Minhas mãos indo e vindo produziam borbulhas de água que pareciam acender os micro-organismos como se estivessem felizes de nos ver ali.

– Esse lugar é realmente mágico!

Mergulhamos longos minutos e, aos poucos, deixei de lado todo e qualquer receio.

– Venha comigo, Kira. Preciso te mostrar a Hacienda Tamarindo.

Ãhn?!? Tamarindo, que eu saiba, é uma fruta azedinha, segundo minha avó, ótima para reduzir o nível do colesterol. Eu estava me sentindo pateticamente ignorante, sem saber direito o que dizer, falando algumas besteiras, não sabendo como me comportar, como se fosse necessário ser conhecedora da Hacienda Tamarindo para não fazer feio. Tentei fazer cara de íntima da Hacienda e do Tamarindo. Seriam pessoas? Parecendo ler meus pensamentos, ele informou:

– Vou te explicar melhor. Hacienda quer dizer fazenda e Tamarindo é "tâmara da Índia". A Hacienda Tamarindo é um hotel aqui em Vieques, os donos são dois norte-americanos, tem uma tamarindeira enorme no pátio e fica no alto de uma colina. Não demoraremos nada para voar até lá. – Coisa estranha falar em voar como se fosse um simples caminhar. Enfim, chegamos à Hacienda Tamarindo! E que belo lugar! Uma casa enorme, com quartos arejados, cheios de antiguidades e obras de arte pelas paredes. Caminhamos sem sermos notados e não vimos ninguém. Parecia madrugada e todos, assim como eu, dormiam. Sonhavam, não *estavam* ali.

Chegamos a uma espécie de varanda e fiquei praticamente sem ar. Todo o mar do Caribe parecia estar dentro de mim.

– Que vista!

– Que bom que gostou. Essa visão que temos aqui é um tanto quanto assustadora, ao mesmo tempo dá uma sensação de paz e liberdade.

Nos olhamos. O tom claro do mar ficou mais intenso. Estava amanhecendo. Antes que eu pudesse pensar em qualquer outra coisa, senti minhas pernas bambas, respirei fundo e um vento me levou pelos ares. Ainda tive tempo de escutar:

– Que bom estar com você.

Pronto. Agora o fato se fazia concreto: estava sonhando com a mesma pessoa. Constatei isso naquela manhã, quando repeti o sonho mentalmente e o anotei no caderno dourado. Além de retratar os passos enquanto dormia, tentei descrever minhas sensações: *Senti-me próxima do rapaz desconhecido, mas não tinha ideia de quem fosse.*

Lelê, amiga de todas as horas, depois de escutar os detalhes do sonho, me avisou que chegaria na minha casa em dez minutos. Demorou nove e abriu a porta do meu quarto com um livro na mão.

– A única coisa que pode te ajudar nesse momento, um livro falando de sonhos, escrito por uma doida.

– Ah, para, não acredito nessas coisas.

– Eu também não, mas e daí?

Abrimos o livro com uma alegria curiosa. Será que o livro daria respostas sobre os últimos acontecimentos misteriosos da minha vida? As palavras estavam como em um dicionário, em ordem alfabética, explicando verbete por verbete o que seria sonhar com cada uma. A autora dava certeza dos significados. A gente riu com algumas descrições.

Resolvemos procurar pela palavra "desconhecido". Eu poderia procurar uma infinidade de coisas: garoto, sala, mar, corredor, explosão... Em todos os sonhos encontrei o desconhecido, melhor procurar saber o que significava: "Ver uma pessoa desconhecida em seu sonho significa uma parte de você mesma que está oculta. Ver um lugar desconhecido em seu sonho representa uma mudança em sua vida. Se você está à vontade ou feliz neste lugar desconhecido, indica que você está pronto para a mudança."

Fechei o livro e fiquei pensativa como quem vê uma cena de difícil compreensão. O que mais martelava naquelas palavras envolvia a palavra mudança. Eu estava pronta, completamente. Nunca fui medrosa, sempre acreditei que o melhor seria dado a mim, então pensei nas mudanças positivas, nos acontecimentos que modificam nossos dias, trazendo as melhores novidades possíveis.

Lelê achou que eu arrumaria um namorado. A sua fisionomia de "só pode ser" me fez sentir um friozinho na barriga. Me imaginei conhecendo alguém e sendo pedida em namoro.

– Vamos pensar que é isso. Você sonhou com esse cara, ele te salvando, te tirando de perigos. Só pode ser, Kira.

– A gente conversa de uma maneira tão diferente...

– Ih, pronto, agora vai ficar metida de vez.

– Ele é especial. Dessa vez, quando estávamos olhando o mar, consegui perceber bem o rosto. Cabelo curtinho, um rosto bonito demais, olhar forte, seguro de si, do bem e olhos cor de mel.

Dormir passou a ser um momento ainda mais interessante. Além do alívio de relaxar meu corpo, descansar da ralação na loja, apareciam compromissos, enquanto eu dormia. Meus irmãos foram os primeiros a notar minha sutil mudança de hábito, comentando em coro sobre eu estar dormindo mais que a cama.

A semana passou corrida. Na sexta-feira fiquei na academia até mais tarde, já que me reuniria com os amigos na casa do Pedro, porque a galerinha assistiria um filme. Estava com a sensação de ter sonhado algo na noite anterior, mas não tinha certeza. Preferi nem comentar com a Lelê. Entusiasmada, ela me faria não só contar o que eu não conseguia de jeito nenhum lembrar, mas também pesquisar no livro que julgava fazer algum sentido.

Chegamos ao apartamento e todos estavam na sala de TV, dessas bem modernas, com um sofá para várias pessoas e uma estante branca repleta de livros. Sempre adorei ler e estantes me encantam, parecendo me convidar à leitura imediata. Os rapazes estavam jogados no sofá, meus irmãos ainda não tinham chegado, e também estava faltando a Bia, que foi comer uma pizza com um gatinho e desapareceu aquela noite.

Logo depois, meus irmãos chegaram fazendo a maior bagunça. Os pais do Pedro adoravam os gêmeos e apareceram para um abraço.

– Cadu e Cafa, tirem da cabeça do meu filho esse negócio de ser corredor de kart. Ele precisa cuidar da nossa imobiliária. – Sabia bem o que Pedro sentia quando seu pai dizia isso. Igualzinho na minha cabeça, onde eu precisava escolher entre ser advogada, médica ou administrar um restaurante, e a minha escolha significava nenhuma dessas alternativas.

Quando me dei conta, Cafa elogiava os dotes de piloto do amigo, acompanhado da Fabi. Mais precisamente de mãos dadas com ela. Uma evolução. A apaixonada por Cafa conseguira uma chance? Poucas vezes vi meu irmão chegar a uma reuniãozinha íntima acompanhado. Choquei. Lelê também e conseguiu fingir menos do que eu, caras e bocas quase na fuça do casal. Fabi, com quem eu tinha trocado mensagens na internet, me olhou de maneira cúmplice. Guardei para mim. O mais louco: Cafa, um safado incurável, formava o único casalzinho da noite, com uma garota superbacana, discreta, bem-vestida e com um jeito meigo. Teria cura o meu irmão?

Ficamos na sala, decidindo qual filme escolher. Claro, eles queriam os mais violentos e nós, as garotas, queríamos alguma comédia romântica. Tem filme melhor? Eu assistiria fácil *O Lado Bom da Vida* ou *Um Dia*. A mulherada foi voto vencido e *Jogos Vorazes* saiu campeão.

A mãe do Pedro, sorrindo, sem dizer nada, entrou na sala com uma bandeja. Uma moça que a acompanhava abriu uma mesinha e depois voltou com outra bandeja. Nossa reuniãozinha ficou uma delícia com as gostosuras: azeitonas, queijos, minissanduíches, amendoim, torradas, pastinhas, cachorro-quente e bebidas... O filme demorou a começar, porque quando as comidinhas chegaram, todos foram se servir. Depois chegaram as oficiais pipocas, as luzes foram apagadas e eu me joguei num pufe. Sodon, fã do enredo, quis logo explicar que a história ocorre em um futuro, onde a população é controlada por um sistema.

– Isso se chama distopia – explicou Ygor e todo mundo jogou almofadas no garoto.

Um coro pediu que ele parasse de falar. Sodon se jogou no tapete, ameaçando contar o final, mas ninguém deixou e ele prometeu ficar de bico fechado. Óbvio, comentou algumas passagens.

Parecia que o mundo tinha assistido esse filme, menos eu e meus amigos. Sodon, exceção na sala, também questionou como a gente ficou de fora da moda. Devia ser isso, a gente nunca foi de seguir tendências.

Fabi estava com um semblante tão grande de felicidade que, por um segundo, achei que Cafa virara Cadu. Lelê conseguiu sentar ao lado do Cadu, o que para ele não era nada de mais, mas, para ela, agora fazia todo o sentido.

Olhei a cena de longe, o meu pufe ficava perto da janela, onde conseguia admirar um céu estrelado. Adoraria estar ali acompanhada, mas também não sofria por estar solteira. Ultimamente andava me sentindo preenchida, repleta de esperanças e certezas sobre meus sonhos. Mesmo ainda desconhecendo as verdades envolvendo o assunto. Ainda?

Durante o filme, ficamos razoavelmente em silêncio. Uma piadinha no meio do caminho ou outra, mas a bagunça começou mesmo quando o filme terminou e todos voltaram a atacar a mesa. Eu e a Lelê levantamos para ir ao banheiro e a Fabi se ofereceu para ir junto.

– Pô, fala sério, galera, nunca vou entender essa mania de mulher querer ir acompanhada ao banheiro. Se homem fizesse isso... – Escutei o comentário do Ygor. E não é que ele tinha razão!

Eu estava careca de frequentar a casa do Pedro e sabia direitinho o caminho do banheiro. O lavabo do apartamento tinha um quê de romântico e certamente a mãe do meu amigo cuidava de cada detalhe, com um papel de parede cheio de rosas com pequenos galhos marrons. A pia tinha um bonito mármore rosado e objetos em prata que deixavam a bancada chique. Toalhas e tapete marrons, o piso, de um salmão bem claro, também tinha sido escolhido com bom gosto.

Lelê sentou em uma cadeirinha de época.

– Ai, que noite!

Quase dei uma gargalhada. Nada de mais tinha acontecido naquelas últimas horas. Realmente, quando estamos apaixonadas, tudo faz sentido. Até demais. Tudo bem que o encontro com nossos amigos não estava ruim, mas a Lelê dar um suspiro profundo dizendo "Ai, que noite!". Como assim que noite? Onde estava essa noite assombrosamente maravilhosa que eu não conseguia ver?

Para piorar, a Fabi entrou no coro, afirmando a noite com um "Nem me fale". As duas pareciam não me ver ali. Eu tinha ficado invisível? Fiquei rindo, enquanto retocava meu batom. Fabi usou o banheiro e desandou a falar dos sentimentos pelo meu irmão, me pediu declaradamente ajuda para que o encontro virasse namoro, que missão... OMG! Sorri, sem poder abraçar a causa por completo. Conhecia o galã citado na conversa mais do que a apaixonada da vez.

Voltamos para a sala, com a Lelê engasgada por não declarar sua paixão por Cadu para a Fabi. As duas haviam se transformado em BFF e cada uma atacaria um dos irmãos. Apesar da Lelê ter um lado muito tagarela, quando o assunto dizia respeito à vida pessoal, baixava uma tática de defesa, impedindo de se abrir até adquirir confiança completa na pessoa. Todo mundo deveria praticar esse exercício.

O assunto agora girava em torno de conflitos futuristas e cyberguerras. Cafa estava um fofo com a Fabi e eu me preocupava com a menina, como se ela estivesse nas garras do monstro sedutor que, por acaso, tinha meu sangue correndo nas veias.

Aquela noite foi agradável, apesar de eu não concordar com a frase "Ai, que noite!", da Lelê, muito menos com o "Nem me fale" da Fabi, confesso, me divertiria horas depois, já em casa, dormindo. Sim, porque, mais uma vez, o rapaz, em sonho, veio me ver.

SEIS

185 estações para o amor...

Estou começando a sentir o que não posso controlar...
e também não posso explicar.

Eu estava calma. Sabia que sonhava. Já me sentia íntima dos meus próprios sonhos e agradecia por encontrar aquele garoto de novo. Naquele dia, eu parecia estar mais segura ali, apesar de nunca sentir meus pés efetivamente no chão. As sensações não me obedeciam com muito entusiasmo durante as horas em que fugia do mundo real. Ou o mundo real são os sonhos e o que a gente vive durante o dia é apenas uma existência paralela, simplificada, dos sentimentos secretos que carregamos dentro de nós?

Agora em um elevador, a porta abriu e uma senhora me perguntou se parava no décimo. Fiz cara de não sei, ela agradeceu e se recusou a entrar, demonstrando certa revolta. A porta do elevador fechou e me questionei sobre a sanidade dela, argumentando comigo mesma que bastava apenas apertar o décimo andar. Foi quando me dei conta, o elevador não tinha painel com botões. Senti uma leve falta de ar, uma sensação de estar prisioneira, quando a luz entrou pelo espaço que se abriu e novamente o moço desconhecido estendeu a mão.

– Vem comigo, rápido. Você tem poucos segundos.

Não pensei muito e saltei. De mãos dadas, ele seguiu firme por um caminho e virou num corredor cheio de folhas, como se estivéssemos passando dentro de uma floresta. Quando eu percebi, estava descendo por um escorrega gigante, no meio de um rio. Como saí de um elevador e agora estou descendo ao encontro das águas? Ele está na minha frente e pede que não soltemos as mãos. Me sentia como uma personagem de fanfic, vivendo uma aventura com meu ídolo em momentos emocionantes, criados por uma dessas feras do lápis e papel.

Depois de longos minutos, despencamos na água. A queda livre foi de uma altura absurda e me senti voando, planando e depois caindo sem pausa. Mergulhei e, quando submergi, a turbulência das águas tinha dado lugar a um belo lago, com uma vegetação digna de produção da Disney.

Ele me olhava, sentado em uma pedra.

– Que bom que você está bem. – Deu uma respiração de alívio.

– Olha, não sei quem é você. Muito menos o que está acontecendo. Isso é um sonho? Por que você está aparecendo enquanto durmo?

Se não fosse tão bonito, me irritaria com aquele silêncio. Eu tinha absoluta certeza de estar sonhando, mas não possuía respostas para a situação. Me acalmei, quando ele resolveu dar uma explicação.

– Eu também não sei ao certo o que está acontecendo. Parece que nos conhecemos desde sempre. Escuto quando você está precisando de mim e venho.

– Por que estou correndo perigo?

– Estamos num sonho, seu sonho, mas cada passo aqui tem reflexo na sua vida. Corremos perigo todos os dias, mas você parece ter inventado esses desafios para si mesma.

– Por que eu faria isso?

Ele sorriu e pude notar como tinha dentes perfeitos. Deve ter usado aparelho o garoto dos meus sonhos. Pelo menos, eu tinha bom gosto, podia ter inventado um monstro, mas, ainda bem, o gatinho tinha tudo que eu adorava.

– Por que está me ajudando?

– Porque você me chamou.

– Nem te conheço! – mandei de supetão, esperando que poderia ser deixada falando sozinha.

Ele levantou, foi caminhando e segui atrás. Apressou o passo, entramos em uma área escura. Tentei reconhecer o local, mas ao redor nada tinha semelhança com o Recreio dos Bandeirantes ou com qualquer lugar do meu mundo real. As luzes foram surgindo e me dei conta de que estávamos num local antigo, cheio de lustres de cristal, mosaicos e estátuas com estética romana.

– Não estamos no Brasil? – Tentei puxar conversa. Obviamente, não estávamos no meu bairro.

– Não, no Metrô de Moscou. Alguns conhecem esse lugar como Palácio Subterrâneo.

Fiquei muda. Eu, um humilde serzinho do Rio de Janeiro, andava bem saidinha ultimamente. Como ele conhecia tantos lugares? Por que estava me levando ali? Parecendo ler meu pensamento, falou:

– Apenas para que você conheça. Não vou te prender aqui embaixo.

Começo a sentir uma certa angústia de estar tão longe de casa e em um lugar tão profundo. Ao mesmo tempo, a presença daquele rapaz só me agradava a cada minuto que passava.

– Tem uma escada rolante aqui que parece entrada franca para o centro da Terra. São 185 estações – contou enquanto sentava na parede entre um arco e outro da construção.

Observei os detalhes, me perguntando se no mundo real a imagem seria daquele jeito. Sorri com um friozinho na barriga. Senti vontade de dizer algo que não sabia direito, mas significava como me fazia bem estar ali. Um perfume doce nos envolveu e instrumentos musicais pareciam ser afinados ao longe. Os arquitetos do local deixaram sua marca. Fiquei reparando no lustre escolhido para combinar com aquela exuberância, quantos cristais!

De repente um urso de pelúcia passou como se tivesse vida.

– Nem tudo em um sonho faz sentido. Muitas vezes a falta de razão está diretamente ligada a pensamentos íntimos, Kira.

– Qual o seu nome? – Eu merecia saber pelo menos o nome do meu acompanhante.

Quando perguntei, senti minha voz saindo do meu interior, voando pelo lugar, reverberando em eco e aumentando cada vez mais. Estava sendo tirada dali, quase como se alguém me puxasse pelo braço. Tentei forçar meu corpo, permanecer naquele cenário, com aquele garoto, mas minha vontade não importou. Senti meus dedos sendo soltos das paredes que eu tentava agarrar. Ele ficou me olhando, sem se mover, e eu só consegui escutar.

– Vamos nos ver novamente.

Acordei sobressaltada e impressionada com a experiência. Estiquei a mão, peguei o caderno dourado, uma caneta e sentei na cama para anotar o maior número de informações possível. Definitivamente, eu estava vivendo um mistério.

Garoto, quem é você que está vindo me visitar em sonho? Isso é real ou pura imaginação? Estou na minha sanidade ou começando a enlouquecer por você?

O sábado estava nublado, nada de especial para fazer. Acabei dormindo de tarde, enquanto procurava o que assistir na TV. Meus irmãos foram jogar bola, minha mãe no restaurante, meu pai lendo na varanda e eu apagada na cama, poucas horas depois de ter dormido. Eu andava animadíssima com a ideia de sonhar, fugir para encontrar o desconhecido, nem que fosse de olhos fechados. A sensação real dos nossos encontros me fazia desejar falar com ele novamente.

De olhos fechados, estava no Enxurrada Delícia e tudo ao redor vazio. Estou sonhando, pensei. Da janela, constatei também a rua sem a presença de ninguém. Desci as escadas, o céu mostrava um cinza-escuro e uma sensação de medo me dominou. A solidão latente em mim. Um carro estacionado lembrava o do meu pai, mas meio deformado. Na minha mão, uma chave me fez seguir até o carro, abrir a porta e buscar refúgio. Entrei, respirei fundo e vi fotos no painel do carro de pessoas desconhecidas. Passei a mão pelas imagens e as pessoas, sim, sorriram para mim como se estivessem estranhamente vivas.

– São meus familiares. Essa senhora simpática é a minha mãe. Você vai adorá-la. – Levei um susto ao escutar a voz dele. Olhei para trás e o garoto estava sentado no meio do banco traseiro.

– Oi. Não vi que você estava aqui. O que está acontecendo? Vai cair uma tempestade a qualquer momento.

– Pelo menos não vai chover aqui dentro do carro. O clima mudou. Lá perto da praia, o céu está lindo. – Ele falava engraçado. Como o tempo perto da praia estava lindo, se o Rio de Janeiro inteiro parecia ter ganho um céu repleto de nuvens negras? Liguei o carro, saí dirigindo, pegamos as ruas internas do Recreio e, quando vi, estávamos de cara para o mar. O carro estacionou, treinado e parecendo raciocinar sozinho. Desci, corri para a praia, não conseguia acreditar no dia lindo, com um sol intenso e nenhuma nuvem. O céu escuro tinha desaparecido. O rapaz desconhecido veio atrás de mim, feliz como eu, e corremos até a beira do mar, a água transparente.

Minutos do mais puro silêncio passaram. Sentei na areia e senti uma paz enorme com aquela visão.

– Amo olhar o mar. Das coisas que vejo na vida é uma das minhas preferidas.

– A visão do paraíso – ratificou ele, perguntando, logo depois, como eu estava.

– Um pouco preocupada com esses sonhos ao seu lado. Eu não te conheço.

– A gente sonha todo dia, mas não lembra, Kira.

– Gosto de conversar com você. – Olhei mais uma vez para ele, buscando respostas para aqueles encontros inesperados.

– Também gosto muito de estar com uma moça tão agradável. – Achei melhor não perguntar o nome dele mais uma vez. Na última tentativa, fui levada pelos ares e retirada do sonho. Não tinha ideia como sabia tanto de mim e falava com a consciência de toda a cena. – Tudo que você sente eu também sinto. Quando estamos com alguém especial, o bem-estar fica muito perceptível, não é mesmo?

Eu não podia negar. Estar ali parecia diferente de tudo que vivi antes de começar a mergulhar nos meus sonhos.

– Fala de você – pedi com a voz baixinha, com medo de alguém escutar e me arrancar dali.

– Você saberá tanto de mim que vai enjoar. Pode ter certeza. Quer dizer, enjoar não é o objetivo. O que estou querendo dizer é que teremos muito tempo. Muito.

Fiquei pensando quanto tempo aquele sonho duraria. Tão perfeito em imagens, palavras, sentimentos... Meu coração estava batendo mais forte que o normal e um nervoso tomou conta do meu corpo.

– Podemos caminhar um pouco pela beira do mar? – sugeri, cautelosa.

Levantamos da areia e, estranhamente, não tinha um grãozinho na minha roupa. O mar parecia ter esquecido como se produzia ondas e um cardume de peixes coloridos passou, me emocionando.

– Sorrindo fica ainda mais linda.

Tínhamos nos encontrado poucas vezes, mas estava claro para mim: não queria deixar de vê-lo. Passos pela areia, de mãos dadas, fizeram meu coração quase explodir. Tudo em mim perdidamente acelerado e nenhum controle dos movimentos racionais. O sol estava lindo e reparei minha roupa mudando. Eu estava de calça jeans e, sem maiores explicações, me dei conta de usar uma bermudinha, com botões supercharmosos. Onde eu tinha achado aquela roupa?

Ele me olhava encantado com meu semblante de surpresa. Parecia ter preparado tudo cautelosamente. Senti vontade de falar mais, contudo, do nada, eu estava sozinha de novo, sentada na areia. O desconhecido sumira. Desaparecido sem explicação. Escutei um barulho de alguém abrindo uma porta e vi o rosto da Lelê, parada no meu quarto.

– Eeeeeee, mas você dorme, hein, amiga!

– Juro, vou te matar, acho que o barulho na porta me fez acordar. Ele sumiu e eu fiquei sozinha na praia.

– Que praia? Você foi à praia hoje com esse tempo ruim?

– Eu estava na praia agora. O tempo lá fora está fechado?

– Tá com febre, Kira? Chovendo horrores, a maior ventania.

– Se eu te contar o que anda acontecendo...

Lelê sentou na beira da cama e contei os últimos episódios, atualizando os fatos. Minha amiga estava me achando meio maluca, mas, como BFF, me apoiava com o olhar. Uma amiga pode até ser louca, mas você não a deixa sozinha. Briga, dá um sacode, um abraço de fofura, mas não sai de perto.

– Vou ser franca porque não faço média e mando tudo na lata, ok?

– Já sei. Tô ficando maluca?

– Isso você já é. Notei algo pior. – Não tinha ideia do que poderia ser. – Você está apaixonada pelo cara do sonho.

– Como assim? – Fiz cara de E.T. caindo numa rua do centro da cidade em plena segunda-feira.

– Apaixonada. Sabe apaixonada? Você fala empolgada, comenta sobre o cara como se ele fosse perfeito e, o pior, de verdade. Só falamos assim quando estamos apaixonadas. Eu estou apaixonada pelo seu irmão, esqueceu? Sei como a gente se sente.

Quando a Lelê disse isso, não tive tempo de processar a declaração, Cadu interrompeu a conversa com um grito, dando um susto na gente.

– Até você?!? Apaixonada pelo Cafa, Lelê? Eu escutei. Por essa eu não esperava.

Lelê congelou como um boneco de gelo siberiano. O invasor fechou a porta e minha amiga abriu a boca, chocada com o ocorrido.

– Kira, me diz que isso não aconteceu!

– Aconteceu. Cadu escutou você dizer que é a fim de um dos meus irmãos e achou que fosse o Cafa. Pensa que poderia ser pior, se ele entendesse ser ele o citado. Ou não?

– Sei lá. Agora ele vai achar que gosto do outro irmão.

Confusão formada. Tive que dar uma pausa nos pensamentos para voltar ao mundo real com força total e buscar água com açúcar para a minha amiga. Lelê chocada, andando pelo meu quarto, tentando pensar numa saída, sentou na minha cama novamente, olhos arregalados.

– E se eu falar que estava contando uma história, uma amiga está a fim do irmão de outra amiga, será que cola?

– Lelê, calma. Vamos pensar...

Nunca fui tão egoísta como naquele dia. Tentei de todas as formas me comover com a cena de Cadu escutando o segredo Lelenístico, mas não conseguia pensar em mais nada além do sonho e, enquanto minha amiga buscava solução, tentava me interessar pelo assunto, mas a porcaria da minha cabeça só pensava no que senti ao dar as mãos para o desconhecido e me envolver naquele frio gelado, implacável, subindo pelas minhas costas. Foi então que tanta emoção interna me fez entender: sim, eu estava apaixonada e por um desconhecido que não existia no mundo real!

SETE

Uma revolução interna

Se perguntarem se eu queria viver o meu momento atual... vamos, perguntem. Sim, queria, cada segundo, mesmo quando sinto medo. Não posso mais frear os recentes acontecimentos na minha vida.

A segunda-feira seguia com a chuva começada na noite de domingo. Lelê ainda assustada por Cadu achar que ela gostava do Cafa, e eu pensando em uma frase que meus amigos tinham mania de falar: "Enquanto não acontece, a gente imagina." Estaria surtando dentro da minha cabeça, enquanto meu cotidiano beirava a calmaria? Seria uma premonição sobre me apaixonar por alguém? Eu não queria outra pessoa, me inclinava a aceitar o cara dos sonhos, afinal nada me fazia tão bem ultimamente do que estar com ele. Mas como dizer sim para quem não existia?

Eu precisava de mais informações sobre sonhos, principalmente sobre os recorrentes, possibilidade de repetidamente dormir e encontrar a mesma pessoa, ainda mais sendo um desconhecido. As pesquisas não me diziam muito, existia pouca comprovação quando o assunto significava nosso estado de sono.

A Canto da Casa estava mais calma que o normal naquele dia. Aproveitei a mágica do silêncio para reler no caderno dourado detalhes dos sonhos anteriores. Fiquei fascinada pelas minúcias que colocara no texto. Não resisti e busquei na internet informações sobre Vieques e o metrô de Moscou. Estava curiosa sobre as imagens. Os dois lugares tinham muitas semelhanças com o que sonhei, e as fotos das águas luminosas da enseada de Mosquito Bay me fizeram sentir a sensação de estar mais uma vez ao lado do desconhecido. Senti saudade de não me encontrar naquele momento ao lado dele.

Depois de pagar umas contas no banco, observar um casal tendo uma longa DR sobre como ele a deixava de lado e tomar uma água de coco para continuar forte no calor, fui para o Enxurrada Delícia almoçar. Estava morrendo de fome. Minha mãe, sentada junto à janela, olhava os carros passando, demonstrando não estar em um bom dia. Estranhei. Comumente tão ativa, a calmaria não combinava com a mãe dos gêmeos mais agitados do planeta.

Subi as escadas do restaurante, pensando que há um bom tempo nós não conversávamos. Quanto mais idade temos, menos sabemos do outro. Ocupada com a administração do restaurante, minha mãe esquecia um pouco de mim. Agitada com a administração da Canto da Casa, eu esquecia os possíveis problemas vividos por quem eu tanto amava. Nos acostumamos a ser assim, me apeguei ainda mais aos meus irmãos, e meu pai acabava sendo o mais distante de todos, com os compromissos no Fórum e seus processos seguindo por dias. Faltava mais aproximação entre nós.

– Oi, mãe. Que cara é essa?

– Pensando na vida, filha.

– Que voz desanimada.

– Kira, queria conversar uma coisa com você.

Minha mãe ficou alisando a toalha como se quisesse passá-la. O que teria acontecido? O seu semblante mostrava a existência de dificuldades.

– Como vou te explicar isso…

– Mãe, sou adulta. Pelo amor, certamente sei mais sobre a vida do que você imagina. – Depois desse comentário direto, minha mãe me olhou como se estivesse me encontrando depois de cinco anos sem me ver. Pronto. Agora ela sabia que eu tinha completado a maioridade. Por que, para os nossos pais, seremos eternamente as garotinhas e garotinhos inocentes, desconhecedores dos assuntos da vida? – Confia em mim. Ou só eu tenho que confiar em você?

– Senta, Kira.

Sentei, dois garçons do restaurante chegavam animados, cantando um pagode enquanto ajudavam a descarregar uma entrega.

– Filha, não tenho com quem conversar, este restaurante toma muito meu tempo, mal consigo fazer o cabelo e as unhas, mesmo assim, amo este lugar e o meu trabalho. Estava pensando que a nossa família, apesar de unida, anda distante.

– Sei disso, mas é normal, andamos muito ocupados.

– Não é só isso. Com a sua idade, sonhava com cada detalhe deste restaurante. Ele hoje é uma realidade, uma conquista que nos faz ter uma vida confortável, e nos permite dar a vocês o que a minha família também me deu e até investir no seu sonho, na sua lojinha, a maior fofura. Isso me faz a mãe mais feliz do mundo, porque vocês, meus filhos, parecem ter aprendido a viver sem a minha presença, se virando, crescendo sem que eu precisasse estar o tempo todo presente. No meio disso tudo, tenho um casamento, um marido, mas uma relação homem-mulher não é assim e sinto que meu casamento está morrendo.

Eu que estava com o astral mais para o pagode dos garçons do que para qualquer assunto mais denso, fui pega de surpresa pelo papo sério. Casamento morrendo? Pesado. Meu coração ficou apertado. A vida toda entendi meu pai ao lado da minha mãe.

– Por que acha isso, mãe?

– Seu pai anda distante. Será que está com alguém?

– Que alguém, mãe? Meu pai vive lendo aqueles processos, os livros, adora a nossa família, só fica enrolado com os julgamentos.

– Filha, uma mulher sabe quando o homem está olhando na sua direção, mas sem a observar de verdade. Seu pai anda assim, distante. Não repara mais quando coloco um vestido novo, não me elogia e não tem mais os olhos brilhantes.

– Você tentou conversar com ele?

– Ainda estou pensando no que fazer. Não quero que conte nada disso para os seus irmãos. Sabe como é o Carlos Rafael, não guarda segredo, acabaria falando com o pai. Nem para o Carlos Eduardo, porque ele nada esconde do irmão.

Segurei a mão da minha mãe e fiquei pensando se as suspeitas estariam corretas. Não conseguia imaginar meu pai sem vontade de estar ao lado dela, muito menos meus pais separados e, menos ainda, ele com outra mulher. Tudo bem, a maioria dos meus amigos tinha pais separados, o mundo moderno é repleto de desencontros, mas na minha casa isso parecia distante.

Naquele dia, voltei para a loja encucada. Tanta coisa acontecendo, eu não sabia por onde começar. De noite o pensamento acelerado continuou. Lelê me mandava mensagem de cinco em cinco minutos, meu pai chegou do Fórum e ficou lendo na sala como de costume, meus irmãos, só para variar, falando de mulher no quarto, minha mãe chegando tarde do restaurante e ainda com um olhar decepcionado.

Duas semanas seguiram sem maiores acontecimentos. Eu não tive mais nenhum sonho e achei que o moço desconhecido sumira do mapa, até que ele voltou a me visitar.

No sonho, a imagem de uma fazenda surgiu, um verde maximizado, árvores enormes, cavalos bem tratados, vacas com cara de feliz e uma casa ao longe que me parecia familiar. Subi numa cerca recém-pintada de branco quando escutei meu nome sendo chamado. O moço vinha correndo e chegou animado para falar comigo.

– Que bom que apareceu, Kira! Estava preocupado.

– Você fala como se encontrá-lo dependesse de mim.

– Ué, mas não é?

– É? – Realmente não sabia disso. Fiquei duas semanas sem sonhar e adoraria estar com ele antes. Não queria que notasse, mas estava muito feliz de estar naquela fazenda, mesmo sem ter noção de quem seria o dono do local e em que lugar do planeta estava. A melhor parte, eu o tinha encontrado novamente e nossa sintonia seguia ainda mais forte do que nos dias anteriores.

– Vem aqui, vou te mostrar uma coisa. – Como em quase todas as outras vezes, me puxou pela mão. Tinha esquecido como me sentia bem de mãos dadas com ele. Entramos em um celeiro. O pé-direito altíssimo, as madeiras do local bem antigas, mas tudo limpo, arrumado e com alguns cavalos adoráveis. Alcançamos uma área reservada, uma pequena salinha cheia de feno. Uma égua no chão, com um semblante que demonstrava cansaço.

– Ela está grávida. Será mamãe em minutos.

Fui pega de surpresa com a novidade e aguardei as próximas emoções, enquanto ele cuidava da égua, como se tivesse feito aquilo a vida toda.

– Algumas éguas começam a sentir dores dois a três dias antes do parto, o que está relacionado com a rotação do potrinho no útero.

Eu estava incrédula. Não conseguia assimilar que aquela égua teria um filhote na minha frente.

– Duas horas após o parto, o potrinho já deve estar em pé e mamando. Depois é mais tranquilo. Égua e potro ficam sozinhos por uma semana ou duas, até serem misturados ao seu grupo. É preciso evitar os outros bichos maiores, brincalhões ou agressivos, até o filhote estar mais fortalecido.

– Como você sabe tudo isso?

– Você também sabe, mas não sabe que sabe. – Sonho é sempre uma delícia, né? De repente, você cai numa fazenda, sem sequer ter colocado os pés em uma antes.

Quando me dei conta, o potrinho estava ali na minha frente, coberto por uma membrana ensanguentada e o que reconheci como sendo o cordão umbilical soltou sozinho da égua, sem que precisássemos cortar. A égua marrom tivera um filhinho da mesma cor.

Dei alguns passos para trás, me senti invadindo algo tão íntimo como uma declaração de amor. O garoto reparou minha emoção, meus olhos começaram a chorar sozinhos e só consegui admirar a égua lambendo seu filho com aquele carinho de quem já se conhece desde sempre.

– Que lindo, prova da existência de Deus!

O pequeno animalzinho foi mamar na mãe e ficamos ali observando a cena, encantados com o poder da natureza.

Três pessoas que eu não conhecia chegaram. Curiosamente, as três tinham uma altura diferente do normal, sendo bem mais altas, considerando o padrão humano. Antes de descobrir suas identidades, senti meu corpo formigar, apaguei, abri os olhos e estava no meu quarto.

Ah, não! Por que esses sonhos acabavam sem mais nem menos? Quando eu poderia conversar com ele? Mal olhei o potrinho e acabou?

Levantei sobressaltada, chateada e cheia de perguntas na cabeça. Não aguentava mais ligar para a Lelê para contar que tivera um sonho e ela me mandar olhar no dicionário dos sonhos. Sonhar com fazenda representava algo bom, dizia o livro, sem maiores detalhes.

No sábado fui à praia cedo, sozinha, fiquei admirando o mar e tendo a sensação de viver um número muito maior de sonhos, mas não conseguia lembrar.

Cheguei em casa, corri para o banheiro e pensei em conversar com o meu pai sobre meu sono tão intenso, quando Cafa entrou no quarto, perguntando se eu queria sair com ele, dar um pulinho na casa do Sodon, que tinha comprado uns equipamentos novos para malhar. Como se eu fosse a fisiculturista. Frequentava a academia por obrigação total de jogar fora as porcarias que comia e tinham o hábito de morar na minha barriga. Só não estava acima do peso porque há um ano intensifiquei minhas idas à academia e me acostumei. Fazia bem para a correria da loja, em que eu saía com os neurônios babando, pendurados na cabeça, e tinha que me livrar da tensão.

Eu me sentindo *a* malhadora, aceitei o convite do meu irmão e fomos para a casa do Sodon, que berrava no celular para a gente chegar logo, enquanto já estávamos no caminho.

OITO

A certeza de existir

E quando você menos espera... o susto consegue ser ainda maior e marcará a vida para sempre.

Meu irmão desligou na cara do Sodon, rindo, pedindo para ele ter calma, estávamos chegando. A casa do nosso amigo ficava no Recreio mesmo, em cinco minutos chegaríamos, ao som de *Feel so Close*, do Calvin Harris: "*I feel so close to you right now/ It's a force field/ I wear my heart upon my sleeve, like a big deal/ Your love pours down on me, surrounds me like a waterfall/ And there's no stopping us right now/ I feel so close to you right now*".*

Fomos curtindo pela praia, meu irmão querendo saber das novidades. Pensei duas vezes antes de contar sobre meus sonhos, não tinha noção do que escutaria. Como nem eu mesma tinha compreensão dos últimos acontecimentos emocionais nos meus dias, melhor guardar só comigo...

---

* Eu me sinto tão perto de você agora/ É um campo de força/ Eu sou bastante passional, como se fossem grandes coisas/ O seu amor derrama em mim, me abraça como uma cachoeira/ E não há como nos parar agora/ Eu me sinto tão próximo de você agora.

Bem, e com a Lelê também. Optei por falar da loja e das nossas ideias de investimento.

Pegamos o retorno e quando estávamos voltando para entrar na rua do Sodon, demos de cara com uma cena assustadora. Um ônibus nos ultrapassou em alta velocidade, passou de raspão em um carro prata, subiu a calçada, saiu levando tudo pelo caminho, acabou com um canteiro e só parou quando bateu de frente contra uma enorme árvore. Um estrondo e um vazio. Depois do barulho seco da colisão, o silêncio parecia ter tomado conta do bairro todo. A cena congelada avisou o próprio fim daquela imagem.

Meu irmão colocou o pé no freio e, sem pensar duas vezes, estacionou. Precisava ajudar aquelas pessoas. Cafa tinha um ar de descomprometimento, jeitão de superficial, mas tinha um coração maior que o mundo. Várias vezes orgulhava a família com atos heroicos, dignos dos filmes de mocinhos. A decisão de ajudar não me surpreendeu. Pessoas precisando de socorro costumavam cruzar o caminho do Cafa.

O carro foi estacionado de qualquer jeito, disquei para o 190, imaginando outras pessoas fazendo o mesmo. O ônibus tinha passageiros, o motorista estava com a cabeça ferida, os braços caídos e estáticos. Algumas pessoas gritavam, outras se tremiam, e a árvore parecia tragar um charuto de tanta fumaça que saía das suas raízes.

Cafa subiu as escadas do ônibus, pediu que eu esperasse alguns metros longe do acidente. Fiquei nervosa, sem poder fazer nada, mas não teria forças para tirar ninguém daquele lugar. Aguardaria até poder ser útil.

Meu irmão rapidamente desceu com uma moça desmaiada. Depois foi a vez do motorista, com um largo corte na testa, sem forças, entregue na mão da vida. Os dois ficaram deitados próximos a mim, imóveis. Abaixei, tentando acordar a moça, mas não toquei no motorista, que parecia bem distante dali.

Outras pessoas foram chegando, olhares assustados, comentários em voz alta e um certo receio do ônibus pegar fogo. Um homem colocou extintor na árvore. Outro comentou sobre não mexer nas vítimas, a fumaça densa poderia ser um indício de explosão. Não tínhamos como aguardar ajuda oficial. Segurei a mão da moça, ainda apagada, quando levantei o olhar, vi meu irmão com um senhor nos braços e dei de cara com alguém familiar descendo a escada do ônibus com uma senhorinha no colo. Meu coração acelerou, como se eu fosse tomada por um transe, e me dei conta de que ELE estava ali na minha frente, sem maiores apresentações, invadindo minha vida real, como se aquele encontro fosse a situação mais comum de todas. O cara dos sonhos, o invasor do meu sono, tinha virado companheiro do meu irmão no salvamento daquelas pessoas. Eu não sabia mais se tentava acordar a mulher, ou dava um grito assustador, tentando me acordar como quem encontra um fantasma.

Os bombeiros chegaram, colocando ordem em tudo, mas eu nada mais escutava. Só conseguia olhar para o garoto ajudando as vítimas, tirando a camisa e constatando que, ao vivo, ele parecia ainda mais bonito do que nos meus sonhos.

Não conseguia entender... encontrar um desconhecido e ele ser tão familiar. O que a vida estava aprontando dessa vez? Tudo bem, eu estava acostumada com surpresas, como, por exemplo, me dar conta de que tinha dois irmãos absolutamente idênticos, quase como um truque de espelhos. Tentei distrair o pensamento, lembrando de na infância olhar encantada para Cadu e Cafa, como se eles fossem um milagre por serem tão iguais e terem vida própria, sem que a ação de um dependesse do outro. Ah, perto de ter dois irmãos absolutamente iguais, o que tinha de extraordinário encontrar um cara que já conhecia nos meus sonhos?

Eu estava morrendo de vontade de gritar. Quando vi, médicos atendiam as vítimas, enquanto meu irmão sentava na calçada junto com o garoto desconhecido e os dois comentavam que loucura aquele acidente. Tinha que concordar: que loucura aquele acidente! Cheguei a pensar se não estava sonhando, tendo algum ataque mental, mas vivia tudo real demais para ser mentira, invenção ou criatividade da minha cabeça. Não estava dormindo, me sentia acordadíssima!

Os dois estavam suados, sem camisa e pareciam amigos de longa data. As vítimas estavam sendo levadas para o hospital mais próximo. Alguns moradores, junto com um policial, vieram agradecer a atitude dos dois em retirar os feridos que corriam risco dentro do transporte coletivo, com possibilidade de uma explosão. Nesse momento, a situação já estava controlada pelos bombeiros. Os dois, ofegantes, alegaram não ser necessário agradecimentos. O policial perguntou o nome de ambos. Meu irmão falou em voz alta, mas o desconhecido respondeu baixo e não consegui entender.

A dupla levantou, apertou as mãos, meu irmão apontou para mim e respondi com uma cara assustada e sem nexo colada na minha face. Não parei de olhar para ele nem por um segundo. Como isso estava acontecendo?

Meu irmão se despediu do desconhecido. Eu dei um oi com as mãos trêmulas, cheia de receio e sentindo raios saírem dos meus olhos sem a minha ordem. Estava entregue naquele momento, por estar diante de alguém com quem já mantinha uma relação e me deixava meio zonza nos pensamentos. Faltaram dois minutos para eu perguntar: "Ei, você já me conhece dos sonhos, não lembra?"

O estranho me olhou sem nenhuma surpresa, um sorriso simpático, mas parecendo me observar normalmente. Senti meu rosto ficar vermelho. Um carro preto parou, ele se despediu dizendo que precisava ir, deu um tchau e desapareceu como nos meus sonhos, sem maiores explicações.

Meu irmão praticamente teve que me pegar pelas mãos e me tirar dali. Estava engasgada, nervosa, com as pernas bambas e totalmente surtada com os últimos minutos.

Cafa imaginou meu nervoso por causa do acidente, isso realmente foi péssimo, estava preocupada com o motorista, o mais machucado na batida, mas depois que vi aquele rosto todo o resto parecia ser uma filmagem e me senti apenas uma peça do quebra-cabeça.

– Kira, fique calma, o motorista vai sobreviver.

– Vou torcer. Ele tem um semblante de boa pessoa.

– O médico disse que ele vai se recuperar, irmã.

Chegamos à casa do Sodon e o encontramos impaciente. Queria porque queria mostrar os tais novos equipamentos da malhação. Eu precisava, ou melhor, necessitava contar para a Lelê o encontro assustador daquele dia. Explicamos a razão da demora e ele ficou assustado com a descrição do acontecimento. Não conseguia prestar atenção no papo. Escutava ao longe meu irmão e seu amigo falarem de carga, alimentação, suplementos, saúde, peso, dedicação, treino intenso... Quanto tempo mais duraria aquela conversa? Podíamos ir embora?

Enquanto Cafa experimentava o multiestação, ajustando o equipamento para sentar e poder avaliar melhor, aproveitei para telefonar.

– Lelê, ai que bom falar com você.

– O que foi, aconteceu alguma coisa?

– Não tem chance de explicar por telefone. Tô indo pra casa daqui a pouco. Vai pra lá logo. É urgente!

Desliguei o telefone quase na cara da minha amiga. Meu irmão marcou uma malhação com o Sodon para o dia seguinte e pedi para irmos embora, dando uma desculpa sobre precisar acertar umas questões da loja com a sócia.

– Bora, eu marquei de sair com a Fabi hoje. – Até eu me surpreendi com aquela declaração. Cafa estava praticamente namorando, o que tinha um quê de milagre no ocorrido.

– Nem parece você falando, Cafa. – Sodon deu um cutucão no amigo, quase se certificando se não estava ali um farsante ou Cadu no lugar do gêmeo mulherengo!

– Nem eu ando reconhecendo meu irmão ultimamente. Aliás, só ando me surpreendendo. Vamos logo, Cafa.

Cafa não questionou meu pedido. Sodon se despediu todo animado pelos elogios aos equipamentos comprados. Saímos, e torci para chegar logo em casa, antes que minha necessidade de desabar me fizesse contar para o meu irmão a história absurda.

Lelê estava na cozinha, conversando com a minha mãe, enquanto a matriarca da casa testava um novo doce, que lembrava um brigadeiro, mas tinha uma consistência mais mole do que o comum. Junto com esse creme, vinham morangos e depois, por cima, um achocolatado em pó, com um leve toque de café. A sobremesa não parecia ter nada de mais, mas minha mãe, a artista da cozinha, tinha sua maneira própria de apresentar os pratos e isso fazia uma diferença enorme.

Eu e Lelê corremos para o quarto, Cadu passou por nós e senti minha amiga engolir em seco.

– Amiga, posso te fazer uma pergunta?

– Claro, Kira, manda!

– Quando você sentiu que estava apaixonada pelo meu irmão?

– Tem um ano.

– Você gosta do Cadu tem um ano?

– Fala baixo, já pensou se ele escuta? Ele perguntou algo sobre a minha paixão pelo Cafa?

– Nada. Mas ele é na dele. Se fosse o Cafa que tivesse escutado, faria várias perguntas, mas o Cadu é discreto.

– É por isso que sou apaixonada por ele. Mas e aí, qual a urgência?

– Você não vai acreditar no que aconteceu. Mas não vai acreditar, *mesmo*.

– Pela sua entonação, já estou achando impossível isso ter acontecido.

Demos uma gargalhada e comecei a contar da ida para a casa do Sodon, os detalhes do acidente e por fim o susto de encontrar o garoto. Tentei passar o maior número de informações que lembrei, até para rever mentalmente o ocorrido. Lelê ficou me olhando, até esboçar alguma reação.

– O que achou? O cara era exatamente igual?

– Lelê, preciso que você me confirme se isso aqui é o mundo real, não estou sonhando, nem dormindo, nem nada.

Lelê caiu na gargalhada novamente, me fazendo me sentir uma bobinha.

– Calma, você não está dormindo, nem ardendo em febre. Tá achando que isso aqui é filme? Vida real, amiga. Posso garantir: está tudo normal. Você encontrou um cara que, por acaso, parecia com alguém dos seus sonhos.

– Ai, que bom, tenho uma amiga que se escutar um pássaro falando, vai achar supernormal. Lelê, eu não sonhei com ele uma vez, sonhei várias. E o cara de hoje não é *superparecido* como Cadu e Cafa. O rapaz do sonho é *exatamente* igual ao que ajudou a salvar as pessoas no acidente.

Lelê fez uma cara de "ah, tá", ou seria de "ah, assim é diferente"?

– Relaxa! – pediu ela e ganhou uma almofada na cara. – Você tem que procurar esse cara e saber por que o figura está invadindo o seu sonho.

– Ah, claro, só procurar os carros pretos da cidade. Com tanto nervosismo, esqueci de olhar a placa do veículo.

Dessa vez, a Lelê fez cara de "ah, agora complicou", como se antes estivesse tudo supersimples.

– Lelê, vou te bater. Diz coisa com coisa. Isso é um drama para mim. É tão importante quanto o Cadu para você.

– Você tem certeza ser exatamente a mesma pessoa?

– Tenho, poxa, quase tive um troço quando vi. O acidente já foi horrível de assistir, ainda dei de cara com o desconhecido.

– O que eu tenho para dizer é: se ele existe no mundo real, fica calma, nós vamos encontrá-lo.

NOVE

Presente do destino

Nem sempre é um dia bom para aqueles que amamos,
mas os amaremos do mesmo jeito e ainda mais.

Encontrar alguém que você só sabe a aparência é algo beirando o impossível. Por mais otimista, não conseguia vislumbrar uma saída. Depois de devorar a sobremesa feita pela minha mãe e levar a Lelê até a porta, peguei meu laptop e, bobamente, busquei no Google: "Como encontrar alguém desconhecido." Alguns minutos de busca e nada que pudesse me ajudar. As páginas passavam longe da resposta que procurava. Na verdade, eu queria mesmo a cara do desconhecido na tela com nome, endereço e telefone. O mais perto que achei foi: "Tem como encontrar alguém que conheci pela web?"; "Todo mundo um dia quer encontrar alguém que mude completamente a sua vida. Alguém que faça você se sentir a pessoa mais feliz do planeta." "E se eu nunca mais encontrar alguém para fazer o meu coração acelerar igualzinho você fez?" Depois de me perder em páginas, falando de busca e encontros marcantes, dei uma olhada no Facebook. Quem sabe algum amigo meu do Recreio tinha o Face do moço?

Naquela noite, fechei os olhos e mais um sonho chegou para mim. Nosso cenário escolhido me surpreendeu, uma universidade americana. O garoto passou por mim como se estivesse apressado. Eu o parei, me sentindo meio perdida.

– Oi, lembra de mim?

– Claro, Kira, como está?

– Preciso falar com você.

– Lógico, vou adorar. Me acompanha, vamos conhecer a biblioteca da faculdade.

– Que faculdade é essa?

– Maryland University.

Quando percebi, a biblioteca inteira estava ao alcance das minhas mãos. Ele pegou um livro, assinou em um caderno e saiu, me puxando como de costume. Descemos uma escada e entramos num restaurante exótico. O lugar todo decorado na cor cereja, tinha um papel de parede chique com pequeninas cerejinhas enfeitando. As mesas de madeira talhada pareciam uma dessas raridades não mais feitas hoje em dia. Pela janela, percebi, não nos encontrávamos mais na universidade. Tínhamos viajado para Paris e estávamos em uma daquelas ruas históricas da cidade.

Sentamos em estranhas cadeiras, miniaturas de assentos. Estofado forrado de vinho com duas cerejas bordadas nas costas. Não esperei introduções e declarei:

– A gente se encontrou hoje.

– Onde?

– Na minha vida real, você não me reconheceu.

Ele abriu mais um daqueles sorrisos tentadores, mesmo assim, me irritando horrores.

– Eu não sei que te conheço. – Por que ele falava assim tão distante, em poucas palavras, quando meu olhar pedia tantas respostas?

– Mas por que eu sei quem é você? Eu quase tive um ataque cardíaco. Como você sabe que não me conhece?

– Pelo que sinto, pelo que você me passa nos sonhos, Kira. Quando acordo não sei mais nada sobre nós dois.

– Por que você fala tão pouco e nada muito direto?

– Sou parte do seu sonho, você que me faz falar assim.

– Você acha que vamos nos ver de novo no mundo real?

– Você também acha. Tanto quanto eu.

Quando ele acabou a frase, entrou um palhaço, quase me fazendo cair no chão de tanto susto, com uma carinha de bonzinho e começou a dizer:

– Olá, senhorita Kira! Como vai? Oh, não me responda, somente a si mesma: como vai? Co-mo vai? Quanta alegria estar no meio do seu sonho, andei tanto para chegar até aqui. Quantas dificuldades passamos na vida, não é mesmo? Lembre-se, quando estiver triste, sorria. Faça um esforço, sorria. Jamais pense que acabou. Existe vida muito além dos momentos difíceis. Nos dias duros, esqueça as coisas ruins. Parece óbvio, mas todos erram nos piores dias. Ficamos sentados horas, pensando nas decepções. Kira, garota linda. Viva intensamente, assim é melhor.

Aquelas palavras pareciam um mantra me fortalecendo. Prometi em voz baixa que lembraria daquela mensagem em algum momento necessário.

Dessa vez, o moço me levou até uma porta de saída e uma menininha, de olhos estranhamente brancos, me esperava vestida como uma princesa.

– Você precisa ir com ela. Está tarde. Ou melhor, cedo. Já, já vai amanhecer. Você não pode permanecer aqui.

– Vou tentar encontrá-lo no mundo real.

– Tomara – disse-me com um semblante otimista. Como o sonho me pertencia, eu mesma poderia sugestionar e acreditar em um reencontro.

Acordei e fui direto para a academia. A sensação de não ter dormido atrapalhou até pedalar. Por sorte a bicicleta de spinning não tomba! Tudo bem, vamos prestar muita atenção no peso, para não cair nenhum em cima do meu pé, eu repetia para mim.

Da academia, fui para a loja e a hora do almoço chegou. Saí correndo para fazer companhia a minha mãe, no Enxurrada Delícia.

Entrei no restaurante e o Birobiro, garçom mais famoso, me avisou que minha mãe não tinha passado bem e foi para casa. Mal cheguei ao Enxurrada e saí, determinada a saber o que estava acontecendo. Entrei no apartamento chamando pelo nome da dona Claudia. Meu coração estava acelerado. O que teria acontecido com a minha mãe? Para ela sair do restaurante mais cedo, o assunto não deveria ser bobagem.

Deitada na cama, demonstrava um incômodo, encolhida no quarto escuro. Cheguei perto e reparei um copo com água em cima da mesinha de cabeceira.

– Mãe, o que aconteceu?

– Uma dor de cabeça mais forte do que a minha vontade de ficar em pé. Me derrubou!

Eu sabia, aquela dor não tinha só fundo físico. Minha mãe, magoada com a vida e, incomodada com a relação com o meu pai, andava cobrando demais do corpo. Desde a nossa conversa, comecei a reparar nos dois e cada dia eles se falavam menos, mantinham um contato civilizado, mas cheio de hiatos.

– Vou cuidar de você. – E ao falar isso, puxei mais as cortinas e liguei o ar-condicionado. Fui no armário, peguei um conjuntinho de dormir e a ajudei a trocar de roupa. Quando vestiu a blusa, ela começou a chorar. Aquela cena acabou comigo. Nunca tinha visto minha mãe daquela forma e me senti completamente sem forças. Depois disso, fui para a cozinha. A passadeira cuidava de uma pilha de roupas, mas não notou nada. Coloquei a panela com água no fogo, peguei uma xícara, um saquinho de chá, um pouquinho de açúcar e coloquei meu carinho naquela ação, para, de alguma forma, fazer bem a minha mãe.

Depois que tomou o chá, ela deitou novamente. Fiquei ali, olhando-a pegar no sono, sem entender exatamente o que estava ocorrendo com os meus pais. Queria ajudar, mas não tinha ideia do que poderia fazer.

Saí do quarto, minha mãe mergulhou em sono profundo. Meus irmãos chegaram perguntando por ela, amenizei a questão, explicando ser somente uma dor de cabeça. Os dois se vestiram para jogar bola com os amigos. Não fiz mais nada além de torcer pela sua melhora.

Três horas mais tarde, meu pai entrou no quarto e ficou olhando minha mãe dormir. Eu estava na varanda, pensando, quando Cadu voltou do futebol com Cafa e se aproximou com uma caixa nas mãos.

– Kira, vem aqui com a gente.

Fui caminhando atrás dos dois que pareciam carregar um tesouro nas mãos. Eles entraram na cozinha, foram até a lavandeira, Cadu colocou a caixa no chão e a abriu, me surpreendendo. Um cachorrinho fofo nos observava e senti imediata vontade de apertá-lo.

– Achamos lá no campo de futebol. Estava abandonado, amarrado em uma árvore lá no canto do gramado – contou Cafa com uma voz chateada.

– Quem faz isso com um filhotinho? – perguntei, revoltada com tamanha maldade.

– Outro dia, você e minha mãe não estavam comentando em ter um cachorro? Encontramos! – Cadu não cogitava mandar embora o mais novo membro da casa.

– Melhor do que comprar. Tem muito cachorrinho abandonado precisando de um dono – falei passando a mão na cabeça do pequeno serzinho.

– E ainda salvamos a vida do rapazinho. – Cadu o tirou da caixa e me entregou.

Segurei o bichinho no alto, para ver se estava machucado e comecei a rir, segurando a pessoinha com todo o cuidado do mundo.

– Bem, vocês podem entender de futebol, mas de cachorro não entendem nada. O rapazinho, na verdade, é uma mocinha.

Meus irmãos se olharam surpresos e deram uma gargalhada.

– Qual é, Cafa, logo você não reconhecer uma cadela?

A pequenina estava com cara de fome. Rapidamente a minha dupla de irmãos saiu para comprar uma ração para filhotes e em minutos a pobrezinha já estava satisfeita. Naquela noite, a cachorrinha, ainda sem nome, dormiu no meu quarto. Só para tentar, quem sabe dá certo, coloquei um jornal no chão do meu banheiro e ensinei que ali deveria ser o local do número um e do número dois. A bichinha me olhou com uma carinha de desconhecimento, como quem pergunta o que seria um número, mas travamos ali nossa primeira conversa franca.

Uma fofura, parecendo personagem de desenho animado, ela deitou entre as almofadas jogadas no chão, próximas de uma mesinha em que ficava o som, cds e os livros do mês. Dormiu, depois de esconder o rostinho em uma das almofadas, talvez fugindo da luz, um tanto quanto desconfiada.

Adormeci olhando aquela fofurinha. Em menos de uma hora, parecia que nos conhecíamos há anos.

No dia seguinte eu apresentaria o mais novo membro da família para minha mãe e, quem sabe, a cachorrinha que já estava fazendo tanto bem a mim, faria a ela também. Uma nova integrante chegou aqui em casa. Animais têm muita sensibilidade.

Os sonhos não saíam do meu pensamento. Logo eu, me achando só mais uma garota carioca, me surpreendendo com dias inexplicáveis e encontros já eternizados antes mesmo de acontecerem.

DEZ

Reencontro de tantos encontros

Não acredito! Como eu posso escrever o termo "não acredito" em algo maior que letras garrafais, para que fique bem claro? Eu NÃO ACREDITO!

Acordei e a cachorrinha não estava no quarto. Saí preocupada pelo apartamento e a encontrei na cozinha, sentadinha, olhando minha mãe preparar o café da manhã e abanando o rabinho com a natureza própria dos filhotes. Mesmo tendo sido maltratada, descaradamente, ela ainda acreditava nos seres humanos.

– Kira, ela é linda!

– Então, já fizeram amizade? Eu estava louca para apresentar essa pessoinha. E você, melhorou?

– Sim, minha filha, obrigada por cuidar da sua mãe ontem. Mais tarde quero conversar sobre uma ideia que eu tive. Primeiro você vai para a loja, depois passa em um pet shop para comprar uma caminha e utensílios para essa mocinha. Ela está bebendo água no pote de margarina. Aliás, que nome vamos dar a ela?

Fiquei olhando para aquela bolinha caramelo com detalhes em preto. Ela parecia que não cresceria muito. Prometi pensar como iríamos chamá-la e saí animada para a loja. Novas peças para a próxima coleção chegaram depois de quase dois meses planejando com a dona Elba, costureira querida, apoiadora das minhas invencionices.

Uma da tarde, acompanhada da Lelê, fui almoçar no Enxurrada com o Cadu. Minha mãe adorava quando a gente aparecia para provar as novidades. Fazia uma mesa especial, atendia pessoalmente e eu me surpreendia com algum prato inesperado, com alguma combinação rara, capaz de deixar um gosto bom na boca.

Dessa vez, fomos convidados a provar uma lasanha de abobrinha com gosto de uma lasanha com massa, dessas bem temperadas. Impressionante como minha mãe conseguia transformar pratos sem graça em verdadeiras produções culinárias. Nada contra abobrinha, mas virar lasanha premiada dependia das mãos de uma artista.

Lelê não conseguia mais esconder o desconforto por estar diante do meu irmão, com quem ela convivia há anos. Vai entender os assuntos do coração. Em determinado momento, Cadu contando sobre um amigo que estava planejando morar fora dois anos, peguei minha amiga estática, olhos brilhantes, emocionada com a maneira dele de falar. Nada de mais existia na conversa para tamanho encantamento, mas a paixão é assim, nos envolve e faz brilhar ainda mais as qualidades cotidianas.

Uma hora, não teve como negar e, ali, senti meu irmão retribuindo sem saber os sentimentos da minha amiga. Os dois apontaram para uma nuvem com cara de gente no céu e Cadu segurou a mão da Lelê no ar. Ela o empurrou, ele a abraçou e eu quase deixei os dois sozinhos. Só faltou chorar a moça na minha frente, felicíssima com o carinho recebido.

Saímos do restaurante, pegamos a cachorrinha e fomos direto para um pet shop, localizado dentro de um supermercado, na divisão da Barra da Tijuca com o Recreio. Parecia um supermercado de animais. A melhor parte é que os cachorrinhos não eram barrados ao entrar, pelo contrário, eram convidadíssimos e circulavam pela loja como se o mundo fosse deles.

Logo na entrada, dei de cara com uma cachorrinha com um laço enorme de tecido floral na cabeça, parada em frente a um carro preto. Meu coração disparou, lembrei do encontro inusitado e acelerei o passo para não perder Lelê e Cadu de vista. O garoto dos sonhos não saía do meu pensamento.

Meu irmão foi ao balcão e pediu informações. A atendente, gentil, nos indicou consultar um veterinário. Concordamos. Subimos para um segundo andar, onde consultórios veterinários funcionavam a todo vapor. Sentamos para esperar atendimento.

Uns vinte minutos depois, um pastor-alemão com cara de cansado saiu de cabeça baixa, parecendo desanimado, com preguiça de andar. Senti peninha, mas quando entramos o veterinário esclareceu que o cachorrão estava ótimo se comparado a como deu entrada. Tinha devorado um churrasco com os donos e sofrido com as gorduras do banquete. Ali, aprendi minha primeira lição sobre cães: eles podem pedir com carinho um pouquinho da sua comida, pois não sabem que fará mal para suas barrigas.

O médico, de nome Arnaldo, começou a examinar a pequenina. Nos avisou que ela seria uma cachorrinha de porte pequeno para médio e tinha a mistura de vira-lata com yorkshire, por isso as cores e a pelagem. Enquanto o médico falava, passava a mão na cabeça da paciente, demonstrando enorme carinho. Depois, um bocejo canino dominou a cena e ficamos admirando a filhote tão miúda.

Não sabíamos a data certa do nascimento, o médico explicou que pelo tamanho dos dentes avaliaria com quantos meses ela estava. Abriu a boquinha da cachorra, quando um rapaz, da porta, pediu licença e perguntou:

– Arnaldo, posso esperar você para almoçar?

– Claro, Felipe.

Gelei! Gelei como deve ser na Antártida, sem meio-termo, intensamente. Parado, com metade do corpo para dentro do consultório, o moço, o garoto, o cara, o sujeito, o rapaz dos meus sonhos, com quem eu nutria uma enorme intimidade, mas não tinha a menor aproximação comigo. Olhei assustada, ele me reconheceu e disse, apontando o dedo na minha direção:

– Você... Eu conheço você!

Todos me olharam e pensei dentro de mim: dos meus sonhos. Respirei fundo da maneira mais discreta possível e respondi:

– Do acidente de ônibus. Você e meu irmão resgataram as vítimas.

– Claro! Tudo certinho? Aquele dia foi louco demais. Bom te rever...

Quando ele disse isso, a Lelê soltou um gemido irritante que fez todos olharem para ela. O garoto sorriu meio sem graça, minha amiga não deu desculpa esfarrapada alguma, teria sido melhor se fizesse, e eu senti vontade de me enterrar na lixeira do consultório. De *mim* ele lembrou.

O veterinário respondeu que desceria assim que terminasse a consulta. O moço fechou a porta e meu mundo caiu ali mesmo. De repente, a cachorrinha, coitadinha, deixou de ser o mais importante. Lelê jogou um caô qualquer, me puxou pela mão e saímos da sala, deixando Cadu com o médico.

– Amiga, por acaso esse homem que entrou aqui é o carinha dos sonhos?

– Minha perna está bamba. É ele. O cara dos sonhos, o mesmo encontrado na batida de ônibus, ele existe de verdade. O que eu faço? Você reparou que o veterinário falou o nome dele?

– Felipe! Deixa comigo. Vamos voltar para a sala, precisamos descobrir se ele trabalha aqui.

Há muito não me sentia tão adolescente. Que delícia são esses sentimentos, fazendo a gente rejuvenescer e andar pelas nuvens. Minha vida nos últimos tempos envolvia contas, contratos, negócios, planejar e organizar um empreendimento. A vida se voltava para dentro de mim e me sentia uma dessas garotas bem novinhas na escola, se apaixonando perdidamente no primeiro dia de aula.

Não tive tempo de pensar, Lelê me puxou pela mão novamente e voltamos para perto do Cadu.

– Seu assistente, sabe… esse rapaz que saiu daqui…?

– O Felipe? Não, ele não é meu assistente.

– Mas… é… ele trabalha aqui?

– Ele e a família toda.

– Tudo bem. Pode seguir com o que você estava dizendo, doutor.

Minha amiga não tinha mesmo tato para dizer as coisas e com ela também não funcionava o termo "cautela". Direto ao ponto. Pronto, falou. Meu ar parecia faltar. Quem me daria as respostas? Por quê? Por que eu tinha sonhado e agora descobria sua existência no meu mundo?

Saímos do pet shop carregando vários presentes para a cachorrinha, cheias de conversas pendentes, mas na frente do meu irmão nada foi dito e ele também não reparou nada de mais na simples ida ao veterinário. Algo dentro de mim tinha mudado em minutos e acho que, exagerando e sem medo de errar, eu nunca mais seria a mesma. Encontrar pela segunda vez o cara dos meus sonhos tinha um quê de contos de fada e muito do que sempre implorei nos meus desejos mais especiais.

Assim que a Lelê entrou no meu quarto, mandou na lata:

– Você já sabe onde ele trabalha, ele existe, eu vi, posso confirmar. E ainda por cima é gato. Ok, você nunca ficaria sonhando com um feioso. Agora se entrega, mergulha nessa paixão. Antes mesmo de conhecê-lo você já gostava dele.

– Ah, sei, vou voltar lá no consultório e falar: oi, Felipe, tudo certinho. Lembra de mim do acidente do ônibus? Então, lembro de você de antes, diretamente dos meus sonhos. Estou apaixonada!

– Vai me dizer que está pensando em não procurá-lo? A história está só começando, agora é que vai animar.

– Eu sei, não tem como não procurar. Quero tirar isso a limpo.

O pior de tudo estava na discrepância de conhecer tão bem o Felipe e ele mal saber da minha existência. Destino curioso, responsável por me fazer encontrá-lo duas vezes. Será que se ficasse parada no mesmo lugar, um novo encontro seria criado pela lei das oportunidades?

Amadureci e a vida me pareceu mais desafiadora, fazendo viver novidades jamais pensadas. No meio disso tudo, meu pensamento também focava na minha mãe que eu sabia não estar bem.

Naquela noite, aliás, tivemos uma das conversas mais lindas do mundo. Meus irmãos estavam no quarto, a Lelê fora embora há uma hora, meu pai já dormia e nós ficamos na varanda.

– Como você está, mãe?

– Essa sua pergunta me faz entender que você se tornou uma adulta. Para a gente, os filhos serão eternamente crianças, precisando de nós. Hoje vejo você me dando colo, tão minha filha, me amparando.

– Pensei no que você disse, sabe. Meu pai costuma ser meio ausente, fica na dele, lendo, caladão. É o seu jeito.

– Eu sei. Também pensei no que conversamos e tomei uma decisão, mas vou precisar da sua ajuda.

Minha mãe contou sobre a pretensão de preparar um jantar íntimo para o casal, ao som de Elvis Presley e Whitney Houston. Achei a ideia o máximo e meu apoio fez imediatamente seus olhos brilharem como uma garota apaixonada. Tínhamos muito a fazer, preparar um plano para os dois ficarem sozinhos, sem intromissão dos meus irmãos, e que ela conseguisse reviver a paixão com o homem que escolheu para amar. Depois de uma hora de "reunião" para definir o jantar secreto, fui dormir.

Fiquei mais de uma hora rolando na cama, deitando de um lado, depois do outro, levantando para beber água, indo olhar o céu, da varanda da minha casa, e reparando como as estrelas estavam mais brilhantes. Tudo parecia diferente agora com Felipe deixando de ser um sonho inexplicável e passando a ser real. Existia em mim uma enorme curiosidade de saber mais sobre ele, sua vida, seus gostos e se parecia tão doce quanto o rapaz dos meus sonhos, que tantas vezes me salvou.

– Olá, Kira, que bom que estamos mais uma vez nos encontrando...

– Eu estou sonhando?

– Estamos. Acho que também sonho, mas não lembro.

– Pensei que estivesse acordada. Você está sonhando comigo também? – perguntei, lembrando do olhar quase indiferente de Felipe lá no pet shop, demonstrando pouco me conhecer.

– Se eu estou aqui na varanda da sua casa, acho que é um sonho. Pelo menos por enquanto. Alguns sonhos você não lembra. Que bom que finalmente sabe meu nome. Estava bem chato ler na sua testa que, para você, eu me chamava, entre outros nomes "moço".

Achei engraçado a maneira como ele falou. A imagem onírica do mesmo Felipe e a nossa intimidade me envolviam. Queria estar ali mais tempo, infelizmente, não podia mandar no meu sonho, mesmo que Felipe desse a entender que sim.

Ele chegou mais perto de mim e pediu que eu lhe desse a mão. Fiquei sem jeito. Da outra vez, ficamos de mãos dadas, claramente, eu suei frio e me emocionei. Respirei fundo, senti um arrepio passando pelo meu pescoço e dei as mãos para o meu acompanhante.

Ele me puxou de uma maneira estranha, fazendo meu corpo levantar. Não entendi bem o que estava acontecendo. Tentou mais uma vez. Olhei para os seus pés e ele os impulsionava para o alto. Pensei: ele não está tentando fazer isso... ou está? Para cima! Para cima! Como assim para cima? Quando vi, nos encontrávamos a centímetros do chão e depois mais alto ainda, ultrapassando a copa de uma árvore. Inacreditavelmente, com o coração quase saindo pela boca, eu estava voando. Quer dizer, nós estávamos e ele tinha experiência no assunto, me surpreendendo a cada movimento.

– Como estamos voando? – perguntei incrédula.

– Gosta?

– É uma sensação tão diferente e que eu acho que...

– Segura firme, vou mergulhar no ar e depois subir. – Antes que fizesse qualquer movimento, minha barriga já estava tomada por um frio incontrolável. Senti que começava a cair, uma queda deliciosa e reparei que o controle estava com ele. Nos olhamos, emocionados, caímos pelo ar, voltamos, subimos um pouco mais e despencamos, sem acreditar. Eu me entregava cada minuto mais àquele momento dos sonhos. Inesquecível sem jamais ter existido. E quando achei que cairia, ele me segurou, me dando um abraço. Dançamos no ar. O que mais eu poderia querer da vida? Que tudo virasse realidade? Que um dia pudesse viver pelo menos algo parecido com o Felipe do mundo real?

– Não fica pensando essas coisas que você está pensando. Vamos ser felizes agora, nesse instante do sonho, depois você pensa no resto. – Minha mãe também cansou de me dizer isso, pensei.

Voltamos a voar e a voz de Taylor Swift pareceu ecoar ao redor de nós cantando *Beautiful Eyes*: *"Your beautiful eyes/ Stare right into my eyes/ And sometimes I think of you late at night/ I don't know why/ I wanna be somewhere/ Where you are"*.*

Uma emoção diferente tomou conta de mim. Enquanto dançávamos no ar, uma imagem totalmente nítida surgiu em minha mente. Eu estava desmaiada, no meio do nada, entregue àquela força dominante, àquele homem que me carregava nas costas, meus cabelos soltos ao vento sob um céu infinito adornado por pássaros em revoada.

Algo me avisava que em breve teríamos uma história ainda maior do que tudo aquilo que estávamos vivendo nos nossos sonhos. Pelo menos, esse era meu mais intenso desejo.

Tentei fazer o exercício de não pensar em mais nada. Tentei. Acho que nunca pensei tanto quanto naquele dia em que voei. Respostas chegavam dentro de mim, a certeza de que podia ser feliz sim e que daquele jeito eu não podia ficar: desejava Felipe muito, muito além dos sonhos!

---

* Seus lindos olhos/ Olham bem nos meus olhos/ E às vezes eu penso em você até tarde da noite/ Eu não sei por que/ Eu quero estar em algum lugar/ Onde você esteja.

ONZE

Procurando o sonho

Então, em vez da princesa ficar sentadinha, ela sai do palácio e vai ver o que existe do outro lado. Hora de ir além do reino com a coragem de um cavaleiro.

No dia seguinte, ao abrir a loja, duas animadas clientes chegaram, fazendo a manhã mais colorida. Mandei mensagem para a Lelê logo cedo, ela tinha ido entregar algumas peças, pedindo que me encontrasse no Enxurrada Delícia, na hora do almoço. Dos sonhos que tive com Felipe, o último foi o mais nítido. Atendi as clientes toda empolgada, com ânimo para mergulhar nos negócios e trabalhar dobrado... O que um sonho não é capaz de fazer com a vida da gente?

Cadu me pegou na porta da loja e me deu carona para o Enxurrada. Aquele dia seria tenso para minha mãe e meu irmão, porque fariam as contas do mês no restaurante. Uma vez a cada trinta dias, os dois promoviam uma espécie de grande reunião, avaliando lucros, custos, contas e pagamentos. Ele ajudava muito com suas planilhas organizadas e seus cálculos impecáveis, até porque amava o restaurante.

Entrei no carro, com a cabeça acelerada, tinha várias novidades para conversar com minha amiga sobre Felipe e a Lelê gostaria de me ver chegando acompanhada do Cadu.

– Rápido, Cadu, a Lelê já deve estar no restaurante.

– Ah, que bom, assim vejo aquela menina.

– Você adora a Lelê, né? – Que vontade de contar sobre os sentimentos da minha sócia e melhor amiga. Por que a vida precisa ser tão complicada?

Foi aí que meu irmão me surpreendeu:

– Adoro *muuuito* a sua amiga.

O jeito de falar foi estranho, como se colocasse uma emoção maior do que um simples comentário de "adoro muito a sua amiga". Foi aquele muito no aumentativo máximo que a palavra, já exagerada, exala. Meu pai nos criou ressaltando o peso do que falamos. Dizia não gostar do uso da palavra ódio no cotidiano. Aprendi em casa a pensar antes de falar e escrever bobagens, pausar antes de tagarelar várias vezes, porque nossas declarações têm uma densidade eterna. Apesar de lembrar disso, no caso do Cadu, o *muito* me pareceu pensado, já que, digamos, ele esticou a palavra. Eu adoro bastante a sua amiga. Eu adoro em abundância a sua amiga. No caminho, fui pensando se contaria sobre o "*muuuuito*" para a garota mais interessada nessa declaração. Não queria deixá-la com falsas esperanças. Já bastava uma de nós sonhando com o homem dos sonhos.

No restaurante, os dois se encontraram e, sei lá por que, senti raios saindo dos olhos do meu irmão. Estaria sugestionada com tantas declarações da Lelê e o comentário do Cadu no carro? Sentamos num canto e meus familiares foram trabalhar em outra mesa. Lelê demorou a se concentrar no que eu dizia:

– Pensei nas coisas que você me disse. Decidi, quero voltar ao pet shop e tentar me encontrar com o Felipe.

– Uau, que progresso! Onde foi parar a Kira "não procuro pelos caras"?

– Eu acredito na seguinte teoria: se você ficar fácil para ele, simplesmente vai perdê-lo. Só que, nesse caso, não vejo saída. Para mim, ele existe com mais intensidade. Preciso existir na vida dele pelo menos mais um pouco. Depois, fico na minha porque meu pai sempre me disse: quando um cara gosta, ele procura, e quando quer, não existe desculpa, medo, receio ou dúvida.

– Amiga, você vai ver como será tudo mais simples. Vai lá, vocês conversam e não demora estão juntos.

– Não é isso que a minha intuição está dizendo. No meu coração, existe muito mais história do que apenas sonhar com um cara e encontrá-lo no mundo real.

– Nossa! Então, vem emoção por aí. Estarei te apoiando, Kira.

Combinamos de no dia seguinte visitarmos a tal loja. Plano pensado cheio de possibilidades, marcando ações e alternativas compatíveis com acontecimentos, almoçamos um talharim integral com carne de soja e ervas. Depois fugi da sobremesa, porque ter mãe dona de restaurante me fazia lembrar que comidas podiam engordar. Quando minha mãe entrava na fase de testes com novos sabores adocicados, três quilos vinham como um espirro.

O dia correu. Eu e Lelê vimos o currículo de possíveis funcionárias. Decidimos que contrataríamos nossa primeira vendedora. Mais um degrau na nossa conquista. A loja estava mais estruturada, podíamos ter o apoio de uma pessoa, dando a ela todos os benefícios que um funcionário precisava para trabalhar.

Naquela noite, não sonhei ou, se sonhei, não lembrei. O sonho do voo tinha sido muito impactante, mexido demais comigo, e bastou pensar nos momentos vividos na noite anterior para dormir feliz. O melhor de tudo, no dia seguinte, eu encontraria Felipe mais uma vez.

Eu pedi tanto, que as horas passaram sem grandes tensões. Naquele dia de tarde, confesso, não trabalhei direito. Entrevistei duas candidatas para a vaga de vendedora e não consegui focar no que diziam. Voltei do restaurante, me arrumei, a Lelê me encontrou e seguimos para o pet shop com a Anja. Depois do sonho voando, encasquetei com esse nome para minha amiga peluda.

Eu estava tão nervosa... Tudo parecia tão cheio de suspense... Primeiro não tínhamos a menor ideia se Felipe estaria lá, depois se falaria com a gente, depois se eu conseguiria algum contato decente ou se perderia a voz e minhas cordas vocais só vibrariam como o som de uma maritaca. Se dependesse da Lelê, eu sairia namorando daquele pet shop, mas minha amiga não valia: otimista demais em alguns momentos, do tipo acreditar ser possível encontrar o príncipe encantado no meio do bloco de carnaval em Salvador!

Comecei a dar meus primeiros passos, sentindo calafrios e um tremor que fez Anja perceber meu nervosismo. A cachorrinha, parecendo sábia desde pequena, me olhou de maneira contagiante, me enchendo de felicidade, dando uma lambida no meu rosto e me fortalecendo para o encontro. Eu nada tinha a perder, talvez seria apenas mais uma experiência de vida, um pouco de aprendizado nunca é demais e ficaria em mim a certeza de tentar. Tudo bem, uma lição de vida não fazia parte dos planos do momento. Respirei fundo, voltei a alternar entre sentir medo, euforia, coragem e lembrei de uma frase lida na parede de um barzinho: "Vai! E se der medo, vai com medo mesmo."

Lelê me pegou pela mão, eu devia estar muito lerda, e me olhou nos olhos, depois de reparar na minha tensão.

– Amiga, confia em mim, vai dar certo.

– A última vez que você falou isso, a gente ficou sem carona na volta da festa daquele seu amigo careca, o maluco que se acha o tal. Eram seis horas da manhã. Preciso contar o que aconteceu depois?

– Não, nem me lembra.

– Ah, lembro. Eu e você paradas na Avenida das Américas, na Barra, vendo o sol nascer, esperando um táxi milagroso passar.

– Kira, dessa vez vai dar certo. Acredita!

– O táxi não passou, a gente pegou um ônibus com um motorista e seu pé pesado enfiado no acelerador. Lembra, Lelê?

Lelê deu um risinho, como esquecer aquele dia? Em pensamento, repeti três vezes: acredito, acredito, acredito.

Andamos pela loja, simplesmente linda, as prateleiras pareciam guardar todos os produtos para animais de estimação existentes no mundo. Anja parecia saber que aquela parafernália poderia ser para ela, olhava, girando a carinha, tentando captar o maior número possível de imagens. Muitas fofuras penduradas em formato de roupinha, coleiras que pareciam joias, caminhas, rações, perfumes e até chocolate para cachorro. A loja também tinha aquários enormes, pássaros e hamsters com olhinhos tão miúdos quanto miçangas de colares.

Anja ficou elétrica quando viu os ratinhos e me olhou, em uma espécie de agradecimento por um momento tão animado em sua vida. Lelê olhava ao redor, tentando encontrar Felipe. Reparei seu corpo virando bruscamente, parando e olhando fixamente na mesma direção. Entretida com os bichinhos, ou pelo menos fingindo distração, senti Lelê procurando minha mão e me dando um beliscão tão forte que quase dei um grito.

– O Felipe está ali – avisou Lelê tão baixinho que me senti decifrando um código secreto.

– O que a gente faz? – perguntei com a certeza de algum absurdo ser dito.

– Vamos até lá!

Engoli em seco, mas não tinha jeito, era isso ou ficar empacada feito um bicho medroso. Respirei fundo, segurei a Anja com segurança e pedi a Deus para não desmaiar no caminho, muito menos na frente do meu companheiro de sonhos. Passamos por um anúncio cheio de filhotes, depois vi penduradas as coleirinhas com cara de joia.

– Oi, Felipe! – Lelê já estava falando com o cara. Ai, por que tinha que ter tanta intimidade?

Ele olhou para a minha amiga, fechando levemente os olhos, parecendo querer lembrar de onde vinha tanta aproximação. Isso não vai dar certo.

– Eu sou amiga da Kira. Quer dizer, ela é minha amiga antes de eu ser amiga dela.

Enterra a cara no primeiro pratinho canino que encontrar na loja, já que cavar um buraco vai ser difícil. Felipe me olhou e imediatamente sorriu.

– Oi, moça do dia do acidente. Que bom que você gostou do nosso pet shop.

– Ela veio trazer a Anja. O irmão dela encontrou a filhote num futebol lá do Recreio.

O gato parecia ter comido a minha língua. Lelê não me deixava falar. Observei Felipe mais atentamente e era impressionante como se parecia com o moço dos meus sonhos. Lelê me puxou, como uma filha tímida que a mãe quer apresentar para um amigo. Felipe sorriu mais uma vez, fiz cara de paisagem animadinha respondendo. Nos olhamos e lembrei, aceleradamente, das várias noites que ele dormiu no meu pensamento.

Resolvi falar alguma coisa ou Lelê acabaria contando o que não deveria.

– A Anja está adorando a loja!

– Você trabalha aqui, né? – Lelê mandou com um tom bem fifi.

– Essa loja é da minha família. Não tive muita saída. Eu só podia escolher entre trabalhar ou ser expulso de casa.

– Poxa, sua família é bem querida. – Lelê, você bebeu?

– Não repara, minha amiga está até calma. Ela é pior do que isso quando não toma os remédios.

Ele riu e pediu para segurar a Anja. Fiquei impressionada com tanta habilidade. Felipe explicou que a vida toda a família dele trabalhou com animais. A mãe tinha um trabalho fantástico dedicado à conscientização contra os maus-tratos dos seres mais puros do planeta. A loja, aliás, criou um canto com uma parede cheia de animais com declarações defendendo os seus direitos. Um painel criativo falava dos abandonados e maltratados no Brasil e em vários cantos do mundo.

Felipe cheirou o pescoço da Anja, fazendo a pequena se derreter. Nunca imaginei um cachorro gostando de um carinho daqueles. Cachorros gostam de beijo na bochecha? Cachorros têm bochechas? Acho que a resposta é sim para as duas perguntas. Preciso dizer que, nesse momento, a Lelê me olhou, querendo me falar "você queria estar no lugar da Anja, né, safadinha?". Abaixei a cabeça, querendo gargalhar.

– E então, Felipe, conta mais de você!

– Ah, trabalho nessa loja, fiz administração por motivos óbvios, até porque sou filho único e esperam que eu seja o administrador desse lugar um dia. – Eu sabia bem do que ele estava falando. Senti o mesmo quando o assunto envolveu o restaurante da minha mãe.

– Qual seu signo? – perguntou minha amiga investigadora.

– Sou libra. Mas não me ligo muito nisso.

– Libra é calmo, do bem, é ótimo. Não pode ser é escorpião. Todo cara de escorpião é canalha.

– Imagino que você tenha tido decepções?

– Ah, certamente. Não me dei bem com esse signo. Você tem quantos anos?

– Você é da polícia? – O jeito de falar de Felipe tinha a mesma entonação dos sonhos e rimos os três, cada um por um motivo específico. Um vendedor guardando remédios em uma prateleira deve ter se perguntado de onde saiu aquela garota. Eu adorava a Lelê e seu jeito "ela mesma" de ser. Minha amiga tinha originalidade. Sabia como ninguém ser quem queria, sem ficar se preocupando se a olhariam diferente ou se estava perdendo a chance de ser aceita. Agia com tanta naturalidade e verdade que encantava na terceira frase, conquistando sempre o carinho das pessoas.

– Como é seu nome mesmo?

– Leandra, mas todo mundo me chama de Lelê. Até a Anja que não fala já está me chamando de Lelê.

– E você é a Kira!

– Ela deu mais sorte do que eu no quesito nome. Acho Kira demais. A tia Claudia estava inspirada.

– Você é bem engraçada, Lelê.

– Não fala isso que eu detesto. As garotas engraçadas nunca namoram. A pior característica é ser engraçada. Minha mãe diz que nunca vou crescer, mas, na hora de pagar minhas contas e gerenciar a nossa loja, sou séria. Só não gosto de me comportar como uma sisuda.

– Vocês têm uma loja? De quê? – Ele parecia tentar adivinhar o que as duas doidas poderiam vender.

Meu Deus, quase procurei uma cola para grudar os lábios da tagarela. Nunca vi a Lelê falando sem parar daquele jeito. Ou ela sempre fora assim e eu, por nervoso, estava me dando conta da minha sócia? Talvez o diálogo nem tivesse sido daquele jeito e eu estivesse exagerando no comportamento da minha BFF. O melhor de tudo: aquela atitude causou um efeito maravilhoso. Felipe, de tanto rir para a Lelê, e sorrir para mim, acabou nos fazendo um convite.

– Vocês não querem aparecer na festa que estou organizando com alguns amigos? Lá no Recreio.

– A gente mora no Recreio – respondeu Lelê, imediatamente aceitando. – Lógico que vamos.

– Podemos ir sim – foi tudo que consegui dizer. Por dentro, eu estava dando pulinhos dignos do mico mais sincero, aquele que você paga mesmo e não está nem aí para ninguém. Tentei fazer a cara mais normal possível e Lelê, ainda bem, nesse momento, encarnou a atriz e tratou como o acontecimento mais natural de todos.

Felipe anotou o endereço da festa, disse que não precisava levar nada e se quiséssemos convidar alguém não teria o menor problema.

Fui embora antes da Lelê causar algum desastre e inventei a desculpa de ter um compromisso e precisar deixar a Anja em casa. Demos dois beijinhos de despedida e eu não consegui esconder minha felicidade. Juro, tentei.

Felipe fez questão de reforçar o convite para a festa, enquanto saíamos de fininho.

– Vou esperar vocês!

– Nós vamos! – Lelê respondeu exatamente o que eu queria dizer.

Caminhamos mudas e, quando percebemos alguma segurança, desandamos a falar como se fôssemos as garotas mais felizes do planeta. Tão bacana quando uma amiga fica feliz por nós como se aquela felicidade também fizesse parte dos seus sentimentos:

– Kira, você vai ficar com esse garoto, escuta o que a sua amiga aqui está dizendo. Eu falei, falei, falei, mas ele não tirava os olhos de você.

– É, senti que a gente se olhou.

– Se olhou? Vocês dois estavam estranhos. Eu tentando falar amenidades e os dois ali fazendo sei lá o quê. Se apaixonaram hoje, escuta o que eu disse.

– Mas eu não consegui falar nada.

– Eles adoram as misteriosas. Esse cara já gamou.

– Ter amiga otimista evita crises e rugas.

Saímos da loja e na porta abrimos nossas bocas como jamais antes, simultaneamente, parecendo uma espelho da outra, tipo pré-adolescente. Muito feliz! Como se estivesse tocando *Good Time* cantada por Owl City e Carly Rae Jepsen: "*Woah-oh-oh-oh/ It's always a good time/ Woah-oh-oh-oh/ It's always a good time/ Woke up on the right side of the bed/ What's up with this Prince song inside my head?/ Hands up if you're down to get down tonight/ Cuz it's always a good time*".*

Agora, eu tinha um encontro marcado com o cara dos meus sonhos e, para melhorar, o achei muito mais bonito ao vivo.

* Oh, oh, oh, oh, oh, oh, oh/ É sempre uma diversão/ Oh, oh, oh, oh, oh, oh, oh/ É sempre uma diversão/ Acordei com o pé direito/ O que acontece com esta canção de Prince em minha cabeça?/ Mãos para cima se você está a fim de se divertir esta noite/ Porque é sempre uma diversão.

DOZE

Descobrindo sentimentos

Encontrar você é como um desses momentos que a gente quer um replay, passar mais uma vez a cena, ter certeza de cada movimento. Olhares, desejo e verdade. E nunca mais, por motivo nenhum, ter vontade de ir embora.

Há muito tempo uma festa não significava tanto para mim. Eu não conseguia pensar em mais nada. Depois de um ano com a cabeça só na loja, pouco ligando para me envolver com alguém, apesar dos meus lamentos por não ter um namorado, finalmente me sentia como uma garota apaixonada e totalmente sem rumo.

No caderno dourado, deixei um recado para mim mesma:

Estou tão feliz que você nem imagina! Uma vontade de ser inteira, nada pela metade. Não posso prever o futuro, vou com calma no presente.

Fiquei fazendo as contas da loja, tentando focar nos números para me distrair um pouco do evento. Em alguns momentos, repensava o que estava acontecendo e não conseguia entender. Eu estava completamente apaixonada pela ideia de mergulhar na raridade, fazer parte do "não acontece no mundo real".

Certa tarde daquela semana, saí mais cedo da loja para cuidar de mim. Finalmente contratamos a Sandra, uma vendedora antenada, estilosa, visual encantador, cabelos crespos magistralmente colocados para o alto, um batom vermelho com jeito de perfeito e roupas tudo a ver com o charme da nossa loja. Sandra parecia trabalhar com a gente desde o início. E amava vender! Tinha uma carreira como vendedora, vinha de uma história em uma loja alternativa na Vila Madalena, em São Paulo. O dono do lugar nos deu as melhores referências, colocando-a como uma pessoa arrojada, autêntica, determinada, honesta e cheia de ideias. Tinha tudo que desejávamos para uma profissional parceira do nosso negócio e um extra de bom gosto que passou a ser valioso na hora da definição das peças. Fora o hábito de falar "meu" e o sotaque paulistano surpreendendo as clientes a todo instante. Sandra me dava informações importantes, ajudando na escolha das novas roupas da loja e seu gosto virou sinônimo de sucesso garantido.

A vendedora também tinha um dom de percepção aguçado. Naquela semana, eu estava na minha mesa de trabalho, pensando nos dias confusos, quando escutei sua voz doce:

– Kira, tudo bem? Está mais calada que o normal hoje?

– A loja acalmou... – Tentei desconversar.

– Tudo bem com você? – Me dei conta do seu olhar de maneira mais intensa, tentando descobrir o que se escondia atrás do meu silêncio.

– Andei me achando a adulta, me dedicando ao trabalho e, de repente, ouvi o chamado da minha vida pessoal.

– Isso também aconteceu comigo. Morava em Sampa, nunca achei que sairia de lá, conheci meu marido na casa de amigos e o carioca virou tudo do avesso. Agora, estou aqui, morando no Recreio, refazendo meus dias, mas completamente apaixonada pelo meu amor.

– Sua história de amor encanta, serve de exemplo.

– Você está sozinha há muito tempo?

– Acho que a vida toda, Sandra. Tenho uma família unida, você deve ter notado. Me sinto a terceira gêmea do Cadu e do Cafa, mas como mulher não tive grandes experiências. E as poucas que tive... deixa pra lá.

– Quem sabe essa pessoa está chegando?

– Pode ser. Não tenho medo de viver. Tenho receio é de me perder pelo caminho, ou ser uma dessas pessoas cheias de grandes arrependimentos.

Sandra calou. Voltamos ao assunto da loja e ela pareceu entender que não deveria me fazer mais perguntas, porque eu talvez não soubesse as respostas.

Saí da loja e fui direto para casa. Estava trabalhando dobrado, para não pensar muito nos últimos acontecimentos e meu corpo já dava sinais de cansaço.

Entrei na sala de casa e meu pai estava sozinho. Eu não sabia bem como andavam as coisas entre ele e minha mãe. Desejava que os dois ficassem casados para toda a vida, mas que tudo fosse por motivo de felicidade. Em algumas situações, a melhor escolha é o distanciamento. Não queria vê-los sofrendo, tristes e pelos cantos. Minha mãe continuava distante, com aquele olhar caído e, assim como eu, trabalhando dobrado para não ficar com a mente vazia.

Sendo egoísta e olhando meu pai ali, não pensei em resolver os problemas deles, mas sim os meus, já que eu precisava de algumas respostas até que chegasse o dia da festa e o reencontro com Felipe.

– Pai, pode me ajudar?

– Claro, filha.

– Tô precisando saber sobre sonhos.

– Você me perguntou sobre isso outro dia. O que você anda sonhando?

Expliquei com algumas pausas não ser nada de mais, curiosidade, um livro que li e uma ideia na cabeça. Meu pai fingiu acreditar e sentou comigo na mesa da sala, com alguns papéis e uma caneta. Tinha por hábito desenhar e fazer gráficos, enquanto explicava algo. Começou me falando sobre os muitos sonhos todas as noites e de nem sempre lembrarmos. Falava pausado para eu entender bem e esperou uma nova pergunta. Quis saber se seria possível uma pessoa sonhar o mesmo sonho ou, quem sabe, sonhar com alguém do mundo real, só por curiosidade.

– Bem, filha, acredito que pessoas podem ter um sonho recorrente, podem pensar sobre suas vidas sem saber disso, com mensagens nas entrelinhas dos acontecimentos enquanto dormem.

Meu pai continuou falando, falando, falando, até que eu disse sem mais nem menos:

– Podemos esquecer os sonhos? Quero falar de outro assunto.

Meu pai fez cara de "tudo bem" e ficou esperando. Um silêncio desconcertante chegou, reparei um quadro na parede que eu jamais tinha visto na minha própria casa. Minha mãe devia ter comprado naquela semana, sempre cuidadosa com o lar. Respirei fundo e lá fui eu.

– Você precisa reparar as coisas ao redor, pai. Tudo parece girar e você desligado demais, perde fatos importantes. – Meu pai levantou o olhar. Eu tinha começado, continuaria. – Mulheres são diferentes, pai, eu diria até estranhas, mas seremos sempre mulheres. Você não repara que minha mãe está em crise?

Meu pai me olhou como se informasse que de noite minha mãe virava um dinossauro.

– Sua mãe está ótima, Kira!

– Não está. Parece. E parecer que está bem difere de realmente estar.

Meu pai começou um desenho no papel parecendo não ter fim. O semblante dele questionava situações, sensações e falas. Fechou os olhos, abriu, me observou seriamente e questionou se eu estava mesmo certa da minha ponderação.

– O que devo fazer? – Nunca imaginei meu pai me perguntando isso.

Sempre me relacionei de maneira mais próxima com a minha mãe, mas tinha conversas históricas com aquele homem. Adorava escutar suas teorias masculinas, seus conselhos e sua noção de mundo.

– Por que você não prepara um jantar para a minha mãe? Só vocês dois. No sábado, vou numa festa, levo os meus irmãos.

– Um jantar?

– Te ajudo a comprar tudo e você faz uma surpresa. Ela vai adorar!

Meu pai, com os olhos emocionados, fez questão de ressaltar o equívoco no pensamento da minha mãe. Animada, tomei a caneta da mão dele, me enchi de boas energias e comecei a anotar uma lista de ideias para o jantar, incluindo cardápio, presente, declaração de amor, flores... Minha mãe estava planejando um jantar secreto para o meu pai e ele fazendo o mesmo para ela. O entusiasmo nos envolveu, o rapazinho, que um dia pediu minha mãe em casamento, parecia estar na minha frente e lembrou como se apaixonaram no último ano da escola e nunca mais se largaram. Minha mãe planejou que fossem felizes para sempre e ainda avisou que teriam três filhos, dois meninos e uma menina, ousando dizer: os meninos serão gêmeos!

Meu pai não tirou muito minhas dúvidas sobre sonhos, mas eu acabei montando com ele uma verdadeira operação de jantar surpresa para a minha mãe. Ela amaria. No sábado, dia da festa, prometi ao meu pai que, depois do trabalho, sairia com ele para comprarmos pessoalmente tudo para o encontro a dois. Decidi que incentivaria minha mãe a fazer seu jantar surpresa no domingo. O casal teria um final de semana dedicado ao amor.

A semana passou acelerada, com muito trabalho, e, confesso, dedicação na academia. Queria estar bonita para o Felipe, como se um centímetro fizesse muita diferença. Já deu para notar que nesse período eu vivia um caso de amor e ódio com a malhação?

Na sexta-feira, um dia antes da festa em que o encontraria, resolvi não sair de casa. Queria dormir cedo, até porque, no dia seguinte, ajudaria meu pai.

Peguei no sono depois de ler um pouco e anotar pensamentos no meu caderno dourado.

Dentro de mim, existe alguém esperando você lembrar o que já temos nos sonhos. Não sei como isso vai acontecer, não sei se precisarei dizer algo. Talvez a gente conversando, fique claro como somos importantes um para o outro. Eu não posso estar tão maluca e estar vivendo isso tão sozinha e acompanhada.

Naquele dia, tinha certeza, ele viria me visitar enquanto eu dormia. Olhei para o céu e pedi: estivessem onde estivessem os meus sonhos, que viessem morar em mim.

Felipe se encontrava sentado na beira da minha cama, quando achei que abri os olhos. Ele me chamou para sair pela janela. Olhei assustada, questionei se tinha esquecido não estarmos no térreo e a possibilidade de a gente se machucar feio se pulássemos.

– Estamos sonhando, esqueceu?

– Mas… e se não for sonho? – Meu coração acelerou, senti vontade de acordar, mas lembrei ter pedido aquele encontro. Acalmei minha respiração, dei a mão para o meu acompanhante e quando vi já estava com os pés na janela, pulando para o ar e voando mais uma vez. Ele segurava minha mão com docilidade, eu podia sentir o calor dos seus dedos entrelaçados nos meus. A noite estava tão linda como os seus olhos em mim. Me sentia plena, tomada por uma intensa sensação de paz interior.

– Vamos nos ver amanhã, numa festa.

– Kira, desculpa eu ainda não saber sobre nós dois. Os homens são sempre mais atrasados.

– Por que continuo sonhando com você?

– Eu não sei explicar muito bem. Sonhos costumam ser inexplicáveis, mas acredite, esses dias, enquanto dormimos, têm sido importantes para mim também.

Mergulhamos no ar, eu senti uma brisa do mar passar entre os fios dos meus longos cabelos. Subimos, subimos, subimos e ficamos olhando a cidade. O Rio de Janeiro sorrindo para mim, um voo perfeito até a Barra da Tijuca e depois uma volta acelerada até a pedra do Pontal, localizada nos limites da praia do Recreio. O mar dormindo. Felipe se aproximou devagar e me beijou no rosto. Senti seu calor bem perto e uma emoção invadiu cada canto do meu corpo.

– Nossa cidade é linda! Sou completamente apaixonada pelo Rio.

– Posso te pedir um favor, Kira?

– Claro! – Ele segurou meu braço, passou sua mão na palma da minha e sorriu.

– Bem, seja como for, não desista de mim. Pode ser que, acordados, as coisas não saiam como sonhamos, mas continue com o pensamento em mim, eu já estou pensando em você.

– Se eu contar para as pessoas o que está acontecendo, vão me chamar de maluca. Só a Lelê sabe, mas ela é louca, não me condena.

– A maioria das pessoas esconde coisas que pensa sobre si mesma e o que sente. Por enquanto guarde para você.

Tinha que concordar com ele. Raros são os momentos da vida em que podemos viver algo infinitamente especial. Precisamos ter um radar emocional para compreender quando estamos mergulhados no sublime, esquecer o medo, mandar embora a razão e viver, apenas viver, sem nada que possa destruir nossos melhores dias.

Prometi não comentar com ninguém. Pelo menos até que tivesse algum posicionamento do Felipe do mundo real. Meu acompanhante dos sonhos me lembrou o horário de voltar para casa e prometeu me ajudar a retornar ao meu quarto.

Fomos voando mais baixo do que antes, passando pelas ruas do bairro, até que chegamos ao meu apartamento. Felipe me levou até a janela, segurou minha mão, me conduziu como um cavalheiro pelo braço e pulei para o parapeito.

– Kira, não se assuste quando se vir na cama. Não faça perguntas. Deite em cima de si mesma e durma sem receio algum. E... e... eu preciso dizer mais uma coisa...

Fiquei paralisada, o silêncio do sono pareceu mais intenso do que no mundo real.

– Acho que estou apaixonado por você, mas ainda não tenho certeza.

Ele saiu voando, sem olhar para trás. Eu me lembrei do delicado beijo dado no meu rosto. Para não ter maiores sustos, não me observei dormindo. Vi que estava ali, mas me joguei em cima de mim mesma e em poucos minutos naquela posição, senti finalmente meu corpo como sendo meu. Abri os olhos, estava sorrindo, aquele encontro com Felipe tinha sido mágico. Ele estava apaixonado por mim! Por que eu tinha sido escolhida para viver um amor de sonhos? Ou seria um sonho de amor?

Acordei me fazendo exatamente essa mesma pergunta. O sábado tinha chegado cheio de animação, Beyoncé cantando no meu quarto, um banho como se fosse o dia do meu aniversário. Estava penteando o cabelo, quando meu pai bateu à porta.

– Vou te encontrar depois do almoço na Canto da Casa, tudo bem?

Estava empolgado e continuava com a expressão de garoto apaixonado. Minha mãe saíra para o restaurante, voltaria tarde e teríamos tempo de organizar todos os detalhes. Meus irmãos tinham ido no Sodon, ainda enlouquecido com a academia que montou em casa. Eu e Lelê tínhamos convidado Cadu e Cafa para a festa do Felipe e os dois prometeram estar prontos às nove horas.

Por volta das três, saí com meu pai, combinando comigo mesma de chegar em casa a tempo de ficar horas me arrumando, para me aprontar com aquele ar de "coloquei qualquer roupa".

Em vez de jantar, já que minha mãe faria um para ele no domingo, sugeri um queijos & vinhos. Ele topou de primeira. Entramos numa padaria chique, daquelas que vendem produtos que a gente quer comprar quando está feliz: queijos da melhor qualidade, pães especiais, pastas deliciosas, frios importados, doces convidativos, vinhos... Os garçons do Enxurrada tinham me ajudado no plano perfeito de preparar tudo para meus pais viverem uma dessas noites inesquecíveis.

Voltamos e o apartamento estava quieto, ninguém chegara ainda e Anja fazia agora parte do nosso lar. Veio nos receber animadíssima, pequenina demais, com alegria de um gigante capaz de reanimar um ser humano deprimido. A mocinha peluda correu pelo apartamento, voltou, olhou para mim, correu de novo e, por fim, como se eu deixasse de ser importante, seguiu para comer ração.

Depois de acertar todos os detalhes com o meu pai e estranhamente ensinar como ele deveria agir, me tranquei no quarto para começar a segunda etapa do dia. Definir de uma vez por todas com que roupa iria. Lelê me ligou três vezes para saber se ela estava escolhendo a roupa ideal e dar seus palpites, claro! Tínhamos certeza, a noite seria marcante.

No quarto, depois de decidir por uma blusa com saia armadinha, sentei na beira da cama e me lembrei em detalhes o último sonho com Felipe. Meu caderno dourado guardava meu coração quase todo no seu interior. Lembrei do nosso último voo, tão estranho imaginar que saía voando com alguém. Mas não será essa a sensação dos apaixonados? Dentre as memórias, anotadas no meu caderno, estava a frase *Bem, seja como for, não desista de mim.*

Para finalizar a maquiagem, coloquei uma sombra perolada e fiz um acabamento com preto no canto dos olhos. Passei lápis com as mãos trêmulas e combinei com o meu corpo, ao sair daquele quarto, que manteria a calma. Me tremeria o quanto fosse, mas só nos vinte metros quadrados pertencentes ao espaço que eu chamava de quarto.

Oito e meia e eu já estava pronta. Meu pai organizou os queijos na mesa da sala e ficou a postos, aguardando a chegada da companheira. Até cartãozinho de amor o fofo preparou.

Pelo tempo da demora para me arrumar, meu pai entendeu a importância do compromisso.

– Hoje é o nosso dia, filha. Nunca esqueça a frase do Walt Disney: "Eu gosto do impossível porque lá a concorrência é menor." – Ele amava repetir essa declaração.

Depois de muita demora, pareceram exatamente cinco séculos, eu, Lelê e Cadu estávamos prontos. Cafa iria depois com a Fabi. As saídas dos dois haviam literalmente virado namoro. O que me deixava chocada. O relacionamento mais longo de Cafa tinha durado 48 horas e foi quando passamos um final de semana em Angra dos Reis, numa ilha. Ele não tinha como fugir. Fabi entraria para o Guiness Cafa dos Recordes.

Fomos para a festa no carro do meu pai. Na nossa casa a questão carro dava uma novela. Meu pai tinha o dele, eu o meu próprio, Cafa e Cadu dividiam o terceiro – um dava carona pro outro quando necessário – e minha mãe andava com o do restaurante. Nos finais de semana, como meus pais saíam juntos, caso um dos irmãos precisasse de um dos carros do casal ficava usando.

Pensei que talvez a noite não fosse como eu imaginara. Intimamente, me programava para o que fosse. Repetia não ter desistido do Felipe, assim como ele me pediu, enquanto dormia. Tá, eu sei, tudo isso tinha uma certa dose de loucura, reafirmando um pacto com um cara que existia na vida real, mas só tinha intimidade comigo quando eu sonhava.

A festa seria na casa de um amigo do Felipe chamado Duke. Depois, soube, os dois tinham uma relação de quase irmãos, se conheciam desde criança, as mães tinham amizade e onde Felipe estava, dificilmente Duke não aparecia.

A casa do amigo, também no Recreio, localizada em um condomínio novo onde as residências pareciam terem sido pintadas naquele minuto, ficava no final de uma rua em formato de pirulito. O lugar chamava atenção pelos jardins. Um luxo só. A noite fazia contrastar com as luzes em arbustos, roseiras e tudo ao redor era muito bem cuidado.

O dono da casa saiu de um corredor lateral, falando como se nos conhecesse há anos:

– Kira, a nova amiga do meu amigo Felipe. Você deve ser a Lelê, amiga da Kira, e também nova amiga do Felipe e minha nova amiga também.

Ficamos meio tímidas e Duke continuou dominando a conversa.

– Como dizia minha avó, o gato comeu a língua de vocês?

Rimos. O máximo que conseguimos. Duas travadas. Cadu se apresentou, explicando ser meu irmão. Tive vontade de perguntar por Felipe, enquanto rolavam as apresentações, mas achei melhor deixar seguir. Escutei vozes e tinha certeza que Felipe já estava naquela casa. Senti um calafrio irritante. Por que a gente tem tanto medo de fazer tudo errado, quando na verdade as coisas acontecem sem que possamos decidir muito? Quando algo tem que ser, o destino fará acontecer e não há quem atrapalhe.

Felipe, finalmente, veio nos receber logo após a Lelê comentar que o condomínio ali parecia de filme. Eu não estava mais reparando nada, meu corpo tinha congelado ou, sei lá, corria o risco de cair dura, desmaiada na frente de todo mundo. Seria redundante dizer que Felipe estava lindo, divino e maravilhoso?

– Oi, Kira! – Ele interrompeu meu começo de desmaio.

– Oi, Felipe.

– Que bom que vieram!

– Eu trouxe o meu irmão e meu outro irmão também vem com a namorada.

– Tá ótimo. Tranquilo. Nossa, você anda protegida, hein? Dois irmãos?

– Dois psicopatas violentos, antes que tenha dúvidas – corrigiu Cadu e depois abriu um sorriso encantador.

Ficamos explicando que quase idênticos, mas eram gêmeos com temperamentos bem diferentes. Cadu mais quieto, na dele, e Cafa, agitadão e, mulherengo, estranhamente estava namorando. Quando terminei de falar isso, escutei uma voz feminina:

– Amor, cadê vocêêêêêê?

A cena ficou fácil de entender, a estranha garota que vinha caminhando chamando toda a atenção do mundo, cabelos longos, bronzeada, com luzes bem fortes que a transformava em loira, um vestido preto muito curto com brilho, um salto alto desses muito acima do normal, enormes brincos, pulseiras falantes e dois anéis gigantes, tinha tudo a ver com o tal do Duke. O amigo do Felipe permaneceu impávido com a chegada da peça e para minha total surpresa, decepção, nervoso e tristeza, quem se movimentou com a chegada da moça foi Felipe.

– O que é, Jalma? Estou aqui.

– Tô vendo! – A voz da desconhecida parecia levemente irritada.

A menina se chamava Jalma, usava uma roupa nada a ver e eu tinha acabado de descobrir o seu relacionamento com Felipe? Mais alguma notícia de péssimo gosto? Bem que ele podia ter me contado no sonho sobre ter uma namorada. Em menos de dois minutos, tinha descoberto que evitaria qualquer contato com ela. O que fazer? Sair da festa sem maiores explicações? Felipe parecia ler meus pensamentos e me olhou sem graça. Lelê me observou, percebendo nossa troca de olhares. Eu preferia não saber sobre a namorada.

Jalma se aproximou, estendendo a mão justamente na minha direção.

– Oi, sou a Jalma, namorada do Felipe.

– Oi – respondi, sem dizer mais nada. Travei. Minha melhor amiga notou a minha saia completamente justa e estendeu a mão, tomando a frente da situação.

– Prazer, Lelê, namorada da Kira. – E soltou uma gargalhada. – Tô brincando, viu? É que você fez tanta questão de se apresentar como namorada do Felipe que eu fiquei sem graça de não ser namorada de ninguém.

Lelê agia assim, mandava na cara qualquer que fosse seus pensamentos.

– Não seja por isso, eu farei o papel de seu namorado – disse Cadu sem imaginar que aquela declaração cabia perfeitamente nos sentimentos da minha amiga.

Lelê e Cadu deram as mãos e juro, nada mais fofo do que aquele carinho. Tentei pensar em outra coisa, Felipe continuava me olhando e imaginei como estariam meus pais. Abaixei meu olhar, mas sabia que o garoto continuava me observando. Será que meu pai tinha conseguido surpreender minha mãe? Torci tanto por acontecer um clima feliz entre eles naquela noite. Felipe continuava insistindo em me olhar como se eu tivesse feito algo errado. Pensar nos meus pais não estava funcionando.

– A Jalma não é mais minha namorada – corrigiu Felipe na frente de todo mundo, inclusive da ex, deixando o clima meio estranho.

– A gente foi anos e para voltar a ser é só – estalou os dedos, pernóstica, cheia de caras e bocas, e foi saindo como se sua participação no filme tivesse terminado. Caminhou rebolativa, certa de sua vitória.

Duke acabou com o clima e chamou todos para, finalmente, entrarem na casa. A festa estava começando, mas para mim foi como se estivesse no fim.

TREZE

A festa da outra

Seja como for, está na cara, tem gente demais nesta festa! Acho melhor ir embora ou vou acabar revelando como te desejo. Ainda não sou capaz de te falar dos meus sentimentos mais profundos, mesmo que sejam lindos e surpreendentes.

Pouca gente tinha chegado à festa, eu me sentia um peixe fora d'água, mesmo bem acompanhada da minha turma. As garotas pareciam integrantes do grupinho da Jalma e os caras, seus acompanhantes. Eu me sentia cercada. Por mais que tentasse ficar forte, o corpo fraquejava de maneira patética. Demorei tanto para me arrumar, acreditando que a festa seria maravilhosa, quando, na verdade, Felipe, para começo de conversa, tinha uma ex com toda a pinta de namorada.

Ficamos sentados em um varandão. Uma bela mesa de madeira grossa, de demolição, estava repleta de delícias. Desde salgadinhos até um bolo de chocolate. Certamente, alguém na casa do Duke tinha ajudado na comemoração, que, na verdade, nada comemorava, apenas uma festa para reunir os amigos.

Cadu logo se enturmou com um grupo de garotos, que conversavam perto de um bar lotado de bebidas.

– Amiga, você não está bem, né?

– Ele tem namorada, Lelê. Não sei o que pensar.

– Ele não pareceu *ter* namorada, deixou bem claro serem ex, e não para de olhar pra cá.

Olhei na direção da ala masculina e a mais pura verdade estava estampada. Felipe me olhava, como quem olha alguém amorosamente e pede desculpas. Piscou os olhos vagarosamente e fez um meio sorriso, olhando depois para baixo. Não sei se uma enorme amizade estava nascendo ali, ou se, finalmente, a mesma paixão maluca que eu sentia por ele estava sendo correspondida. Olhei o céu estrelado e depois voltei a olhar Felipe. Deus do céu dos garotos perfeitos. Como ele parecia cheio de vida. Sorria intensamente, demonstrava tanta felicidade. Fechava o olho de uma maneira charmosa, me faltava o ar. Por isso não levantei da cadeira e quase fui embora. O mais irritante de tudo se referia a ficar assistindo a tal da Jalma, andando pela festinha como se fosse a dona da casa, rondando Felipe e pedindo algo para se fazer presente.

Quase uma hora depois desse olha não olha, Duke veio conversar com a gente e Felipe não pensou duas, veio também. Ficou me olhando com um jeito sedutor. Alguém me passa um suco de maracujá? Tentei agir com naturalidade, colocando o pensamento para agir casualmente, mas, ao contrário disso, me senti meio robótica, uma cópia de mim mesma, uma cópia malfeita da garota que na verdade eu sou.

Felipe perguntou se eu estava curtindo a festinha. Mais gente tinha chegado, a música tocava perfeita, sem parar, tudo no maior bom gosto. Senti um frio na espinha quando começou a tocar *Aurora* do Dani Black: "Só você não viu quanta aurora/ Eis a hora em que você me beijou/ Só você não viu/ Ir embora/ Mundo afora o que um dia me partiu/ E você sorriu, um gosto de amora ficou na dor/ Tão livre pra ser o que sou".

Ai, aquela música tem a minha cara, estava sendo cantada para mim e o pior, denunciava os assuntos do meu coração. Um incômodo tomou conta do meu ser, enquanto eu fingia achar graça do Duke. Tudo estava claro, eu perdidamente apaixonada pelo garoto acompanhado. Ele segurava o copo de um jeito charmoso, vestia uma calça jeans, uma camisa polo azul-marinho e um sapatênis azul com duas listras cremes. Gargalhava com o Duke e eu gargalhava junto, mas não estava naquela conversa. Por que ele tinha namorada? Por que a sua companheira parecia tão fútil, tão metida? Suspeito da minha parte não ter ido com a cara da tal da Jalma? Talvez. Meu olhar continuava na direção do Felipe e, de repente, senti a mão dele no meu braço.

– O Duke é muito engraçado, né?

– Muitoooooooooo – repeti com uma tremenda cara de pau. Lelê, logicamente, notou minha afirmação falsificada. Eu não tinha a menor ideia do que o dono da casa estava falando.

Minha amiga me salvou.

– Ah, imagina o Duke com medo de injeção? E ameaçando bater no médico, sendo segurado pelos amigos e chorando igual bebê?

– Hilário. – Mais uma vez, minha voz parecia uma dublagem barata da minha própria voz.

– Você quer beber algo mais, Kira?

– Quero sim – respondi, percebendo o olhar da Jalma em mim.

– Então vem comigo. E vamos fingir que ninguém vai nos notar.

Fomos caminhando até o bar e o cenário parecia ter mudado para uma dessas praias paradisíacas que a gente encontra na internet e pensa: queria tanto estar lá!

Estávamos. Felipe veio do meu lado e ali entendi que parecíamos o casal dos meus sonhos.

– Muito legal você ter vindo com os seus amigos.

– Ah, imagina. Seus amigos são dez.

– Digo o mesmo da Lelê e do seu irmão. Que louco você ter irmãos gêmeos. Como é isso?

– Eles são iguais, mas, para nós, bem diferentes. Dão trabalho, as garotas vivem em cima. Tenho mais cunhadas do que posso dar conta de cuidar.

– Quer dizer que as garotas viram amigas com segundas intenções?

– Como você adivinhou? Todo dia.

– E você é boa para perceber segundas intenções?

– Algumas vezes sim. Depende. – Engoli em seco. Ele estava falando comigo ou de mim, de nós? Não conseguia parar de olhar para ele, me emocionar naquela situação e entendi que nunca sentira nada parecido antes. Um bem-estar com aquela companhia, uma vontade de ficar rindo das bobagens, um desejo de pedir para a gente não deixar nunca mais de conversar, de se encontrar, de falar e de se olhar. Ele em mim, muitos pensamentos de uma só vez.

Mas e aquela namorada? Eles estavam na mesma festa, mas mal ficavam perto, pouco se falavam e ela parecia mais interessada em se mostrar para as pessoas do que estar com o namorado. De longe, reparei que Jalma caminhou até Lelê, disse alguma coisa, minha amiga respondeu e ela saiu. Não entendi. Naquele momento, também não estava querendo me preocupar com nada além da minha conversa.

Ele falava comigo, enquanto revirava a geladeira procurando um refri. Beber álcool aquela noite... jamais. Queria lembrar de tudo, estar o mais consciente possível, para não perder os detalhes.

– Engraçado a gente ter se encontrado duas vezes em tão pouco tempo. Você acredita nessas coincidências?

– Acredito sim. Você acredita em sonhos? – perguntei pensando em como ele se tornara importante para mim. Eu juro, estava tentando ignorar meus pensamentos, mas o sorriso do Felipe me convidava a lembrar de nós dois.

– De que sonhos você está falando? Sonhos que sonhamos de noite ou sonhos que temos para o nosso futuro?

– E se os sonhos que sonhamos de noite forem os mesmos que temos para o nosso futuro?

– Bem, Kira, eu diria que isso é inspirador. Acredito nos dois. Em como a gente pode dormir e sonhar, e sonhar, e seguir em frente.

Pronto. Ali, quando ele disse aquelas palavras, apaixonei de vez. Não tinha mais caminho de volta, a ponte tinha sido arrancada e eu estava definitivamente presa em um lugar desconhecido, mas tremendamente interessante e sentindo um impulso para... seguir em frente.

Sabe o melhor de tudo? Nada precisava ser dito. As palavras talvez nem pudessem explicar o que acontecia naquele instante. O óbvio não estava fácil de ser encontrado. Não tinha ideia se estava diante de um moço muito simpático, ou de um cara vivendo a mesma química que eu, preso por um ímã emocional, que nos aproximava a cada segundo.

Quando olhei, Cafa chegava com a Fabi. Os dois viraram uma atração na festa. Duke veio logo perguntando como seria ter um Duke 2. Meus irmãos agiam com naturalidade, estavam acostumados com questionamentos, olhares, comparações e os eternos sustos, por eles serem tão parecidos. Eu, a única que não precisava de meio segundo para os diferenciar.

Jalma não parava de olhar na nossa direção. Hora de bloquear a conversa com a desculpa de encontrar Cafa e a namorada.

Felipe tinha, imediatamente, adorado meus irmãos. Jalma surgiu no meio da animada conversa, estendeu a mão para o gêmeo terrível e discretamente se ofereceu.

– Quer dizer que a Kira não tem só um irmão bonito, tem dois e iguais? Eu sou a Jalma, namorada do Felipe.

– Eu sou o Cafa e essa a minha namorada, Fabi. – Que coisa estranha ele apresentar uma garota como sua namorada.

– Cafa de cafajeste?

– Não, Jalma, desculpa te decepcionar, mas sou Cafa de Carlos Rafael. Mas, quando necessário, meu alter ego cafajeste nunca decepciona.

Adorei ver Jalma com ar de sem graça, puxando o vestido curto, como se precisasse esconder alguma coisa. Adorei a postura calma e controlada da Fabi.

– Você é Jalma de quê? – Lelê não perguntou isso. Perguntou, perguntou e perguntou! A periguete fez cara de "te odeio" para minha amiga. As duas definitivamente não tinham se bicado.

– Jalma nasceu de uma combinação de palavras quando minha mãe buscava um som milagroso.

– Quer dizer que seu nome saiu do além? – perguntou Lelê com um tom de ironia, fazendo todos rirem.

– Bem, Lelé, seu nome também não é exemplo de uma combinação perfeita de letras.

– Em primeiro lugar, não é Lelé, é Lelê. Em segundo, meu nome não é Lelê, querida. É Leandra. Aliás, me chama de Leandra, combinado?

Um silêncio. Felipe descaradamente apertou a mão de Jalma e depois me olhou. Os garotos começaram a conversar e a leveza voltou a reinar na festa que pegou embalo, e facilmente notávamos várias ações acontecendo ao mesmo tempo. Um grupinho de meninas dançando mais animadas do que todo mundo, amigos contando histórias, casais se beijando, Cafa e Fabi juntos, Duke visitando os grupinhos. Felipe, fosse o que estivesse fazendo, me olhando.

Depois de um tempo, ele deu um jeito e sentou ao meu lado novamente. Jalma tinha sumido na festa e eu fiquei sem jeito com a aproximação, mas não fui capaz de recusar.

– O que está achando da minha galera? – Ele continuou sentado, sorrindo dos amigos que gargalhavam com o Duke.

– Seus amigos são bem engraçados.

– Desculpa pela Jalma, ela perde um pouco a linha.

– Ah, tudo bem, a namorada é sua, não tenho nada com isso.

– A gente namorou, mas não namora mais. Ela pensa que voltamos. Posso garantir que não...

– Ela pensa?

– Ela está com uns problemas, não achei justo cair fora, mas... – Depois do mas, Felipe ficou calado. Parecia que um filme passava pela sua cabeça. Se virou para mim, como se tivesse selecionando seus pensamentos, como se eu pudesse ler e entender os motivos de namorar uma garota que nada tinha a ver com ele. – Ela confunde as coisas. Você já viveu momentos que não queria?

– Todo mundo já passou por isso um dia. Eu acho.

– O mais curioso é como a gente espera pelo dia bom. A gente tem certeza que ele vai chegar.

– Talvez a graça da vida seja essa. Esperar pelo dia bom.

– Aqui está sendo um dia ótimo.

– Concordo. Antes de mais nada, já pode me considerar uma amiga. – Por que eu disse isso? Um tremor tomou conta dos meus braços e senti que estava perdendo o controle. Estava encantada com Felipe, mesmo ele não sendo um cara perfeito, demonstrar fraqueza namorando uma garota nada a ver e me parecer um indeciso, esperando um amanhã diferente. Quem disse que os príncipes da vida real são perfeitos? Por enquanto preferia o Felipe dos sonhos, muito mais decidido, mas não tinha como dizer isso a ele.

– Você deve estar me achando um indeciso... Juro que não sou um cara fraco.

– Tudo bem, Felipe, você não me deve satisfação. – Ainda, pensei.

– Será mesmo?

Nos olhamos. Senti um calor subindo pelas minhas pernas e um frio descendo pela minha coluna. Uma atração enorme nos envolvia e estava cada vez mais nítido para mim como me sentia bem ao seu lado. Naquele instante, senti vontade de beijá-lo, mas impossível, tentei pensar em outra coisa.

– Eu queria muito... – disse isso e colocou a mão em cima da minha. A energia dos meus sonhos parecia presente ali, como se só faltasse a gente voar.

Me assustei com aquela sensação e puxei a mão. Ele respeitou, respirou fundo e calou.

– Você já sentiu vontade de voar? – perguntei, tentando mudar de assunto.

– Já, claro. Deve ser maravilhoso. Acredito que às vezes, quando beijamos alguém, podemos ter a sensação de voar.

Posso garantir, nos beijamos ali, sem sequer nos tocar. Um desejo enorme nos ligava e ele ficou sorrindo, balançando a cabeça, curtindo a música e mordendo a boca. Parei de olhar na sua direção e me dei conta que aquela noite seria um marco.

– Não desista de mim – pediu Felipe, quando eu estava distraída, mas foi impossível não lembrar do sonho, em que ele me fez o mesmo pedido.

– Como assim?

– Tô brincando contigo. É que eu posso parecer um cara confuso, mas não sou não. Me promete que não vai desistir da nossa amizade?

Impossível não lembrar do sonho em que Felipe me dizia: "Bem, seja como for, não desista de mim. Pode ser que acordados as coisas não saiam como sonhamos, mas continue com o pensamento em mim, já estou pensando em você."

– Certa vez alguém me disse algo como "Pode ser que, acordados, as coisas não saiam como sonhamos, mas continue com o pensamento em mim, eu já estou pensando em você."

– Nossa, que declaração. Esse *alguém* devia ser apaixonado por você. Foi um cara que te disse isso, imagino?

Sorri. Será que ele compreenderia se falasse que aquela declaração partira dele? Melhor não. Jalma apareceu e pediu para Felipe pegar uma bebida. Percebi ser o momento de ir embora. Para o Duke, a festa estava só começando, mas eu não queria ver Felipe e Jalma juntos.

Cadu, Lelê, Cafa e Fabi estavam conversando animadamente. Quando falei que queria ir embora, achei que seria voto vencido, mas todos estavam sonhando com uma parada estratégica com o intuito de devorar um podrão e me apoiaram na decisão. Ou será que perceberam meu mal-estar?

Felipe fez questão de nos levar até a porta. A namorada tinha ido ao banheiro, ainda bem, não estava com a menor vontade de me despedir daquela garota. As amigas da tal ficaram me olhando e o simpático Duke pediu para eu não sumir.

Meus irmãos foram entrando nos carros, Felipe e eu ficamos na calçada, envolvidos pelo silêncio da madrugada e o barulho ao longe que denunciava a festa. O lugar era ainda mais atraente do que na chegada. As casas vizinhas pareciam ser cúmplices da cena e reparei que uma delas guardava a beleza do mistério, com uma enorme porta de madeira e janelas talhadas.

– Kira, fiquei muito feliz com a sua vinda.

– Eu também adorei.

– Nossa conversa foi demais. Espero que nada hoje tenha te chateado.

– Tranquilo, foi tudo ótimo.

– Posso te fazer um convite?

– Um convite? Pode sim.

– Vai essa semana lá na loja com a Anja.

– Guardou o nome da cachorrinha?

– É que ela é simpática, igual à dona. Impossível esquecer vocês duas.

– Ah, a gente agradece.

– Posso te esperar na loja?

– Acho que pode.

– Esse acho faz um ser humano sofrer. Tudo bem, confio na sorte. Posso te ligar?

– A gente se fala na loja – respondi, querendo dizer, lógico. Fui andando, tentando me afastar quando queria mesmo continuar ali até o sol aparecer.

– Kira! – Ele interrompeu meus passos.

– Oi!

– Posso me despedir direito?

Congelei. Respirei fundo. Felipe caminhou na minha direção e senti as forças faltando somente com a sua aproximação. Me deu um beijo no rosto desses demorados. Senti seu lábio encostando no cantinho da minha boca e a nossa respiração ficou próxima, se misturando. Nenhum dos dois querendo sair do lugar.

– Posso te beijar do outro lado?

– Pode. – Olhei fundo nos olhos dele. Virei meu rosto.

Ele veio devagar, muito devagar e pousou a boca um pouco mais perto da minha, ainda obedecendo o prometido e me dando um beijo na face direita. Ficamos parados. Eu travada, mas saboreando cada segundo. Depois do beijo, ele me abraçou. Ficamos ali, unidos, e passei a mão levemente nas costas dele.

– Preciso ir. Meus irmãos estão me esperando.

– Quero te ver de novo, Kira.

– Prometo que vai.

– Sonha comigo?

– Hum... é... bem... – Posso desmaiar nos braços dele? Primeiro me pediu para não desistir, agora me pede para sonhar? – Vou pensar no seu caso...

Segurei a mão dele, como se pudesse dizer "confia em mim, porque envolve muito mais do que isso aqui, que já está do tamanho do universo".

Ficamos nos olhando, até que eu entrei no carro, onde estavam Cadu e Lelê. Cafa e Fabi, no outro carro, seguiam devagar pelo condomínio.

Antes de partir, dei um sorriso, Felipe retribuiu. Entendi que encontrara o mesmo homem com quem eu andava sonhando e, inacreditavelmente, existia na vida real.

QUATORZE

Doces palavras de nós dois

Eu gostaria de, talvez, desistir, mas agora é tarde demais.
Você não me disse ser um desses caras impossíveis de desapaixonar!

Nem preciso dizer como Cadu e Lelê ficaram falando da minha despedida com Felipe. Ambos também lamentaram a namorada Jalma, que, para os dois... deixa pra lá.

– O que você vai fazer, irmã? O cara tem namorada!

– Tem nada. Ele mesmo confirmou, na cara dela, não serem mais namorados. – Lelê fez um bico engraçado ao falar isso.

– Ah, não vamos julgar. Só vivendo para saber. O que posso dizer é que ele também está a fim. Gostei dele. Tem meu apoio, irmã.

A noite terminou com a gente metendo o pé na jaca. Lelê voltou a comentar sobre a namorada maluca do Felipe, estávamos todos estranhando a falta de afinidade entre os dois e, até a Fabi, recém-chegada no nosso grupo, também não tinha ido com a cara da Jalma. Cadu concordou com a Lelê, e Cafa ficou calado, olhando para o chão. Não entendi bem. Meu irmão e seus mistérios. Difícil me concentrar na conversa. Os sanduíches chegavam, um a um, já meus pensamentos... esses acabaram chegando todos ao mesmo tempo. E Felipe não saía da minha cabeça.

Cheguei em casa louca para dormir. Queria conversar com Felipe. Rezei para sonharmos. Eu precisava entender melhor os detalhes da festa escondidos no mundo real. Meu coração batia forte só de pensar no beijo de despedida no rosto... No rosto! Patético demais me emocionar com um beijo no rosto? Eu me sentia como se tivesse visitado o Paraíso aquela noite. Tudo me parecia tão novo, especial e fundamental. Eu podia sentir meu coração batendo saltitante.

Naquela noite, senti a docilidade da roupa de cama trocada e uma vontade enorme de cair num buraco profundo, onde pequenas plantas bem verdinhas brotavam das paredes. Me deixei levar, sem medo algum, com uma alegria enorme tomando conta de mim. Eu sabia que estava dormindo e sentia a felicidade entrando pelos poros por poder encontrar Felipe mais uma vez.

Aterrissei numa praia. E estava de noite, então decidi caminhar, pois tinha certeza que encontraria Felipe por ali. Sensações indicavam o seu coração conectado ao meu. Iríamos nos ver, porque desejávamos muito. Pensei nele com mais intensidade, como se isso ajudasse o nosso encontro.

Depois de caminhar mais do que imaginei, comecei a ficar um pouco preocupada. As cores daquele sonho estavam mais turvas do que o normal e me dei conta da ansiedade me fazer mergulhar nos sonhos, sem tomar cuidado ou pensar duas vezes onde estava pisando. Será que eu podia dormir, sonhar e acordar quando bem quisesse? Esperava que sim. Será que eu podia dormir, sonhar e me perder dentro de mim mesma? Esperava sinceramente que não.

Comecei a escutar vozes e segui na direção. Não conseguia confirmar o lado exato e cheguei a mudar de rumo, tentando acertar onde estavam as pessoas. Fiquei girando, tentando afinar o ouvido e aguardando minha visão se acostumar à pouca luz até que uma revoada de pássaros dançou ao redor de mim, com uma simpatia digna de quem faz festa para alguém muito querido. Me senti com mais energia ainda, olhei o mar e percebi um grupo enorme de pessoas na beira d'água, dançando iluminadas pelo luar. Estavam todas de costas, animadíssimas, comemorando e celebrando algo, e pareciam fazer uma coreografia, levantando os braços e aproveitando a proximidade das ondas para mergulhos organizados. Fiquei rindo sozinha, olhando aquela cena.

Felipe apareceu no momento da minha distração, quando me senti envolvida pela energia positiva daquelas pessoas.

– Kira, te encontrei!!! Esse sonho está cheio de gente, que engraçado. Parece uma festa.

– É, bem mais animado que os outros.

– Quer dar um mergulho ou prefere voar? Lá do alto podemos ver melhor a alegria dessas pessoas. – Aquele, o mesmo Felipe de horas antes na festa do Duke. Meu coração acelerado não deixava dúvidas.

– Prefiro voar, Felipe. – Antes que pudesse dizer qualquer outra coisa, senti a mão forte do meu acompanhante me puxando para o alto. Ele conseguia voar com muita facilidade, eu ainda sentia um certo receio, mesmo adorando.

– Kira, desculpa pela festa. Eu deveria ter te falado sobre a Jalma, mas não consegui. Pena você ficar sabendo sem eu avisar nos nossos sonhos.

– Por que você aparece nos meus sonhos se namora outra pessoa? Por que só eu lembro dos nossos encontros?

– A Jalma não é minha namorada. A outra pergunta não sei responder.

Observei lá embaixo as pessoas rindo juntas, se divertindo e pensei quão boa seria aquela vida para mim. Não me prometia tristeza, não queria ficar alimentando qualquer coisa que fosse ruim, pensamentos vazios, frases contra a felicidade, a paz de espírito e os dias bons. Felipe me trazia certezas, apesar de tantos mistérios envolverem nossa história.

– Nós terminamos e voltamos várias vezes. Eu terminei, mas ela não levou a sério, só que ocorreu um grave problema familiar com ela e fico sem graça de terminar de uma vez por todas.

Quando ele disse isso, perdemos altitude. Ele me abraçou e assim ficamos no ar. Percebi rapidamente o olhar de uma garota, sofrendo, mas quando foquei para tentar entender a imagem sumiu. Um cheiro ruim invadiu minha respiração e meus sentimentos ficaram confusos.

– Odeio julgar as pessoas, rotular. Sempre disse que jamais me relacionaria com um cara comprometido.

– Quando você entender o problema familiar que comentei, também vai querer ajudá-la.

– Será?!? Não posso ter nada com você, até ela sair da sua vida.

– Existem coisas que não precisam acontecer para terem importância. Simplesmente, já estão no planeta, mesmo não tendo sido realizadas, são predestinadas e pronto.

Fiquei calada. O que dizer a ele depois de escutar isso? Voltamos a ganhar altitude, em silêncio por um tempo, sorrindo. Nos olhávamos e, depois, o chão, cada vez mais longe dos pés, nos fazia sonhar dentro do sonho. O ar também me faltava em alguns carinhos. Quando ele me abraçava, eu desmaiava por um segundo e voltava a mim. Minha vontade de estar ali me impedia de acordar antes da hora. Vivia cada minuto dos nossos encontros com a intensidade de horas.

– Você acha que estamos vivendo um mundo paralelo?

– Estamos apenas sonhando, nada além disso. Todo mundo sonha, mas para alguns esses momentos são intensos, carregam mensagens, verdades e intimidades. Outras pessoas sonham também, mas não lembram. Recebem mensagens, elas correm nas veias, mas não lembram. E existem aquelas que não dão a menor importância.

– Você acha que está nesse sonho comigo de verdade?

– Ué, não estou aqui, Kira?

– É tudo tão real…

– Também é real para mim. Eu acordo com seu cheiro na pele.

Voltamos à praia, os banhistas estavam sentados num deck de madeira, comendo e cantando uma música em coro. Sentamos próximos de uma árvore enorme, onde começava uma floresta. O mar, de longe, parecia dizer que tudo ficaria bem, aquela paisagem perfeita abraçava meus medos.

– Cariocas têm loucura por mar – falei, admirando uma onda poderosa como um trovão.

– Você me faz bem, Kira. – Respirei fundo. Ele continuou. – Tanto quanto me sinto quando olho o mar. E vou te contar, amo namorar o mar. – Ele se calou por alguns minutos. – Você está muito chateada comigo?

– Não, só queria que tivesse me contado sobre ter alguém.

– Mas não tenho. Por isso pedi que não desista de mim.

– Tem algo mais que preciso saber? – perguntei, querendo honestamente ter noção de onde estava pisando.

– Não, nada mais. Só não se incomode com a Jalma. Nunca esqueça, vamos nos encontrar novamente. Estarei te esperando na loja.

Um formigamento tomou conta da minha mão e entendi que precisava voltar a dormir. Encostei minha cabeça no ombro do Felipe e ele ficou me fazendo cafuné. Meus olhos se encheram de lágrimas e me lembro de ter dito apenas:

– Não acredito que vou embora de você mais uma vez!

– Não, não vai. – Ele me abraçou forte e eu acordei apaixonada.

Estava apaixonada e definitivamente não podia mais voltar atrás nos meus sentimentos. Suada, sentada na cama, a mente agitada, indicava como Felipe me tirava a razão e me fazia perder o comando dos meus pensamentos. O que fazer com tudo que estava sentindo? Liguei meu laptop e, pela primeira vez, fui olhar o perfil dele na internet. Vi fotos lindas, um apaixonado pela natureza como eu. Imagens na nossa praia do Recreio fazendo rapel, com os amigos sorrindo num churrasco, tomando banho numa cachoeira – sobre essa foto prefiro nem comentar –, e tinha um retrato na porta do pet shop de braços abertos. Pareceu ser no dia da inauguração da loja, com bolas coloridas na entrada. Felipe com um sorrisão lindo, uma calça jeans descolada, uma camiseta branca e um tênis com cara de novo, cinza com amarelo, e um relógio bem esportivo.

Depois de desligar o computador e ficar deitada olhando o teto, chegou uma mensagem no meu celular. Só podia ser a Lelê mandando algum recadinho subversivo. A mensagem: "Me perdoa por estar pensando em você. Felipe."

O quê? Repete! Felipe tinha me mandado uma mensagem fofa quando eu sequer imaginava que ele tinha meu telefone. Fiquei sem saber se respondia, fingia não ter visto e só retornava no dia seguinte. Não, definitivamente não faria joguinho. Com as mãos nervosas, digitei: "Algumas coisas são recíprocas e não precisam de perdão. Kira."

Não demorou nem dois minutos e começamos a trocar mensagens.

"Você está acordada essa hora da manhã?"

"Perdi o sono. Ou talvez não o tenha achado, costumo dormir pouco."

"Kira, queria me desculpar com você. Te convidei para uma festa, a Jalma apareceu... A gente estava terminado, como falei, eu termino, ela volta e agora existe um problema sério de família. Foi mal te contar assim. Ao vivo, explico melhor."

Demorei a responder, ele mandou uma mensagem:

"Está aí?"

"Estou, pensando..."

"Posso te esperar de tarde na loja?"

"Pode."

"Que bom. Tô indo. Vou pegar onda."

Ele me tirava as respostas, eu não sabia como agir. Nem imaginei tendo aquela conversa. Larguei o celular antes que cometesse uma loucura e escrevesse: "Te quero!" Eu seria capaz disso. O caderno dourado foi minha salvação. Nele, escrevi:

Apesar de estar encantada com Felipe, na maneira como me sinto atraída por ele, tenho medo de me dar mal, de me apaixonar por um homem, com uma garota pendurada nele. Preciso entender melhor a situação. Será que ele faz parte do time de ex-namorados jogando charme para a antiga namorada? Ou realmente existe um segredo muito forte os aproximando, algo de família como ele disse, impedindo que partisse de uma vez por todas para longe dela? Dúvidas chegam na minha direção na mesma intensidade que as flechas do cupido estão fazendo eu me apaixonar ainda mais pelo garoto do pet shop.

Contraditório, mas algo me tranquilizava: recordara a imagem da Jalma. Uma garota estranha, os dois eram muito diferentes. Claro, bastava lembrar do mundo real, onde há tantas combinações absurdas de pessoas para ficar novamente nervosa. Lembrei do óbvio: não existe justiça na rotina. Na vida, muitas vezes, quem não merece ganha e pessoas felizes recebem tristezas de presente. Hora de entregar para o tempo e para "o que tem que ser".

Os dois cuidariam melhor desse assunto. Eu apenas vivia. Intensamente viva, sem medos, sem ficar segurando meus passos. Deixar de pensar no Felipe se tornou impossível.

QUINZE

Preciso de ajuda

O susto me segurou pelos braços e me fez correr no tempo.
E eu fui na tua direção, mais uma vez.

A segunda-feira chegou cheia de compromissos, eu precisava trabalhar. A loja estava com duas caixas de peças novas para serem colocadas no lugar. Eu adorava distribuir, com minhas parceiras de trabalho, os itens de decoração capazes de fazer a cliente desejar levar a loja inteira para casa. Poesia na decoração certamente faria muito sucesso. Uma enorme garrafa de vidro ficou linda no chão da loja.

– E aí, sonhou com ele?

– Sonhei, Lelê. Ele me diz coisas lindas nos sonhos, é perfeito.

– Que coisa doida! Eu não lembro dos meus sonhos.

– Eu não só lembro, como parece que foi tudo real. Até a lembrança dos cheiros tenho comigo.

– O perfume que ele usa é bom?

– Quando nos despedimos, na festa, parecia ser o mesmo. Acho que estou enlouquecendo.

– Tá amando. Amar é para enlouquecer um pouco mesmo.

– Lelê, minha best poeta. E ninguém tem resposta para isso. Sonhar ainda tem muito de mistério na nossa vida.

Duas garotas entraram na loja e pararam na minha frente, sorrindo. Olhei e não reconheci nenhuma das duas. Uma tinha o cabelo como quem acabou de sair do salão, a outra estava vestida para a festa mais badalada do mês. Uma aguardando a outra falar, e eu, alguém se pronunciar.

– Oi, você é a irmã do Cadu e do Cafa? – A mais alta perguntou, jogando o cabelão para trás num movimento quase ensaiado.

– É o que meus pais dizem. – Aquilo às vezes era irritante.

– A gente queria te perguntar uma coisa. – A garota continuou. – Qual seu nome?

– Kira – respondi, reparando na insatisfação da minha melhor amiga com a prosa.

– Precisamos de uma mãozinha. – A mais tímida resolveu falar.

– Cara, seus irmãos são muito gatos e a gente queria conhecer os dois mais de perto. Eu acho eles a cara do Reynaldo Gianecchini. – Quando a mais alta terminou de dizer isso, Lelê estava com as bochechas tão vermelhas quanto o meu blush. E, realmente, os dois lembravam o ator quando tinha uns vinte anos.

Sorri amarelado, pensando em uma resposta bem convincente, fui direto na mentira mais verdadeira de todas:

– Então... os dois estão namorando sério no momento. Vou ter que recusar o convite para ser cunhada de vocês.

– Sério? – Se as duas tivessem ensaiado não tinham falado com tanta sincronia.

– Pô, seríssimo, estão apaixonadérrimos – falou Lelê, doida pra ver a dupla fora da loja.

As garotas não tinham mesmo muito interesse na minha pessoa, desapareceram com minha piscadinha ratificadora. Lelê deu um pulo da cadeira, me abraçando.

– Amiga, obrigada. Se o seu irmão namora outra, eu morro.

– Bem, já estou contando que vocês dois estão namorando, reparou?

– Reparei. Como eu gosto do Cadu. Sabe, você estava se despedindo do Felipe na festa, a gente no carro, eu sentada ali do lado dele, de repente ele segurou minha mão e me perguntou por que eu não estava namorando. Nos olhamos e quase me joguei pela janela. Seu irmão definitivamente é quem eu quero. Do lado dele perco até meu jeito palhaça.

– O amor está no ar na nossa galera. Até o Cafa namorando...

– Hum... Seu irmão número dois não me engana. Ali tem alguma coisa que a gente ainda vai saber depois ou vai acabar dando zica. Cafa anda certinho demais.

– Não vou me surpreender. Do Cafa, espero tudo. Depois que ele namorou duas irmãs ao mesmo tempo sem que uma soubesse da outra... Um dia uma garota pega ele de jeito. Meu irmão não é chamado de Cafa sem motivo.

Depois que eu disse isso, bateu uma certa tristeza. Felipe parecia tão perto e tão distante.

– Amiga, você tem que confiar. – Os anos de amizade denunciavam meus pensamentos para Lelê, sem que pudesse me esconder atrás de qualquer subterfúgio. Minha amiga censurou meu momento depressivo. – Ele não te mandou mensagem?

– Mandou e me deixou sem ar.

– Vocês vão se encontrar e aquela periguete seminua vai sumir! Kira, como ele pode ter namorado uma garota tão estranha? Não acho que roupas definam as pessoas, detesto julgar, mas aquele jeito, a voz, tudo, parece pertencer a uma garota vazia, montada demais, fútil, ah, sei lá, não curti não.

– Está julgando, Lelê!

– Eu sei! Perdoa a sua amiga, mas quando não vou com a cara...

– Ela parece estranha sim. – Rimos, lembrando do jeito superficial de Jalma e seus olhares ofendidos na nossa direção.

– Parece? Aquela menina não demonstrou sequer ser fiel.

– Você acha que ela traía o Felipe quando namoravam?

– Não sei se traía, Kira, mas que deu umas olhadas profundas para o Cafa, deu, porque eu vi.

– Sabe que eu também reparei?

– Se olhasse para o Cadu, juro que pegava ela no banheiro e arrancava aquela peruca.

Dona Fafá entrou na loja animada e cantarolando algo que parecia ser uma música muito antiga. Como aquela senhorinha transmitia paz. Sandra fez um chá e o bolinho caprichado que levei aquela manhã arrematou a divertida tarde com nossa quase sócia.

Lelê ficou rindo quando dona Fafá falou do amor profundo. Parecia palestra para plateia certa.

– Um brilho nos olhos, eu diria, não mente para ninguém. Amamos primeiro por dentro até chegar na nossa pele e evidenciar nosso sentimento para a gente mesmo – disse a minha velhinha preferida. Tem gente que ama rápido, outros demoram anos. Amor não tem receita, bula ou regra. E ai de quem tentar fazer isso. O amor pode ser uma falta de ar instantânea ou um encontro de muitos encontros.

– Me apaixonei, dona Fafá. Estou perdidamente apaixonada – falei com a despretensão de quem ensaia sorrir.

– Sorte desse rapaz!

– Mas a gente está com um detalhe meio ruim. Ele tem uma ex que ainda não foi embora.

– Querida, quase nunca as ex vão embora. Às vezes, ficam até na ausência, nas cartas escondidas na gaveta, no resto de perfume ou presente antigo. Você precisa ser você mesma até que essa outra se torne beeeem sem importância. Gosta mesmo do moço?

– Muito.

– Ele gosta de você?

Lelê respondeu que sim e dona Fafá deu uma gargalhada gostosa.

– Então, o mundo de vocês já está no alto da colina! – Senhorinha danada para dizer coisas divertidas de escutar.

Não resisti e contei dos sonhos. Ela não questionou por momento algum e ouviu atenta cada passagem.

– Quem duvidar não tem a alma aberta para o novo, o mágico e o especial. Tantas ousadias acontecem no mundo. Em vários momentos, a pessoa não nota, preocupada demais com conta no banco, realidade nua e crua, fatos que preenchem o físico, mas jamais a alma. A partir do momento que algo existe na nossa vida, ele é real. Como quando acreditamos em determinadas sortes ou temos um olhar à frente das outras pessoas. Nem todos terão a oportunidade de sonhar com os seus amores, mas se isso está acontecendo com você, não duvide. É como as pessoas incapazes de realizar suas maiores vontades, questionando quando os outros conseguem seus sucessos pessoais. Eles conseguiram simplesmente porque acreditaram profundamente.

– Dona Fafá, me empreste seus conhecimentos de vida e vou correr o mundo inteiro de uma só vez – disse isso abraçando aquela verdadeira sábia.

Saí da loja cheia de ideias e me senti mais renovada para encarar as tais novidades dos meus dias. Cheguei em casa, fui procurar a Anja, o apartamento estava silencioso demais. Suspeito. Imaginei a cachorrinha aprontando algo, mas quando a vi me surpreendi com seu jeito quietinho além do normal. Ela já nos reconhecia, assim que chegávamos em casa e vinha fazer uma festinha, mas dessa vez só levantou o olhar. A pequenininha tinha passado mal na área da lavanderia do apartamento. Liguei desesperada para os meus irmãos, mas ninguém atendeu. Minha mãe não podia sair do restaurante, meu pai estava ocupado naquele horário com mais um julgamento. Senti um arrepio estranho e uma intuição ruim me mandou decidir imediatamente. Desci do apartamento apressada, com Anja no colo, peguei meu carro na garagem e fui para o pet shop. A loja possuía clínica 24 horas e a Anja com aquela cara de quem está com a barriga reclamando seus direitos.

Cheguei rápido e entrei com uma cara tão tensa que um rapaz, sem me conhecer, sinalizou o caminho dos consultórios. Subi as escadas e reparei minhas pernas tremendo. No último degrau, previ uma queda, Anja me olhava com um jeitinho tão fraquinho, me deixando ainda mais preocupada. A atendente pediu o nome da cachorrinha e imediatamente achou o nosso cadastro.

– Anja... a dona do animal, Kira. Bairro, Recreio?

– Sim, sim, podemos pular essa parte. Eu juro, volto e me apresento para você, mas a minha cachorrinha não está legal.

– Eu já chamei um dos veterinários pela campainha. Um deles está terminando uma vacina e não demora.

Sentei, respirei fundo e enquanto fazia carinho na Anja, escutei a voz do Felipe. Fiquei, óbvio, ainda mais nervosa. Ele deu um "oi" e caminhou na minha direção e eu quase desabei de chorar. Me sentia péssima, descabelada e com um semblante de tédio capaz de fazer inveja a quem está louco para pedir demissão no emprego.

– O que aconteceu? – Ele parecia não notar em mim, o que eu agradeci.

– A Anja vomitou a lavanderia toda.

– Hum. Você reparou se ela mexeu no lixo? Cachorrinho filhote come muita bobagem, adora roer as coisas e engolir o que não deve.

– Honestamente, não notei. Saí de casa tão nervosa. Posso ligar para saber se alguém já chegou em casa...

– Bem, vou falar com o doutor Samuel que é superbacana e está hoje aqui. Um minuto.

A secretária ficou olhando com um jeito suspeito, tentando entender a intimidade com o dono, determinado a me ajudar. Respirei fundo e a Anja, em um ato de misericórdia, colocou uma das patinhas no meu braço, parecendo me acalmar. Nossa conexão já estava ali declaradamente, como se fôssemos melhores amigas. Poucos dias com aquela mocinha e eu já estava implorando vida eterna para ela.

Felipe voltou, me pegou pela mão e pediu que ficasse calma. A atendente fingiu não reparar no moço burlando as regras básicas de funcionamento, pouco ligando para sua mínima autoridade e fingiu mexer no computador. Fomos por um corredor, chegamos a uma sala com dois cachorrinhos internados, no soro, quanta pena daqueles dois, e entramos em outra sala com um consultório cheio de equipamentos, parecendo uma sala de exames.

O simpático doutor Samuel iniciou um enorme questionário. Examinou olhos, orelhas e ouvidos, patinhas, barriga e tirou a temperatura. Ela não estava com febre e quando ele começou a explicar as particularidades de um cachorrinho filhote, a Anja vomitou um negócio superestranho, branco, meio disforme, mas parecendo um quadrado. O médico foi categórico em afirmar:

– Sua Anja não tem nada de anjo, ela comeu um pedaço de sabão de coco.

– Sabão de coco?

– Isso que estamos vendo é a lembrança dele, mas posso garantir que é um sabão. E por sorte, não foi muito grande. Bem, vamos cuidar de deixá-la animada novamente. Eu adoraria se todos os cachorros me dissessem no momento da consulta o que está acontecendo com eles. Sabe qual o maior defeito do cachorro? – Eu tinha tirado um peso de cima de mim e Anja melhorou seu humor quase imediatamente. – Não falam e por isso não sabem dizer onde dói. Ela vai ficar um pouquinho no soro, tomar um antitóxico e um remédio para a flora. – O doutor Samuel virou ali o veterinário da Anja.

Enquanto minha paixão canina permanecia no soro, o veterinário foi atender outro paciente. Eu e Felipe ficamos na sala gelada dos exames.

– Que susto! – exclamei, pensando se tinha feito drama.

– Você fez certo em correr para cá. Os filhotes são frágeis, perdem peso rapidamente, mas também são guerreiros. Já salvamos bebês cachorros aqui, inacreditavelmente. Nossos médicos são muito bacanas.

– Você não quis fazer veterinária?

– Quem sabe um dia, mas as necessidades da loja são muito ligadas com administração – explicou ele.

– Engraçado a gente ter feito a mesma faculdade – falei, pensando nos nossos sonhos.

– Engraçado você ter uma loja também. – Felipe me olhou e, juntos, ao mesmo tempo, colocamos a mão na cachorrinha. Ela nos observava, parecendo entender mais do que todo mundo aquela cena. – O que mais será que temos em comum?

– Hum... Me deixa pensar... Qual a sua fruta preferida?

– Goiaba vermelha e uva sem caroço.

– Prefiro melão orange.

– Que dia faz aniversário, Kira?

– Nove de outubro – respondi, vendo seu rosto mudar.

– Tá brincando. Eu também!

– Mentira que a gente faz aniversário no mesmo dia? Aquele dia você disse ser libriano, mas nunca imaginaria dia 9!

Ficamos impressionados com a coincidência de nascermos na mesma data. Então, no dia 9 de outubro do mesmo ano, nossas mães estavam indo para as respectivas maternidades em que nasceríamos. Senti-me encantada com a ideia de vir ao mundo no mesmo dia do cara por quem estava apaixonada.

Uma hora depois, a minha cachorrinha parecia renovada. O alívio me dominou e Felipe me chamou para andar pela loja, o que, claro, aceitei.

– Está melhor?

– Estou sim. Desculpa meu nervosismo.

– Tô acostumado. O que chega de dono preocupado por aqui. Outro dia, um labrador se meteu no meio do trabalho do jardineiro de uma casa e chegou aqui com um corte enorme na face. Não esqueça: cachorros são como bebês, não têm noção das coisas, vão animados na direção dos perigos. Você precisa tirar tudo que a Anja possa comer, morder e roubar.

– Obrigada pelas dicas, preciso comprar um manual de cachorros, urgente.

Caminhamos pela loja, observando alguns produtos engraçados, Felipe tirou de um minicabide um vestidinho de flores e colocou na Anja, deixando minha pequena amiga ainda mais fofa. Eu não queria aceitar o presente, mas fui voto vencido. O olhar da Anja não me fez tirar a roupinha. Depois, ele ofereceu água para a pequena que bebeu, parecendo melhor do mal-estar.

– Kira, queria falar com você sobre a festa.

– Ah, deixa isso pra lá...

– E se eu quiser não deixar pra lá? – falou sorrindo e irresistível.

– Então a gente fala sobre isso.

– A Jalma já foi uma garota legal. Quando começamos a namorar, acredite, ela não tinha esse jeito. Entrou para a faculdade, mudou, terminamos, voltamos, terminamos e voltamos. Não me reconhecia mais ao lado dela. Argumentei sobre não querer mais, terminei pela décima vez, ela pediu minha amizade, mas se comporta como minha namorada. E uma bomba caiu naquela família, momento difícil na vida.

– Não quero atrapalhar vocês dois.

– Você já atrapalhou tudo, Kira. Fazia tempo, não entrava em uma confusão tão profunda. – Não sei se gostei de ser chamada de confusão profunda, mas aquele jeito de falar perdoava qualquer exagero de diagnóstico. – Eu posso garantir que a Jalma não é minha namorada. E ponto final.

Anja começou a se animar no meu colo e parecia me dizer também que aquele homem tinha um quê de muito legal.

– Kira, não posso deixar de comentar sobre as nossas mensagens.

Meu rosto ficou vermelho, lembrei como tinha sido especial a troca de recados.

– Ah, é, eu, ah, Felipe... – Que raiva quando meu cérebro não processava o necessário. Com ordem de quem estava gaga?

– Também adorei – disse Felipe rindo, como se não importasse o que eu diria. Tinha gostado e pronto. Segurou a minha mão, enquanto eu alisava uma caminha de cachorro. – Achei que você não fosse me responder. Fiquei feliz quando devolveu as minhas respostas.

Me virei para Felipe, sem saber de onde tirei forças e reparei nos detalhes do seu rosto. Algumas sardas no nariz, um olhar castanho caindo para o mel, um nariz bonito. Meu silêncio, mapeando o seu rosto, o deixou desconcertado.

– Você costuma olhar assim para as pessoas?

– Não, quase nunca – respondi, falando a verdade. Um certo mistério nos acompanhava.

– Posso te fazer um convite?

Balancei a cabeça, sem ideia do que seria.

– Descobri que o motorista do acidente, seu Teobaldo, está internado aqui na Barra, no hospital Lourenço Jorge. Vamos visitá-lo?

– Claro! Gostaria muito de vê-lo melhor para tirar aquela impressão ruim, com ele caído no volante.

– Pego você na sua casa. – Ele falou isso e rimos em sincronia como se quiséssemos sair juntos, estar juntos seja para lá aonde fosse. Parecia surpreendente e bom para ambos na mesma medida. Uma poesia, dessas de rima perfeita e que, depois de escutar, a gente repete como quem decora as melhores palavras.

Quando achei aquele convite equivalendo ao máximo daquela tarde, Felipe chegou mais perto de mim, veio no meu ouvido, respirou, de propósito, e disse:

– Gosto de você e alguém precisa saber disso. Não estou aguentando mais guardar só para mim.

Me afastei e sinceramente nos próximos dois minutos parecia ter esquecido onde estava, o número da minha identidade, o endereço da minha casa, minhas senhas... Fomos caminhando pela loja, eu querendo fugir dali, e sem me dar conta, perguntei:

– Qual foi o sonho mais louco que você já teve?

– Você gosta de sonhos, hein? É a segunda vez que me pergunta sobre o assunto. Não lembro do que sonho. Ultimamente, sinto o sono agitado, mas não lembro bem o que anda acontecendo comigo, quando estou com os olhos fechados.

Quase disse a ele que poderia contar direitinho por onde ele andava ultimamente. Respirei fundo, quase engasguei. Será que o sono agitado significava os sonhos comigo? Como saber?

Eu tinha falado demais aquela tarde e pensei na possibilidade impossível de eu estar sonhando com ele naquele exato instante. Óbvio que aquilo estava no reino do real. Começamos a nos despedir, quando ele me abraçou e pediu, pela segunda vez, mas agora conscientemente:

– Sonha comigo?

Minha reação foi claramente estranha, até para mim.

– Sonhar com você?!? Claro que não! – E dei um salto para trás, parecendo patética e imaginando ter estragado parte do encanto. – Não, não vou sonhar com você.

– Calma, o que falei de errado?

– Nada, desculpa. Você não disse nada de errado.

– Olha, não pensa nenhuma besteira. Só pedi para você sonhar comigo.

O que a gente faz quando começa a fazer tudo errado? Mudei de assunto, perguntei sobre a loja, acabamos distraindo a conversa e quando vi, estávamos na porta. Um vendedor entregou um pacote na mão do Felipe que direcionou imediatamente para mim.

– O que é isso?

– Um manual de cachorros para você entender mais sobre a Anja. Leia urgentemente!

Abri o pacote e tinha um bonito livro, com uma foto de um filhote. Um livro para ensinar os humanos sobre os seres que latem. Adorei! Agradeci, sem parar de admirar a capa. Livros estavam diretamente ligados ao meu ponto fraco, amava livrarias, o cheiro das páginas e toda felicidade que só quem lê livros vive.

Demos dois beijinhos, dessa vez tentei com que o movimento fosse o mais casual possível, e caminhei na direção do carro. Assim que abri a porta, Felipe gritou:

– Sonha... – implorou Felipe carinhosamente. Ele só podia estar brincando. Senti um arrepio na espinha, sentei no banco e virei a cabeça para trás. Estava salva... de ter que dizer para ele que estava completamente louca para ficar ao lado dele.

DEZESSEIS

Um convite casual

Adorei entender seu jeito de se preocupar com o outro,
o olhar de quem não aceita ser feliz sozinho.

Rezei tanto para o dia seguinte chegar. Felipe combinou de me pegar na porta da loja às duas. Lelê passou a manhã inteira questionando o nosso encontro no dia anterior. Fiquei repetindo para minha amiga meus passos pelo pet shop: a Anja, coitadinha, passando mal, Felipe me tratando bem, vindo falar no meu ouvido, me pedindo para sonhar com ele, me causando verdadeiro susto e uma felicidade tranquila de estar muito bem acompanhada.

Depois do almoço, no Enxurrada, peguei minha bolsa, ajeitei o cabelo por puro nervosismo, conferi o visual no espelho, passei um pouco de perfume e um batom rosa clarinho, que amo, e voltei para o trabalho, dando de cara com Felipe encostado num carro do outro lado da rua.

Atravessei, me sentindo esquisita, ninguém além de nós naquele cenário, tentei controlar minha respiração. Felipe sorria. Estendeu a mão como se eu estivesse precisando de ajuda. Nos beijamos no rosto e senti um perfume maravilhoso, chegando ao redor de mim. Ficaria parada ali mais tempo, apenas curtindo aquele cheiro, percebendo sua presença.

– Como você está?

– Bem, e você? Demorei?

– Não, pontualíssima. Antes da gente entrar no carro, posso fazer uma pergunta?

Ele fez uma cara curiosa, mexeu levemente o lábio para a direita, conseguindo ficar ainda mais bonito. Possuía um charme natural, até sua maneira de gesticular me aproximava. O que ele queria saber, quando eu ainda estava tentando me concentrar no nosso reencontro?

– O que quer dizer Kira? Diferente. Não lembro de conhecer outra Kira.

Ufa, ainda bem. A resposta não tinha maiores dificuldades.

– Faltavam uns 15 dias para eu nascer e meus pais não haviam decidido sobre meu nome, acredita? Com os gêmeos foi tranquilo, eles escolheram no meio da gestação. Mas isso foi quase quatro anos antes. Aí, sempre que vinha alguém nos visitar, meu pai comentava: "Será a rainha da casa!" Até que o Cadu um dia perguntou: "A minha irmã vai ser a rainha aqui de casa?" O Cafa respondeu: "Claro, né, Cadu? Ela nem nasceu e todo mundo já tá só querendo ela." Meus pais então começaram a me chamar de rainha Sofia. E assim fomos para a maternidade. Na porta do quarto estava lá: Rainha Sofia! Até que, já com cinco dias de vida, uma amiga da minha mãe comentou que Kira é rainha em árabe. Ficou.

– Se interessar, concordo: você é uma rainha.

– Obrigada.

– Sua bochecha ficou vermelha.

– Tranquilo, ela faz isso sem me avisar. – Escondi meu rosto com as mãos. – Vamos? – perguntei, assim que retirei meus dedos da face.

Felipe cavalheiramente abriu a porta do carro e sentei pensando como seriam as próximas horas. No rádio, Marisa Monte cantava *Ainda bem*: "Ainda bem/ Que agora encontrei você/ Eu realmente não sei/ O que eu fiz pra merecer/ Você/ Porque ninguém/ Dava nada por mim/ Quem dava, eu não tava a fim/ Até desacreditei/ De mim". Ai, Marisa Monte, por que você está cantando isso para mim agora? Não mexa ainda mais com os meus sentimentos ou o Felipe vai entrar por uma porta e vou sair pela outra. Congelei. A sombra do motorista se aproximou do carro, ele abriu a porta e estávamos ali, mais unidos ainda. Aquele perfume novamente flutuando próximo da minha pele e eu sentindo uma vontade quase incontrolável de beijá-lo.

A realidade tomou conta da nossa conversa até o Lourenço Jorge, na Barra da Tijuca. Ficamos lembrando o fatídico dia. Felipe comentou que, mesmo andando de um lado para o outro, ajudando as pessoas a saírem daquele ônibus, me observou o tempo todo. Relatou como eu estava nervosa, tentando ajudar, mesmo sem poder fazer muita coisa, e como demonstrei preocupação com os feridos. Não tinha ideia de ter sido notada por ele durante aquele dia. Além do susto do acidente, eu estava chocada por encontrar com ele no mundo real, mas não contei esse detalhe. Lembrei daquela noite, engolindo em seco, sem saber como me comportar. Me segurei para não tocar no assunto. Não tinha ideia se um dia teria coragem de desabafar sobre nossos encontros durante o sono.

Quando paramos no sinal, o mundo todo pareceu muito longe e apenas nós dois, sozinhos e protegidos de tudo, existíamos. Uma aura doce nos envolvia no mesmo sentimento. Felipe segurou minha mão e a beijou. Meu cabelo caiu no rosto e fiquei segurando os fios com os dedos, tentando alguma distração para aquele cenário de novidade e inacreditável sintonia.

Estacionamos o carro e na hora de atravessarmos a rua, demos as mãos. Demoramos a soltar. Uma culpa me lembrava Jalma, Felipe com uma garota no caminho e eu não queria ser a intrusa da história, ajudando a piorar a situação. Algumas vezes simplesmente não conseguimos agir como achamos ser o certo. Um incômodo tomou conta do meu corpo e prometi, enquanto caminhava despretensiosamente, não beijá-lo, pelo menos até que a Jalma saísse das nossas vidas.

Entramos no hospital e fomos indicados como proceder para a visita. Estávamos no horário certo, sentamos próximos a outras pessoas e esperamos a nossa vez.

O lugar tinha largos corredores, um tom de verde-água dominava o ambiente e o piso em algumas salas meio disformes, bastante gastos.

O motorista nos recebeu visivelmente com dores, mas foi bem receptivo. Estava em uma ala com mais três homens. Um deles muito velhinho, quase não se mexia. Seu Teobaldo estava melhor, mas ainda inspirava cuidados, tinha machucado seriamente uma perna, um braço e precisou passar por uma batelada de exames. Apesar de necessitar de repouso, a situação naquele momento era bem melhor.

O paciente agradeceu Felipe várias vezes, contou que seu rosto foi o que ele lembrou ao acordar no hospital. Meu mais novo amigo disse que faria de novo, tudo igual. Os dois comentaram do susto e eu observava melhor os detalhes do Felipe, analisando-o pelas costas, as pernas na calça jeans, o formato das mãos, os dedos alongados, o cabelo parecendo mais curto do que quando o encontrava nos sonhos.

– Vocês acreditam em sonho? – Seu Teobaldo surpreendeu com a mesma pergunta feita por mim nos últimos dias.

– Ela acredita. – Felipe apontou para mim de maneira enérgica. – Já me perguntou sobre sonhos duas vezes.

– Eu sonhei com o acidente na noite anterior. Comentei com a minha esposa, ela me mandou não trabalhar, mas como não aparecer no emprego? Não sei se vocês sabem, fui fechado por outro ônibus e perdi o controle.

– Seu sonho acontecia de maneira igual? – perguntei, tentando obter informações.

– Não lembro bem. O que foi igual envolvia aqueles segundos antes do ônibus bater, um sentimento estranho. Estou bastante impressionado. Não quero mais trabalhar com ônibus, vou procurar outro emprego. Vocês acreditam nisso?

Balançamos a cabeça, Felipe ficou pensativo e depois comentou:

– Não lembro bem dos meus sonhos. E, você, Kira, o que acha?

Aquela seria uma deixa perfeita para anunciar a Felipe que sonhava com ele quase todas as noites e o mais louco: tinha sonhado com ele antes mesmo de conhecê-lo. Em vez disso, me aproximei da cama do seu Teobaldo, olhei para os dois e tentei ser o mais natural possível.

– Eu lembro. Meus sonhos chegam como mensagens, são bem reais, mas acho que não sei decifrá-los. Pelo menos ainda não.

– A minha mensagem daquele dia dizia: não vá trabalhar, mas eu fui.

E se o acidente não tivesse ocorrido, será que eu e Felipe nos conheceríamos? Ficamos os três pensativos, no quarto. Por que meu acompanhante não possuía as mesmas lembranças que eu?

Depois de falarmos outros assuntos, os dois comentarem sobre futebol, o horário de visita terminou, mas antes de fechar a porta da enfermaria, Felipe ofereceu emprego para o seu Teobaldo, o convidando para trabalhar no pet shop. Falaria com sua mãe para ajudar o motorista, decidido a não dirigir mais ônibus. Fomos embora como se fôssemos ainda mais próximos.

Assim que chegamos ao carro, Felipe me perguntou se eu gostaria de ir ao New York City Center, um shopping na Barra. Amaria estar em qualquer lugar com ele. Tinha acabado de sair de um hospital, lugar triste, Deus me perdoe. Ao lado dele, as coisas pareciam bem mais divertidas. Visitando o motorista, descobri a gargalhada genuína de Felipe. Ele jogava a cabeça para trás, parecia olhar o céu e retornava na mesma sintonia que fechava os olhos. Todo esse movimento durava segundos, mas observadora como sou, notei e anotei.

No caminho para o shopping, Lelê ligou. Atendi e escutei um grito da minha amiga que certamente meu acompanhante escutou:

– Sumida, safadinha, cadê você? Tá com o gato, né? Me manda alguma mensagem contando, sou sua melhor amiga, confidente, preciso saber os detalhes. *Move on*!

– *Sorry*, Lelê, depois a gente se fala.

– Ai, saco, detesto quando estou aqui tão curiosa e você não pode falar. Tudo bem, se cuida aí. Me liga assim que der... Ele está te tratando bem? – Caiu na gargalhada como só ela sabia fazer nos finais das frases.

– Sim, amiga. Sim.

Desliguei o celular com um sorriso amarelo. Felipe ficou rindo, achando graça dos berros da Lelê. O sinal fechou e um silêncio nervoso invadiu o carro. Eu tinha tantas curiosidades a respeito dos seus gostos, pensamentos, acontecimentos e desejos. Aquela busca denunciava como estava interessada no moço. Nós nunca queremos saber sobre quem não nos interessa.

– A Lelê é assim, acima do volume.

– Pode deixar, não conto o que escutei.

– Você escutou?

– Tudo!

– Nãoooooo!

– Simmmmmm!

Rimos, sorrimos. Ficamos bonitos naquela cena. A única chateação dizia respeito a Jalma parecer presente entre nós, sentadinha no banco atrás, se metendo a colocar a cara naquele espaço pequeno entre as poltronas. Quase me virei para trás e gritei: "Jalma, desce agora!!!" Felipe certamente me acharia bem maluca. Calei. Ele parecendo sentir o fantasma da ex, atual, ou seja lá o que aquela mulher fosse, lembrou da dita cuja.

– Posso te pedir uma coisa? Desencana da Jalma.

No Balada Mix do New York City Center, sentamos numa mesa mais reservada. Um vai e vem de pessoas lá fora, indo na direção das escadas rolantes ou do elevador. E se algum conhecido o visse comigo? Ele não parecia dar a mínima para isso.

– Me conta da sua vida? – Felipe me olhou sorridente.

– Hum... Sou o que você já viu. Moro lá no Recreio dos Bandeirantes, desde de pirralha, nasci no mesmo dia que você, tenho dois irmãos gêmeos perseguidos pelas garotas, e tem dias que isso é um saco, sou dona de uma loja e até hoje acho inacreditável que...

– Eu prefiro perseguir você, Kira! – interrompeu-me.

– Tenho a Lelê, minha sócia e melhor amiga, sou filha de um Juiz com uma dona de restaurante, amo viajar, sou apaixonada por livros, cinema, chocolate e pela minha vida calma e sem grandes emoções. E você?

– Meu nome é Felipe, prazer – disse e me estendeu a mão. – Sou um cara de bem com a vida, curto futebol, viajar, animais de estimação e falar sobre mim com uma garota linda como você. Sou o faz tudo da minha família e trabalho feito louco na empresa para minha mãe não falir a loja, com tantas caridades. Não tenho muitos segredos e busco ser feliz, sem maiores crises. O mundo já tem ingratos demais!

Saímos das apresentações e começamos a falar de bem-estar, de acreditar no poder das coisas boas, de ver o lado bom da vida...

– Quando a gente encontra alguém especial é como se o mundo lá fora fosse mais fácil de conviver. Com a pessoa errada, sentimos como se estivéssemos em um labirinto com emaranhados de saídas falsas, desafios impossíveis e códigos incompreensíveis. Até porque, aqueles códigos não pertencem a você, estão destinados a outra pessoa – filosofou Felipe, pensando declaradamente na Jalma. – A gente nunca se encontrou de verdade. Não combinamos, mas insistimos e foi a pior decisão. Levar adiante um relacionamento sem futuro nos faz acelerar a máquina do tempo e retroceder na busca pela felicidade. Assim me sentia até conhecer você e compreender os acontecimentos de outra forma.

– Isso me lembra o livro *Bridget Jones no Limite da Razão*, da Helen Fielding. A Bridget vive em busca do homem ideal. Aí, ela conhece um homem chamado Mark Darcy e descobre que o amor pode estar onde menos se espera.

– Talvez ela tenha vivido momentos ruins até chegar nesse cara legal. – Felipe se mostrou interessado.

– Foi exatamente isso. Muitos tropeços pelo meio do caminho. E eu soube que Mark Darcy morreu. Fiquei passada.

– Esse livro é biográfico?

– Não, o Darcy é um personagem.

– E o que que tem a autora matar um cara inexistente?

– O Mark se tornou bem real na cabeça de um monte de leitoras. Escritor deveria ser proibido de matar personagem especial.

– Se eu fosse um personagem, não me incomodaria de morrer para marcar a história.

– Ai, credo, Felipe! Se eu fosse um personagem amaria a criadora da minha história me colocando para viver um grande amor e com final feliz.

Saímos do Balada Mix, depois de tomar milk shake de açaí, devorar dois sanduíches perfeitos de picanha e shitake, e caminhamos esquecendo o tempo.

– Vamos na livraria? – sugeriu dando uma piscadinha. Bonito e ainda gostava de literatura como eu.

– Simplesmente adoro cheiro de livro! – exclamei ao abrir as páginas de *Encontro Marcado* do Fernando Sabino. – Mas me explica uma coisa, se o tal do Dark morreu, o que acontece com a protagonista agora?

– É Darcy. Mark Darcy.

– Tá, beleza, mas e agora? Vai aparecer outro no lugar dele?

– A Bridget Jones ficou viúva com dois filhos, deve aparecer um, sim.

– Deve?

– Eu ainda não li o livro novo – contei enquanto ele olhava a capa de um livro do Luis Fernando Verissimo. – Eu adoraria dormir uma noite inteira dentro de uma livraria, para saber se os livros ficam parados ou se, enquanto a gente dorme, correm pelas prateleiras e saltam pelo ar, com tantas histórias vivas dentro deles.

– Estou imaginando aqui livros vivos, cheios de energia, ativos, intensos e suas acrobacias noturnas.

Nos olhamos. A livraria, por alguns longos e marcantes segundos, pareceu vazia. Tínhamos certezas, mesmo sem saber o que o coração do outro reservava. Respiramos no mesmo ritmo. Sorrimos. Alguém passou por nós e mal notamos. Continuamos ali nos olhando. Segurei um livro contra o rosto e apertei meus olhos, tentando vê-lo através dos meus cílios. Felipe deu uns passos para a frente, tirou o livro do caminho e chegou bem perto de mim. Senti um ar quente entre nós e minhas mãos começaram a suar. Antes de acontecer algo mais, falei:

– Melhor a gente não fazer nada na frente desses livros, eu morreria de vergonha. Tem personagem demais olhando para nós.

– E certamente uma câmera nos filmando. – Ele fingiu entender e respeitou.

Saímos do shopping e chegamos à porta do meu prédio mais rápido do que o tempo normal. Ao lado do Felipe, os minutos voavam e os ponteiros dos minutos, desobedientes, aceleravam, fazendo do tempo uma raridade, um elixir de delícias, como uma mesa repleta de doces em que só se pode olhar.

Nunca tinha sentido nada igual. Ali, acompanhada do moço mais interessante do universo, consegui perceber detalhes em mim, até então escondidos em alguma espécie de defesa contra a infelicidade. Envolvida em um dos melhores papos até então, me deixei ver como sou de verdade, no meu sorriso mais genuíno, nas vontades secretas, no paladar profundo... Foi como se todos os meus outros sentidos estivessem entregues, prontos para os seus melhores dias. Tudo aquilo acontecia enquanto falávamos de assuntos banais que pareciam reflexões filosóficas das mentes mais evoluídas.

– Quando te vejo de novo? Amanhã cedo?

– Engraçadinho.

– Tô falando sério.

– Me liga? – pedi, abrindo a porta do carro.

– Ei, ei! Não vai saindo assim. Que moça malvada. Aparece, acelera meu coração e vai embora?

– Nada posso fazer por você – falei rindo, quando na verdade, queria beijá-lo, mas tinha certeza absoluta de não ser a hora, ainda.

– Cruela. Vou denunciar você para algum órgão de defesa dos maiores abandonados.

Ele segurou o meu braço, mudou o tom de voz e sentenciou:

– Não sei dizer o que sinto. Estou mexido por dentro, como se cada parte de mim tivesse sido alertada da sua presença. Ainda preciso pensar, analisar, saber se isso é paixão, amor, envolvimento, loucura, mas uma coisa não sai da minha cabeça: estou fadado a viver profundamente o que vem por aí, não quero outra história, outro lugar, muito menos outro coração. Estou aqui porque não sei mais como cheguei e me sinto estacionado nesse seu sorriso encantador.

– Isso é um poema? – Por um segundo cogitei a possibilidade.

– Não. São minhas palavras sinceras para você, Kira.

– Que pena não gravar para ser divulgado mundo afora. As pessoas gostariam de escutar e talvez até compartilhassem no Facebook.

Felipe passou a mão no meu cabelo e segurou minha mão.

– Eu não sou tão boa com as palavras, mas se pudesse cantaria aquele trechinho de uma música do eterno Charlie Brown Jr.: "O meu pensamento é o mesmo que o seu/ Mas hoje meu coração bate mais forte que antes".

– *Uma criança com o seu olhar*!

– Conhece essa música, Felipe?

– E a gente pensava que o Charlie Brown Jr. cantaria para sempre. Uma pena. Foram, mas continuam por aqui...

Confesso, na verdade, eu também gostaria de cantar para ele *Lightweight*, da Demi Lovato: "*This line is words you said/ Have all gone to my head/ I hear Anjas sing, in your voice/ When you pull me close/ Feelings I've never known/ They mean everything/ And leave me no choice/ Light on my heart/ Light on my feet/ Light in your eyes/ I can't even speak/ Do you even know/ How you make me weak*",* mas fiquei com um tremendo medo de falar demais ou, pior, acelerar algo tão especial, estragando acontecimentos futuros.

Nosso encontro estava marcado. Não importava me preocupar, duvidar. União predestinada. Compromisso sem papel assinado, mas claramente compactuado. Uma junção mexendo com duas pessoas e fortalecendo individualmente cada uma delas. Detalhes que só o amor compreende.

---

* Esta frase são palavras que você disse/ Foram todas para a minha cabeça/ Eu ouço anjos cantarem, na sua voz/ Quando você me puxa para perto/ Sentimentos que eu nunca conheci/ Eles significam tudo/ E não me deixam alternativa/ Luz em meu coração/ Luz sobre os meus pés/ Luz em seus olhos/ Eu não posso nem falar/ Você sabe ao menos/ O quanto você me deixa fraca?

Fechei a porta do apartamento me beliscando se tudo aquilo fazia parte do mundo real, ou estava apenas no universo dos meus sonhos. O cheiro dele ficou em mim.

No caminho para a cozinha, distraída, encontrei meu pai e me assustei.

– Filha, vem aqui no meu quarto um instantinho?

Ele foi na direção da mesinha próxima à janela. Pegou uma caixa e abriu.

– Existem coisas sobre um casamento que apenas os casais sabem. Comprei esse presente para sua mãe. Será que ela vai gostar?

O pai enigmático, parado na minha frente, nem parecia o meu. Olhei a pequena caixa com duas alianças e fiquei emocionada.

– Gostar?!? Minha mãe vai adorar! Amar! Uau! Novas alianças!

– Nós vamos começar uma nova etapa das nossas vidas, são vários anos juntos e quero me aproximar ainda mais da minha eterna namorada.

– Pai, andei com a vida tão corrida. Como foi o queijos & vinhos?

– Lindo. Sua mãe adorou tudo. E no dia seguinte, acredita que ela fez um jantar para mim? – Claro que eu acreditava, fui cúmplice nos eventos. Tão bom ter dado tudo certo.

Há muito tempo não via meu pai assim, como se jogasse fora as amarras da rotina, voltasse a olhar na direção da vida particular e estivesse muito animado para recomeçar algo que sequer havia sido interrompido. Talvez assim devêssemos agir com nossas maiores vontades de continuar as relações. Não esperar morrer para tentar recuperar.

Nos abraçamos. Tínhamos poucos momentos sozinhos, mas sem dúvida ele carregava todas as características de um homem bom. Tinha orgulho de ser sua filha. Ele se tornou Juiz depois de estudar muito, mas nunca deixou de lado o ato de estender a mão a quem precisa. Como advogado, atuou em diversas causas de pessoas carentes e chegou a montar com amigos um grupo para atender comunidades, tirando dúvidas sobre questões legais e abraçando causas sem receber nada em troca. Mesmo com a doação de tempo, chegou aonde queria e nunca passamos por problemas financeiros.

Minha mãe seguia o mesmo caminho, ajudando cada um de seus funcionários além dos limites profissionais. Na minha casa, o outro tinha muita importância. Mesmo incapazes de resolver os problemas do mundo, tínhamos o reflexo de não ficar parados. Foi bom reparar que Felipe também nutria esse sentimento, doar ao próximo mesmo que isso custasse tempo e dinheiro. Nosso lema era: menos EU; mais NÓS.

Fui dormir feliz. Meus pais caminhando para se encontrar ainda mais, aproximando um laço já tão fortalecido. Entrei no meu quarto e meu coração estava batendo de uma maneira tão especial... Deitei na cama, espreguicei o corpo todo na tentativa de acreditar que tive o encontro da maneira que sonhei quando saí de casa.

Meus irmãos entraram no meu quarto, assim que tomei banho, coloquei o pijama e desejei dormir. O que estaria reservado para aquela noite?

– Oi, sumida! Esqueceu dos irmãos?

– Meninos gatos do Recreio, qual é a boa?

– Onde você estava? Ligamos para o seu celular.

– Fui resolver umas coisas.

– Ih, mulher quando diz "fui resolver umas coisas" tem treta.

– Não consigo esconder de vocês. Quem manda ter dois irmãos de uma vez só? Pressão dobrada.

– Qual foi, conta logo, onde se meteu? – Cafa sentou do meu lado na cama e fez voz animada, louco para saber detalhes do meu sorriso tatuado no rosto.

– Acho, eu disse acho, que me apaixonei!

– Você? Não acredito. Achei que esse negócio de se apaixonar pertencia ao Cafa! – Caímos na gargalhada.

– Fala de mim, mas nem vou falar sobre *você* também estar apaixonado.

– Como assim, Cafa!? Cadu se apaixonou por quem? – perguntei esperando um dos dois pronunciar o nome da Lelê.

– Nem falo. Fico com fama de canalha, mas ele é o devora quieto. Só tem a casca de quietinho.

– Kira, você acredita nele? Tô apaixonado nada.

– Algo me diz que tem um gêmeo escondendo algo de mim. – Joguei uma almofada no rosto do Cadu. Ele fingiu receber um peso enorme e caiu no chão do quarto. Nessas horas, eu tinha que concordar com as garotas do Recreio. Meus irmãos tinham um borogodó, como dizia minha avó materna, com aqueles sorrisos fluindo além do rosto e imediatamente encantadores. Eu gostava tanto deles, daquele astral multiplicado, a energia e, principalmente, nossa cumplicidade. A melhor parte, eles sabiam do sucesso com as meninas, mas não levavam isso a sério e tinham uma tremenda vontade de ser do bem.

– Ah, preciso contar uma coisa para os dois. Foram duas garotas na loja, perguntando por vocês. Falei que estão namorando. Não aprovei as candidatas a cunhadas.

– Você não fez isso!?

– Cafa, você já tem a Fabi.

– Confio no seu taco, irmãzinha. Se mandou embora, não passou no crivo!

– Isso aí, Cadu! Meninos, preciso dormir.

– Amanhã é feriado, esqueceu? Vamos na Prainha, o que acha, vambora?

– Vou pensar no caso de vocês, dupla de iguais!

– Ah, para, você adoraria ter uma igual a você.

– Nunca!

– O que você faria se tivesse uma igualzinha a você?

– Eu? Falaria para ela: que gata você, hein, meu bem!

Cadu e Cafa saíram do quarto rindo e falando de mim. Deitei na cama, pensando se teria coragem de convidar o Felipe para a Prainha. Assunto para o dia amanhecer. Um dia de cada vez. Muitas emoções querendo entrar em um só coração e eu já não sabia como desacelerar o meu.

DEZESSETE

Noite perfeita do seu lado

Estou aqui para te ver mais uma vez. Até dentro de um túnel cinza minha vida tem graça do seu lado. E o chão some, o ar falta, mas eu ainda tenho você.

Dormi depois de ficar olhando o teto por meia hora. Não resisti a repassar na cabeça, tentando arquivar delicadamente na memória, meu dia com Felipe. Nossos cheiros misturados, o carinho girando em volta de nós e nada físico acontecendo. Novidades sentimentais fazendo explodir alegrias na minha rotina. Quem diz que gostar de alguém e ser correspondido faz bem, não tem ideia de como me vejo no grau máximo das possibilidades de me sentir completa.

Aquela noite, eu e Felipe nos encontramos mais uma vez. Ele estava feliz, caminhou na minha direção animado, cheio de alegria, o sonho real como se fosse um encontro de verdade, quem poderia dizer que não? Um forte abraço nos uniu, ele beijou minha testa e me disse como estava feliz.

A gente foi correndo por um gramado, eu não tinha a menor ideia de onde estávamos. Achei engraçado quando ele também me contou não saber a nossa localização. Caímos próximos de uma árvore frondosa e o céu estava límpido, límpido. A temperatura das melhores e um leve perfume de natureza nos envolvendo.

– Estou aqui para te ver mais uma vez – declarei e procurei sua mão para entrelaçar com os meus dedos.

– Fui dormir pensando em você. Te chamei neste sonho – revelou e ficou calado, apreciando a paisagem.

– Adorei estarmos sonhando mais uma vez.

– No que dará isso?

– Não tenho a menor ideia, mas mal não faz, Felipe.

– Ninguém acreditaria.

– Nem sei se você acreditaria. Afinal, só quem lembra desses encontros sou eu.

– Desculpa por isso. Sou meio realista com a vida, tudo muito prático e real. Algo me diz, que, no momento certo, você contará e vou acreditar.

– Ainda não tenho coragem de dizer: "Sabia que sonho direto com você?" No mínimo, vai achar brincadeira e, no máximo, serei chamada de maluca.

– Nada! No dia certo, vou escutar e compreender com a maior naturalidade. Estamos sonhando juntos. Dentro de mim cada um desses sonhos existe.

Uma porta surgiu no gramado nos fazendo levantar, surpresos. Ficamos calados. Caminhamos de mãos dadas na direção do local. Ainda tive tempo de ver a imagem de uma moça amarrada numa poltrona, com um semblante triste. Um cheiro horrível atacou minhas narinas. Por que nossos sonhos chegam cheios de códigos e imagens sem resposta? Antes que pudesse alertar Felipe da presença da garota, ele passou pela porta me puxando.

A imagem do jardim ficou para trás. Andamos por um túnel cinza, muitas vozes pareciam brotar além das paredes. Pessoas conversavam animadas, músicas pela metade, diálogos declamados, e um muro cheio de flores marcou o final do túnel. Não tinha saída. Como assim? Caminhamos tanto...

Felipe me abraçou, parecendo prever algo e o chão sumiu nos fazendo despencar céu abaixo. Uma queda deliciosa, não nos separamos, até que um vento forte nos rodopiou e ficamos de barriga para baixo, com os cabelos voando para o alto.

Caímos sobre um toldo que serviu de escorrega e ficamos de pé numa rua. Muitas pessoas passavam, mas não nos notaram. Letreiros enormes e luminosos néons atraíam nossas meninas dos olhos. Depois de alguns minutos observando aquela agitação, falamos juntos:

– Estamos em Nova York!

Começamos a pular pela rua tamanha a nossa animação. Eu não sabia para que lado ir. Felipe, mais uma vez, foi me puxando, como se tivesse um mapa a seguir. Fui seguindo e entramos pelos fundos de um teatro. Muitas pessoas iam e vinham, ocupadas com objetos nas mãos, alguns homens usavam roupas militares e uma bela oriental fazia um exercício vocal.

Caminhamos pelo palco, a plateia ainda vazia, brincamos de dançar valsa.

– Onde estamos, seu doido?

– Relaxa, ninguém consegue nos ver. Vamos lá para o alto! – Felipe apontou para o telhado e senti um frio na barriga. Flutuamos lentamente e lá do alto li *Miss Saigon*, escrito na camisa de um senhor.

– Estamos no espetáculo da Broadway?

– Acho que sim. Vamos assistir?

– Claro! – Terminei de dizer isso e as portas para a plateia foram abertas. Pessoas entraram cheias de expectativas. Desde menina amei o teatro e aquele bem-estar minutos antes de uma peça. Admirava muitos os atores e seu desprendimento para ser outra pessoa. Ser eu mesma já me dava um trabalhão.

O espetáculo emocionava a cada passagem. A história, de 1975, acontece no Vietnã. O soldado Chris se apaixona pela vietnamita Kim. Os dois vivem um caso de amor envolvente. Entretanto, quando estão perdidamente apaixonados, a embaixada americana em Saigon é invadida por tropas inimigas e os soldados evacuados pelo telhado com ajuda de helicópteros. Chris, contra sua vontade, se separa da amada. Um bebê nasce do amor dos dois. As emoções fizeram muita gente da plateia, inclusive eu, chorar com o desencontro do casal. Uma cena ficaria marcada na minha memória para sempre: vietnamitas tentam ajuda com as tropas americanas, mas não conseguem pular as grades para fugir. Um helicóptero impressionantemente real aparece na cena. Cheguei a levar um susto!

– Uau, inacreditável que assistimos uma peça na Broadway dentro de um sonho – vibrei enquanto atravessávamos a Times Square. Lugar exótico, composto por vários cruzamentos e esquinas se encontrando em letreiros de LED de última geração. Aquele lugar se transformava a cada nova campanha publicitária. Apesar de tão comercial, um lado humano e aconchegante o fazia ser um dos locais mais importantes do mundo.

– E agora estamos no lugar que não é esquina, não é rua. É a Times Square! Milhões e milhões de pessoas visitam este lugar todos os anos. – Felipe falou isso de braços abertos, dando uns passos para trás e pude notar como ficava ainda mais charmoso quando estava feliz.

– Felipe, me fala algo especial aqui na Times Square, para eu não esquecer?

– Estou louco para te beijar, mas acho bom você continuar fazendo jogo duro comigo. Eu mereço me apaixonar perdidamente e não saber mais como foi a vida antes daquele acidente. Kira, me conta algo!

– Estou sonhando com você todas as noites.

– Engraçadinha, eu sei. Aqui estamos nós dentro de mais um desses sonhos especiais.

– Eu quis dizer que sonho com você... acordada – revelei e me calei. Não acreditei na minha sinceridade. Estava dito. Meu coração acelerava só de pensar em Felipe, estar ali me deixava sem ar, mendigando com os pulmões a entrada e saída de oxigênio para distrair a mente e falseando uma luta por sobrevivência. Atitudes que apenas os seres apaixonados conseguem entender.

Felipe caminhou na minha direção, me abraçou e ficamos ali, milhares de pessoas passando de um lado para o outro, encantadas com os raios brilhantes produzidos pela soma da nossa energia. Um colorido capaz de ofuscar os painéis.

Ele me segurou pelos braços e apertou seus dedos, quase no meu ombro.

– Kira, precisamos ir embora desse sonho ou vou beijar você!

Ele disse isso e eu, simplesmente, abri os olhos no meio da madrugada, me perguntando o porquê de interrompermos mais um de nossos encontros. Acho que se o beijasse no sonho, seria mais fácil beijá-lo ao vivo. Me sentia tão travada e ao mesmo tempo tão entregue.

Tentei dormir, mas me mantive observando Anja ressonando com sua barriguinha subindo e descendo em uma paz invejável. Minha cachorra estava definitivamente se sentindo em casa. Todos se apaixonaram pela simpática cadela, abanando o rabinho para quem quer que fosse. Uma graça em forma de cão, fazendo nossos dias mais felizes.

O sono voltou, mas Nova York tinha embarcado no próximo trem. Não sonhei mais e apaguei num sono pesado, talvez exigência do organismo, com fadiga de trabalhar nos horários em que deveria estar desligado.

Acordei sem saber se tinha sonhado ou não com ele e, enquanto pensei na possibilidade, o celular tocou. Coloquei o aparelho na orelha e as imagens de Nova York surgiram como cenas de cinema. Felipe na linha me perguntou se eu toparia passar o dia na Prainha. Nesse exato momento, Cadu abriu a porta, animadíssimo, e disse:

– Liga pra Lelê, vamos na Prainha!

Círculo de mesmas ideias, um amigo meu da faculdade dizia isso. Várias pessoas pensando o mesmo e ninguém sabendo ao certo de onde saiu o pensamento. Contei sobre a coincidência, ele me alertou: "coincidência é a maneira que Deus encontrou para permanecer no anonimato".

Desliguei o telefone e corri para me arrumar. Precisava que meu rosto inchado voltasse para o lugar em menos tempo que o normal. Liguei para a Lelê enquanto escovava os dentes e pensava no meu melhor biquíni.

– Amiga, nada de ficar com roupa na praia, hein. Te conheço.

– Pode deixar, Lelê. Por incrível que pareça, esses meus sonhos me fazem ser cada dia menos tímida, quando o encontro.

– Assim que é bom. Homens odeiam mulheres travadas.

– Sei não, ontem no sonho, ele me disse preferir jogo duro.

– Amiga, seu sonho não é ele falando, mas você mesma falando por ele.

Desliguei pensando nisso. Será mesmo que as palavras nos meus sonhos nada mais significavam do que eu mesma perguntando e respondendo como uma neurótica? Não me parecia. Eu tinha uma sensação real da presença dele, ao meu lado, vivendo intensamente as mesmas histórias. Me peguei rindo, enquanto colocava o biquíni, e pensando em ter visitado Nova York, assistido uma peça e caminhado pela Times Square.

Peguei o celular, estufei o peito e liguei para o Felipe.

– Tô pronta!

– Maravilha! Chego na porta do seu prédio em vinte minutos.

– Está ótimo! – Desliguei o telefone, pensando se valia a pena colocar minha máscara de pepino para aliviar o rosto inchado. Optei por um óculos do tamanho de uma bacia, tapando meu rosto quase todo. Coloquei um vestidinho branco, presente da viagem feita pelos meus pais a Natal, com bordados típicos e pontos muito miúdos.

No corredor, meus irmãos fizeram festa para mim por estar "gata". Quando avisei que Felipe nos acompanharia, Cafa me rodopiou e comentou que entendia o motivo do meu capricho para um programa tão descolado como a praia.

Lelê chegou esbaforida, avisando da presença do Felipe na portaria. Coração acelerado, bagunça na sala, meus pais desejando ótimo passeio para todos e lá fomos nós.

Na entrada do prédio, não consegui ver mais nada além do Felipe de bermuda, com a camisa jogada no ombro, aquele jeito sorridente, de bem com a vida, levantando a mão como se eu fosse capaz de não enxergá-lo. Impossível, moço! Desculpa mas foi impossível não notar o corpo do meu acompanhante: não malhado demais, nem de menos, perfeito para o meu gosto.

Lelê e Cadu estavam cada dia mais próximos, depois de tanto tempo de uma amizade sincera, eu sentia os dois se envolvendo. E eles? Bem, não se davam conta do detalhe. Lelê queria tanto o meu irmão, mas simplesmente não reparava o sentimento correspondido.

Fui na direção do garoto, enquanto meus irmãos acompanhados de Lelê e Fabi, que simplesmente surgiu na portaria, foram para a garagem. Eu estava levemente tímida, mas encarei o encontro, tentando ser o mais natural possível.

– Oi, Kira! Corri para não me atrasar.

– Imagina, não podia ser mais pontual.

– Quer dizer que vamos dar um mergulho?

– Com esse calor, não existe outro lugar que mereça mais a nossa presença. Você é surfista como os meus irmãos! – A prancha presa no rack denunciava.

Felipe ligou o carro e, antes de dar a partida, jogou o braço para o banco de trás e pegou um pacote.

– Comprei um presente para você!

Ele me deu uma caixa e me senti emocionada. Abri e tinha algo embrulhadinho num tecido. Dentro, um aparelho de fondue de chocolate, com um sachê de lavanda e um cartão.

– Esse saquinho de lavanda minha avó que faz. Você vai curtir. Mulheres adoram essas coisas. Espero que goste do cartão também!

Abri o envelope e o texto me tocou:

Essa panelinha de fondue é para você ter certeza que eu quero estar do seu lado no inverno! Também para eu já garantir ser convidado pela garota mais envolvente do mundo para devorar um fondue numa noite fria. Não conte para ninguém, mas esse presente é, na verdade, para mim. Já adoro você.

Felipe Dontarte.

Beijei o rosto dele e demos as mãos. O carro dos meus irmãos buzinou e meu acompanhante, levemente envergonhado, me deixou admirando o presente e seguiu com o carro. Estava encantada, li e reli o bilhete muitas vezes. Ainda faltavam longos meses para o inverno e dentro de mim nascia a primavera. Coloquei a minha mão esquerda na coxa do Felipe.

– Amei o presente! Você será o convidado ilustre do fondue da Kira!

Seguimos no carro falando dos nossos gostos alimentares e tínhamos o mesmo paladar: adorávamos espaguete à bolonhesa, sorvete de chocolate com banana frita estava na categoria imbatível, pudim de leite Moça, suco de laranja, churrasco, salada com palmito, milk shake de Nutella, comida árabe, japonesa...

– Eu não quero engordar – falei, chocada com as semelhanças.

– Ah, você tem que provar a lasanha da minha mãe. – Felipe curtia muito sua família. – Aliás, você precisa conhecer a minha mãe. E o bolo de chocolate da minha avó tem um leve gosto de meio amargo, molhado, melhor do que qualquer doceria.

Rimos quando descobrimos que também não gostávamos de sorvete de morango, não curtíamos chiclete e muito menos vitamina de banana com aveia.

A praia estava perfeita, ainda não tinha tanta gente do lado direito, nosso canto preferido. Escolhemos ficar no fundo da praia, perto da área verde, embaixo de uma árvore maior do que as outras, próxima das pedras. A Prainha continuava encantadora, eu adorava as enormes pedras dividindo o lugar em dois. Me perguntei quanto de história viva aquelas pedras foram testemunhas. Casais apaixonados subindo no topo para tirar fotografias, declarações de amor, beijos, caminhadas e pessoas admirando lá de cima aquela natureza exuberante. Também gostava de vivenciar a maré subindo, cobrindo parte da pedra da frente como se fosse mágica.

O bacana foi ver que Felipe não tinha dificuldade de relacionamento com os meus irmãos. Rapidamente se entrosaram e enquanto eu, Lelê e Fabi conversávamos, o trio entrou na água para pegar onda.

– Fabi, fala aí, como estão as coisas com o Cafa?

– Apelidei o Cafa de moço areia. Porque, Kira, me desculpe, adoro o seu irmão, mas ele escorre por entre os dedos.

– Ele é um ótimo irmão, mas como ficante, namorado, conheço bem as contraindicações.

– O pior é que são essas características que me fazem ficar cada dia mais apaixonada. – Fabi sentou na canga e focou no meu irmão pegando onda. – Sem contar o charme.

– Mas quem sabe ele muda por sua causa? – Lelê tentando ser otimista, mas fazendo uma cara gigante de dúvida.

– Só o tempo para dizer. E você, Kira, está namorando, né?

– Tô?!? – Fiquei rindo, não sabia mesmo. – A gente está caminhando devagar. E, olha, não tenho pressa. Está ótimo do jeito que está.

– Pela sua cara... – Fabi fez uma careta engraçada. – Está ótimo mesmo!

De longe, sentado na prancha, Felipe me deu um tchauzinho. Fabi preferiu pegar uma corzinha e eu e Lelê fomos dar um mergulho. Ficar de biquíni foi um processo. Eu me senti envergonhada, sabia que seria analisada, mas tudo bem, vamos lá. Eu tinha aquele corpo, nem gorda nem magra, mais larga no ombro do que no quadril, pernas delgadas, um bumbum honesto e um biquíni de oncinha para distrair. Caminhei forçando a coluna para não ficar curvada e joguei os cabelos dando uma piscadinha para minha melhor amiga, que caiu na gargalhada. Ela me conhecia descaradamente mais do que quase todo mundo.

A água estava nos seus dias perfeitos, a temperatura ótima e o sol, bem no alto das nossas cabeças, me fazia lembrar da existência do paraíso. Mergulhei, esticando meu braço e tocando uma das mãos na areia. Quando levantei, Felipe, deitado na prancha, remava na minha direção.

– Sereia, você costuma enfeitiçar nessa praia?

– Muitas vezes, e você, surfista, sobrevivendo aos gêmeos?

– Seus irmãos são demais!

– Prefiro o Cadu – Lelê se apressou, denunciando seus sentimentos. Felipe me olhou curioso, entendendo a mensagem.

– Então viemos em casais para a praia?

– Lógico, meu filho, nem ouse apresentar nenhuma sirigaita para aquele moço ali, ó. E se não sabe o significado de sirigaita, eu falo, aprendi com o meu avô: "Mulher inquieta, buliçosa e assanhada."

– Ah, combinado, pode deixar. No que depender de mim o Cadu ficará longe das assanhadas. Em compensação, Lelê, quero que me apresente essa sua amiga gata.

– Kira, esse aí é o Felipe, amigo meu! Gatinho toda vida, empresário, adora os animais igual a você e tem barriga de tanquinho.

O jeito dela de falar foi tão engraçado que eu e Felipe caímos na gargalhada. Minha amiga ficou vermelha e mergulhou. Cadu veio na sua direção e os dois ficaram conversando, segurando na prancha do meu irmão. Felipe e eu fizemos o mesmo. Quando reparamos estávamos nós dois, completamente envolvidos no nosso mundo.

– Nunca imaginei um dia a Prainha sendo tão especial.

– Ah, para, esse lugar tem uma energia única, ele só nos faz bem, Felipe.

– Já vim aqui outras vezes, é que estar com você aqui, posso garantir, tem ainda mais energia.

– Bom demais para mim também. Parece que gostamos das mesmas coisas.

– Bem, depois de descobrir que você ama e detesta as mesmas coisas que eu, só de saber que não serei obrigado a colocar na boca sorvete de morango e chiclete... – Ficamos sérios de repente. – Posso te fazer uma pergunta?

Balancei a cabeça e fiquei esperando, o que pareceu durar 200 horas para ser feita.

– Você já se apaixonou? Teve algum namoro longo?

Dei um mergulho para esfriar a cabeça e ganhar tempo. Hum... Como contar para o cara que você está apaixonada, que não existiu ninguém na sua vida?

– Eu nunca namorei. – Ele não disse nada e esperou a continuação da fala. – Já fiquei, já quase namorei, mas nunca tive ninguém importante, ninguém parando o meu mundo. Ou que eu pudesse definir como algo realmente mágico.

– Não vou negar, tive alguns namoros. A Jalma foi minha terceira namorada séria, mas gostar mesmo só gostei da primeira. A gente estudava na mesma escola, ela me esnobou meses e um dia nos beijamos no final do recreio, na quadra de vôlei. Durou quase um ano, mas ela me trocou pelo fortinho da escola, dois anos mais velho. E eu, um magrelo, sofri a amargura da traição uns meses e entendi: aquela garota não valia a pena.

– Eu podia até inventar um namoro ficcional, mas não faz o menor sentido esconder. Nunca namorei e é isso. Meu pai costuma dizer: use pouco a palavra *nunca* e, nesse caso, posso usar e repetir, nunca namorei. Na minha idade, a maioria das garotas já namorou e uma ou outra até casou, mas não surgiu isso na minha vida. Em compensação, abri minha loja e sei de pessoas com 30 anos ainda perdidas sobre profissão, mercado de trabalho. Cada vida é uma vida, né?

– Nada vejo de errado com você. Não ter tido namorado não é um problema. Muitas pessoas tiveram vários namorados, mas, quando refletem, têm poucas boas lembranças, quase nenhum aprendizado do sentimento verdadeiro, incontáveis desencontros e o que mais guardam são decepções.

– Até conheci um rapaz, quase namorei. – Tentei ser sincera com ele e comigo. – Ficamos numa festa e nos encontramos algumas vezes, mas senti ele muito confuso, parecia ter algo escondido, morava com os avós e colocava isso meio revoltado, falava muito da ex e se dizia injustiçado pela vida por ter sido abandonado pelos pais. Não saberia lidar com aquelas decepções que ele queria dividir comigo e repetia em todas as nossas conversas.

– Fez bem. O cara não precisava de uma namorada, e sim de uma psicóloga.

– Depois disso, abri a loja com a Lelê, nos jogamos no trabalho e a vida fluiu sozinha mesmo. Primeiro a gente tem que aprender a ser nós mesmos, sem ter alguém como bengala. Faço isso no meu cotidiano.

– Muito bacana você ter uma loja, admiro. Fora que a sua sócia é demais, adorei a Lelê.

– Figura, né? Não consigo ficar triste ao lado dela.

Foi só falar na Lelê, que minha amiga deu um grito:

– Amiga, olha o que eu aprendi a fazer! – A garota mergulhou, levantou as pernas numa tentativa torta de atleta de nado sincronizado.

Quando ela emergiu da água, Cadu a pegou e jogou para o alto. Lelê deu um grito e a gente aplaudiu. Bagunça boa. Ficamos os quatro conversando e Cafa focado nas ondas.

Quando eu e Lelê saímos da água, Cadu e Felipe voltaram para curtir uns tubos. O sol estava ainda mais intenso e assim que nos aproximamos da Fabi, vimos chegar à praia a nossa turma de amigos. Gustavo e Dante estavam com prancha e largaram suas mochilas com a gente para correr na direção do mar.

Sodon, Ygor e Pedrinho conseguiram uma canga emprestada pela Lelê e começaram a conversa elogiando o tempo perfeito daquele dia.

– Amiga, acho que estou perdidamente apaixonada – falei baixinho para que nenhum dos nossos amigos escutasse.

– Amiga, reparei isso, está estampado no seu rosto e nas atitudes.

Sodon parecendo escutar nossa conversa, questionou:

– Quem é o cara na água com o Cafa e o Cadu?

– Felipe, amigo nosso – falou Lelê da maneira mais descontraída possível e continuou a frase em um tom bem mais baixo, deixando apenas com que eu escutasse. – Namorado da Kira, mas isso depois vocês vão saber até porque nem ele sabe ainda.

Felipe e meus irmãos saíram da água animados, discutindo sobre as ondas surfadas e explicando, cada um, suas estratégias no mar. Cadu e Cafa, duas pessoas fundamentais na minha vida, aprovaram o rapaz. Ygor demonstrou um certo ciúme com o mais novo amigo dos gêmeos. Cafa, meio desajeitado, tentou explicar a nova amizade.

– Rolo da minha irmã, se conheceram num acidente.

– Fica quieto, Cafa, você não sabe nem explicar as coisas. Conhecemos o Felipe no dia do tal acidente do ônibus – completou Cadu.

– Sei qual é... – Ygor nunca foi muito bom com as palavras. Fingi não notar o papo.

– Beleza, amigo, bem-vindo ao nosso grupo. – Pedro tinha um jeito muito simpático de tratar as pessoas. Lelê vivia me perguntando por que eu nunca gostei dele. Nos conhecíamos desde criança, uma amizade com as bordas na irmandade.

Felipe sentou na canga ao meu lado e senti sua pele gelada tocar na minha quente e seca. Fez elogios aos meus amigos e percebi meu corpo entregue, tentando se comportar. Nunca a praia esteve tão perfeita. Eu tinha quase certeza de que o mar sorria para mim.

DEZOITO

Nosso passado aconteceu

Encontros reais ou não. Eu não queria explicações. Não tinha tempo sobrando para compreender o surpreendente. Viveria, entregaria meus pensamentos e que viesse o melhor para ser vivido!

Saímos da praia depois de mais uma rodada de animação e de me esconder na barraca, fugindo do forte sol. Admirei uma sequência enorme de ondas devidamente devoradas pelos meus irmãos e Felipe. De longe, tirei algumas fotografias. Em uma delas, Felipe parecia protagonizar uma foto de revista de surf. Estávamos todos com fome, como se tivéssemos vindo de um naufrágio.

Depois de uma votação em que eu e meus irmãos não participamos para evitar marmelada, o Enxurrada ganhou disparado. Pensei no que minha mãe diria, ao me ver com o Felipe, mas éramos discretos e ainda estávamos muito sutis no que se referia à intimidade física. Ele passaria como mais um dos meus amigos, imaginei. Só esqueci o detalhe de que minha mãe conhecia todas as pessoas com quem eu tinha amizade. Não deu outra. Alguns minutos dentro do restaurante e ela, enquanto estávamos no banheiro, sondou:

– Quem é aquele rapaz bonito com os seus irmãos?

– Felipe, amigo nosso, tia – respondeu Lelê, tentando me ajudar.

– Como é bonito, filha. Um rapaz assim que você tinha que namorar.

– Quem sabe não rola? – Lelê me deu um cutucão e me concentrei em lavar as mãos, não demonstrando grandes empolgações. Besteira, não teria problema minha mãe saber, mas não queria contar ali, em pé, no banheiro, mesmo sendo no nosso restaurante.

Voltamos para a mesa, os pedidos feitos e todo mundo pegando no pé do Cafa por estar acompanhado da Fabi. A garota estava vermelha, sem graça, mas os amigos não deram trégua.

– Esta cristã está operando um milagre! Levantai as mãos, irmãos! É o impossível se tornando real! – zoou Pedro, arrancando risos de todos.

– Galera, a minha fase de perdido está se perdendo, indo com o vento. – Cafa abraçou a Fabi.

– E o cara ainda está virando poeta! – Sodon tinha como marca perder os amigos, mas jamais perder as piadas.

Birobiro, nosso garçom preferido, atendia as mesas com a mesma desenvoltura e simpatia cotidianas. Felipe gostou dele de cara e o elogiou em cada etapa do atendimento. Minha mãe também vinha saber se estava tudo bem, sorridente e cheia de assuntos. O reencontro com meu pai a renovou.

Durante o almoço, Felipe e eu nos encarávamos, demonstrando extrema felicidade. Eu não sabia se aquela história daria certo, não tinha ideia se seria apenas um amor de verão, mas o sentimento se tornava ainda mais fundo a cada cena ao seu lado. Um desejo tão forte que a gente sequer dera um beijo, mas já não me sentia mais a garota de antes.

Aquele dia caminhou perfeito. Depois do almoço, fui para casa e me bateu um sono inacreditável depois do banho. Digno de quem curtiu pra valer uma praia carioca. Meus irmãos desceram para a piscina do prédio. Meu pai deu um pulo no Enxurrada para apoiar minha mãe e eu apaguei na sombrinha da varanda, na *chaise lounge* caramelo que mais parecia uma cama.

Felipe apareceu em pé, me estendendo a mão e, imediatamente, entendi ser um sonho. Saímos voando na direção da praia. Um vestido absurdamente longo surgiu em cima da minha pele e eu via o tecido batendo nos prédios lá embaixo. A praia continuava com o mesmo sol de horas antes e muitas pessoas conversavam na areia. Os carros passavam na orla e a gente mergulhava no ar, me surpreendendo a cada curva.

Um vento forte começou a nos atrair, ele me pediu paciência e, de repente, a ventania nos levou para dentro de uma espécie de casa de máquinas. Cogitei algo ruim nos acontecendo, mas a tranquilidade do meu guia preferido me fez relaxar o corpo e deixar ser levada. Uma ventania fazia barulho lá fora. Não conseguia entender bem onde estávamos. De repente, um buraco se abriu e vi um enorme ventilador. Me arrepiei, pensei no pior, apertei forte a mão de Felipe e a hélice virou um grande escorrega, nos jogando em um lugar muito diferente da praia do Recreio.

Onde estávamos? Fizemos a mesma pergunta em uníssono. Caminhamos e meu vestido já não tinha mais a cauda gigantesca de antes.

– A cidade está com as cores diferentes.

– O cheiro também não parece o mesmo – concordou comigo.

– Acho que estamos em Copacabana, sei lá, mas o mundo não parece o mesmo.

Caminhando, encontramos uma placa confirmando minhas suspeitas. Copacabana! Seguimos em frente e nos surpreendemos. Carroças passavam e as mulheres usavam longos vestidos.

– Voltamos no tempo, Felipe.

– Olha as roupas dessas pessoas. Que máximo!

– Por que nós estamos aqui? – perguntou-me no instante em que vi uma imagem assustadora. Eu e ele caminhando na rua, braços entrelaçados, roupas antigas, eu usava um chapéu enorme, babados nos vestidos e ele uma espécie de terno mais engomado.

– Somos nós ali, Kira.

– Estamos juntos! – Fiquei emocionada, me vendo mais uma vez de mãos dadas com um Felipe de outra época.

O casal entrou numa cafeteria e fomos atrás, mas ficamos observando do vidro os dois, o mesmo olhar apaixonado mantido no mundo presente. A gente parecia não acreditar, entretanto, ao mesmo tempo, aquilo nos fazia um bem danado.

– A gente já se conhecia em outro tempo! – exclamei, enquanto a dama na mesa agradecia um garçom, muito bem-vestido, por lhe servir uma xícara de chá. Meu rosto estava ali e do meu lado o mesmo moço por quem me apaixonei. O Felipe na mesa parecia mais alto, mais magro e tinha um olhar tímido. Ele reparou os mesmos detalhes que eu.

– Um século depois, fiquei mais seguro de mim.

Aquele Felipe, tomando um aperitivo, tocou na mão da Kira e ela o olhou encabuladíssima. Como o mundo mudou. Eu mesma, bem mais na minha do que muitas garotas, me sentia uma devassa perto daquela Kira de tantos e tantos anos antes.

O Felipe do passado pareceu nos ver através do vidro, ficou pensativo, falou algo com a Kira de antes, ela observou a janela e sentimos nossos corpos sendo levados pelo vento, como dois invasores, e voltamos a voar contra nossa vontade. Se existia um Felipe e uma Kira numa encarnação passada, gostaríamos de mais informações. Quem estava nos guiando?

Tentávamos falar, mas o vento não deixava. Pousamos na areia da praia do Recreio, como se fôssemos uma nave espacial. O barulho de máquinas desligou e voltamos a escutar o som das ondas.

– O que foi isso? Acabei de descobrir que você fica linda de todos os jeitos, no passado, no presente e, certamente, mais ainda no futuro.

Meu instinto falou mais alto e o abracei. Quando desfiz o abraço, estávamos na varanda da minha casa. Ele me deitou na *chaise* e pediu que eu dormisse. Estaria ali comigo até que eu fechasse os olhos e me sentisse segura.

Quando acordei, tinha anoitecido. Felipe, óbvio, não estava ali. Seria bom a gente sonhar com o nosso amor e ele aparecer ao vivo para nós. Levantei, meus irmãos tinham chegado e estavam tomando banho. Meu pai e minha mãe, no quarto, riam de alguma história engraçada. Bom vê-los animados novamente.

Entrei no quarto e liguei para Felipe. Ele atendeu na primeira chamada e estava com um sorriso na voz.

– Oi, Kira!

Perguntei se ele queria tomar um sorvete ou algo do tipo. Ele chegaria em meia hora. Corri para me arrumar. Coloquei um short verde, uma blusa branca e um saltinho bege. Uma carteira dourada e maquiagem leve. O telefone tocou assim que terminei de passar um gloss. O cabelo deixei ao natural. Lavei, secou e fui.

Cheguei à portaria e Felipe veio na minha direção, me dando um estalinho roubado na boca.

– Desculpa, não resisti.

– Vou fingir que não notei.

– Estou perdoado?

– Está sim e olha que o sistema de segurança é rigorosíssimo.

Escolhemos um barzinho de *tapas* chamado Ondinha, superalternativo, romantiquinho, que tinha no cardápio pequenas porções de comidinhas. De minilasanha até sopa de mandioquinha. Ficamos pedindo tanta coisa e rindo com cada escolha diferente.

– Acho que agora vou escolher quiabo!

– Para, Felipe!

– Eles têm tudo nesse cardápio. Tô com medo. Será que a gente come gafanhoto?

– Arght!

– Até fazendo careta, você fica bonita!

– Eu queria te falar uma coisa. – Fiquei um pouco séria e depois tentei desencanar. – Hoje quando te liguei, senti muito a sua falta.

– E adorei. Você não precisa explicar o porquê de estar me ligando. Vou curtir receber todas as suas ligações. Sempre.

– Felipe, não posso negar que a Jalma me incomoda.

– Deixa eu te falar algo que você não sabe sobre a minha ex.

Minha cara não foi das melhores, mas me dediquei a ouvir.

– Um dos motivos de não virar completamente as costas para a Jalma é que a irmã dela, Jeloma... – Meu Deus, onde a mãe dessas duas arrumou esses nomes? – sumiu. – Desculpe o comentário anterior. A garota sumiu e eu aqui ridicularizando nomes.

Felipe contou detalhes sobre Jeloma: tinha 18 anos, um dia saiu de casa e nunca mais voltou. Aconteceu há uns vinte dias e a família não sabe mais o que fazer. Nenhuma pista, nada. Jeloma tinha evaporado. Que tenso! Como alguém some sem deixar rastro? Segundo Felipe, Jalma estava muito mal com o episódio do desaparecimento da irmã, sabe-se lá onde. Hum... Fiquei questionando aquela informação. A moça de roupas dois números menores não demonstrou estar arrasada. Parecia numa boa (ou seria numa ótima?). Tudo bem, eu podia estar errada, julgando alguém distante de mim pela casca. Dentro daquele visual de moça fácil e fútil, poderia existir alguém especial, amável, cheia de sentimentos maravilhosos. Fora que gostávamos do mesmo cara, eu estava na categoria "suspeita, se manca e mantenha o nível da partida". Por mais que tentasse repetir que Felipe tinha alguém na vida, gostava dele.

– Eu me sinto estranha de encontrar você. Me sinto bem e mal. Mas o meu sentir bem é por você, envolvendo diretamente nossos encontros, e mal pela Jalma.

– Posso garantir, não tenho nenhum laço com a ex, além de apoiá-la na história da irmã. Não sei se te fará sentir melhor, mas a Jalma não gosta de mim. – Não sei por que, eu sabia do que ele estava falando. Tinha sentido isso na festa do Duke. Jalma parecia fazer questão de namorar Felipe, mas não dava a mínima para os sentimentos envolvidos. O mistério foi se descortinando. – Ela me via como um bom cara para mostrar às amigas. Cismou que eu seria uma boa maneira de torná-la mais forte, ela é muito insegura. Demorei um tempinho para notar, mas hoje sei, ela não me dá a mínima, só precisava de um namorado, qualquer um, um cara morando bem, com carro, a família com um negócio conhecido e que seja uma espécie de herdeiro. Eu poderia colocar outro no meu lugar, ela demoraria a notar. Se soubesse das dificuldades da loja da minha família, pensaria duas vezes antes de me namorar. Nada é fácil para a gente. Minha mãe começou com uma birosca. Hoje somos proprietários de um hipermercado de pets, mas temos muito a que nos dedicar, gastar e investir.

Fiquei pensando quantas pessoas namoram assim, só por namorar. Quantas outras mal olham quem está do lado; apenas desejam o estado civil: "Não sou feliz, mas tenho marido." Felipe, cada dia mais importante para mim, me decepcionou por viver aquela relação. Será que eu deveria segurar meus sentimentos, focar apenas na amizade? Não queria me machucar e não queria ser motivo do colapso da história de ninguém.

– Você está com uma cara preocupada. – Ele parecia me conhecer por inteira.

– É chato você ter alguém e a gente aqui.

– Kira, a Jalma não é minha namorada. E eu e você estamos namo... quer dizer, desculpa, nos conhecendo.

Engraçado ele falando sem querer que éramos namorados. Resolvi buscar mais informações sobre o desaparecimento da irmã da Jalma.

– Ninguém sabe direito. Ela sumiu. A única coisa que a Jalma me disse é que, na noite anterior, ela teve uma briga feia com a família. Jeloma tem um jeito muito meigo, mas nesse dia enfrentou o pai de maneira estranha, discordando de uma decisão tomada por ele. A família vive hoje em função desse problema. Os pais já não sabem por onde procurar e a polícia entrou no caso, mas também nada descobriu.

Felipe ficou me olhando e de repente nos encontrávamos naquele silêncio interessante, quando duas pessoas se gostam muito e não querem falar, apenas se observar. Ele deu uma piscada lenta, como quem confirma que estávamos perdidos. Eu tinha certeza, estava amando aquele homem.

– Você é muito doce. Zen. – Por que ele me disse isso? Para me fazer ainda mais apaixonada? – Não gosto de comparar pessoas, mas não consigo olhar você e imaginá-la agindo como a Jalma. Ela me namora, por exemplo, para mostrar ao ex-namorado que está ótima sem ele, e quase tudo que coloca na internet coloca para se vingar do ex e da atual namorada do cara.

– Eu nem teria como fazer isso. Como falei, nunca namorei. Para sua felicidade, não tenho ex. – Não faria tipo, nada de inventar histórias, meu bolso estava vazio, ele já sabia disso.

Felipe não resistiu a perguntar, me fazendo lembrar como as bochechas são capazes de voltar para a vermelhidão, mesmo sem autorização.

– Você nunca se apaixonou, mesmo sem namorar?

– Não! Uma vergonha, né? Não tenho nenhum homem jovem, ou maduro, que faça parte do meu passado. Aliás, a única coisa que tenho na vida é o presente!

Felipe ficou sem jeito para me fazer mais perguntas e senti que também não falou mais da ex. Conversamos sobre a vida, sobre empreender no Brasil, a correria de repor mercadorias, dias de folga, praia, sol, perfume de mar, a Cidade Maravilhosa...

Ficamos três horas sem notar o tempo passar. Contei mais da minha família, histórias engraçadas dos gêmeos, do lado curioso de ter em casa duas pessoas tão parecidas e que trabalhamos para que não sejam tratadas como dois iguais, valorizando suas individualidades, vontades e pensamentos. Felipe perguntou se eu gostaria de ter filhos gêmeos.

– Na minha família temos três casos. Minha avó materna nasceu gêmea, minhas tias, irmãs da minha mãe, são gêmeas e meus irmãos também. Acho que gostaria sim. Lá em casa, a experiência deu certo. – Rimos com meu jeito de falar.

A noite não poderia ter sido melhor. Bem, até poderia, mas... não se pode querer tudo. Ou pode?

Na portaria do meu prédio, nos despedimos como amigos. E a vontade de ficar? Antes que eu pudesse entristecer, Felipe me fez mais um convite com a desculpa de ficarmos juntos.

– Quer amanhã conhecer o abrigo canino que a loja ajuda a manter?

– Claro, não vou resistir ao charme dos cachorrinhos.

Desci do carro, virando para dar tchauzinho umas três vezes. Realmente não queria me despedir do moço dos meus sonhos.

DEZENOVE

Um dia simples, mas inesquecível

Com você, os programas mais simples parecem únicos. Não consigo lembrar de me divertir tanto em situações normais do cotidiano. Eu fui muito feliz, mas agora sou mais, algo que o dicionário não me ajudará a adjetivar.

O dia seria corrido. Eu não podia me dar ao luxo de ficar apaixonada 24 horas por dia. A Canto da Casa precisava da minha cabeça ativa, já que minha sócia também tinha assumido de vez seus sentimentos e o coração andava descompensado como o meu, distraído do foco principal do negócio.

Cheguei à loja tão animada que Sandra não resistiu a perguntar:

– Nossa, quanta empolgação! O que de tão bom aconteceu?

– Vamos agitar hoje, minha filha, porque a minha lojinha anda com ciúmes do meu coração.

– Em alguns momentos esquecer a rotina significa um ótimo sinal.

– Ah, diga isso para o seu salário!

– Ai, socorro. Vamos trabalhar, patroa!

– Mas, olha, você tem razão, Sandra. Em alguns momentos fica claro o quanto canalizamos nossas vidas só para estudo, trabalho, e o coração acaba tendo que esperar a sua horinha. Ela precisa chegar. Ninguém pode ser conivente com o abandono dos sentimentos, ou viver vegetativamente só para ser alguém e ganhar dinheiro.

– Já fiz isso na minha vida. Uma época, fiquei mal no casamento. Eu e meu marido estávamos começando a vida a dois e ficávamos enlouquecidos, pensando como ganhar dinheiro, pagar as contas, sobreviver e ser melhor do que o outro. Uma competição ridícula entre nós, que, detectada, conseguimos nos salvar, não só como casal, mas como seres humanos. Amadureci demais naquela época, Kira. A vida não seria só as fotos ricas e perfeitas colocadas na internet. Precisava ser alguém especial para o meu marido. A gente junto tinha que intensificar nossa união, parar de pensar em bens, poder e luxo. Perdi dinheiro e larguei a ideia de ser a pessoa mais importante que se tivera notícia no meu círculo de amizades. Podia ter continuado a alimentar esse furacão, mas não quis. Hoje, trabalhar aqui na sua loja, ter meu amor comigo, pegar uma praia de manhã cedinho, tudo me faz mais completa do que nas fotos de avião ou em jantares caríssimos.

Fiquei um tanto quanto desconcertada com aquela declaração da minha funcionária. Já tinha um carinho enorme por ela, mas quando temos chance de conhecer as pessoas, saber mais fundo sobre seus desejos, planos, descobertas, desafios, reviravoltas... tudo se torna ainda mais intenso. Como quando alguém modifica detalhes de uma sala e o lugar parece outro. Eu me sentia um pouco outra, talvez, finalmente, não só o trabalho movesse a minha vontade de abrir portas.

Passei a manhã inteira organizando com a Sandra algumas novas ideias para que a loja tivesse ainda mais aconchego para as clientes. Lelê criou um cantinho com duas poltronas antigas, reformadas, coloridas e ainda repletas de mais adjetivos indescritíveis. Nossa ideia envolvia mudanças constantes. As clientes gostavam e consumiam nossas pequenas ideias. Um canto bem produzido poderia, um dia, agradar a uma cliente que se apaixonasse e levasse tudo. Algumas fotografavam, porque queriam exatamente daquele jeito na sua residência, com a distribuição dos objetos da maneira como montamos.

Um orgulho fazer diferença na vida de alguém, ou de uma família inteira. Ficávamos tentando bolar novidades e pesquisar tendências. Eu escutava as clientes e investia nos produtos certos. Apesar do calor carioca, nos pedidos mais recentes constava a diferente bota Lita, um sapato bruto, mas capaz de deixar as garotas incrivelmente femininas. Talvez os namorados não gostassem tanto por ser exótico, mas eu percebia as clientes colocando no pé e sentindo como se fossem entrar num palco e dar um show. Não tinha quem não se sentisse altiva, poderosa, chique e pronta para seduzir.

O dia na loja foi perfeito, tudo no passo certo e meu pensamento lá no Felipe. Ele ligou no fim da tarde para confirmar a nossa ida à instituição como combinamos. O encontro estava marcado e trabalhei ainda mais animada.

Chegamos umas cinco e meia no abrigo Cachorros Buscando Lar, localizado em um canto esquecido do Recreio. A dona, uma socialite de Ipanema, mantinha o local que consumia, por mês, metade de um carro popular só com ração. Envolvimento imediato e um encantamento por encontrar tantos cachorros simpáticos de uma só vez.

– Minha mãe pediu para levar um cachorro para ela. No apartamento, só temos dois, mas no sítio já tem uma galerinha potente nos latidos.

– Vou adorar te ajudar a encontrar um novo amigo.

– A gente é radicalmente contra comprar. Existe uma infinidade de animais precisando de adoção. Não faz sentido. Ainda tem a mania das pessoas de seguir moda. Já tivemos a onda do pastor-alemão, poodle, labrador e, agora, estamos passando pela época do bulldog francês. Se o cachorro cresce um pouco mais, o dono se arrepende. Já vi gente abandonar cachorro por ele fazer xixi onde não deve. Mas, quando criança, essa mesma pessoa teve seu momento de aprender a usar o banheiro.

Fiquei pensando na adoção da Anja. Certamente, teria morrido se meus pais não tivessem aceitado a nova moradora. A pequena virou a alegria da casa e até na barriga do meu pai dormia, sem pedir licença. O que pensariam as pessoas do tribunal, com o Juiz linha dura, deixando uma cachorrinha, com menos de 20 centímetros, dormindo em cima dele como se fosse a chefe?

Fomos recebidos por um senhor muito gentil, seu Castelo. Cuidava de cada canto do abrigo e administrava todo o local com os empregados: compras, doações, resgates, transporte... exigindo atenção 24 horas por dia.

Seu Castelo usava uma blusa social gasta pelo tempo, suja de terra nas costas e com o bolso levemente rasgado. Estava suado, sacudindo as mãos molhadas e veio na nossa direção tratando Felipe como um verdadeiro filho.

– Grande Felipe, acabei de fazer o parto de uma cadelinha abandonada ontem, aqui na porta. Querem ver os bebês?

– Vamos adorar, Castelão! Deixa eu te apresentar a Kira.

– Que moça bonita!

– Pode ir tirando o olho, ela já está ocupadíssima comigo.

– Quem me dera, amigo. Minha mulher me cata de cinto na mão.

Rimos com o jeito curioso daquela fala. Caminhamos pela casa enorme, muito bem cuidada, um gramado vivo e tudo parecendo ser devidamente vistoriado.

A casa por dentro tinha um algo de residência e de empresa. Uma decoração rústica, tudo criteriosamente pensado. Nos fundos, uma verdadeira fazendinha canina. Cachorros separados em pequenos quintais, tudo limpo, bem-feito, canis modernos, emocionava ver os cachorros maiores separados dos pequenos e a casa especial para os cachorrinhos com problemas, em um ambiente harmonioso. Os cachorros latiam, mas não desesperadamente. É claro que alguns tentavam chamar mais atenção, como se pedissem:

– Me leva com você?

Entramos numa sala reservada, com um veterinário cuidando da patinha de uma pinscher.

– Esse é o doutor Lauro, nosso parceiro voluntário.

O veterinário nos recebeu muito bem e abriu uma porta onde estava a cadelinha com seus filhotes. A mocinha vira-lata, branquinha, frágil, teve quatro. Não resisti a tamanho encanto. Castelo pegou um deles com um pano e colocou na palma da minha mão.

– Como são lindos! Ai, esse na minha mão, que fofo. Não faz mal a gente pegar assim?

– A mãe não gosta, mas vai entender, é muito mansa. Chegou aqui maltratada, mas ficará bem. Depois ela vai lamber esse filhote até sair qualquer cheiro.

A barriguinha do filhote indicava que tinha mamado. A boquinha meio aberta e tão indefeso. O coloquei próximo à mãe novamente que me deixou fazer carinho em sua cabeça sem nenhum problema.

Ficamos no abrigo quase duas horas. Eu já estava mexida de conhecer tantos seres abandonados de uma só vez. Vi atrocidades como cachorros com marcas de tortura, aleijados, queimados, outros com cicatrizes inacreditáveis.

A maldade humana me assusta e sabendo das histórias individuais, entristecia por perceber como existe crueldade no mundo. Um dos exemplos, os donos viajaram para a Europa e largaram um labrador na varanda do apartamento por um mês e meio. Logo, a questão não é financeira e sim de caráter.

Sentamos numa escada ao lado da casa e seu Castelo trouxe alguns cachorrinhos para serem escolhidos. Um deles sentou do meu lado, com as patinhas traseiras posicionadas junto com as da frente, praticamente um ser humano. Ficou observando os coleguinhas se movimentarem, como se não fosse um deles. Nos olhamos. Um cachorrinho sem raça, pretinho, olhar penetrante com uma marquinha branca no peito. Me apaixonei. Senti vontade de dizer: "Saia daqui, por favor, não faça isso comigo", mas não consegui.

Enquanto observava a cachorrada brincando, Felipe segurou a minha mão.

– Kira, qualquer programa com você parece uma celebração.

– Desta vez, posso garantir, a culpa não é minha. Essa turminha é demais.

– Não sei dizer o que acontece, mas quando estou com você sinto algo estranho. Como se houvesse mais sobre nós. Mais que simples encontros.

Fiquei pensando se podia falar sobre todos os sonhos, contar detalhes. Sentia como se ele sonhasse, mas não tivesse noção. O receio de parecer doida falou mais alto e tentei dizer isso em outra versão.

– Meu pensamento está contigo. Sinto isso. Como se nossos encontros casuais tivessem sido marcados.

– Olho para você e tento me lembrar de coisas que não sei. – Felipe dizia isso enquanto passava a mão em um cachorro marrom de olhos esverdeados. – Me sinto livre aqui. Nunca me envolvi com nenhuma garota dessa maneira, tenho certeza.

– Eu também me sinto como se quisesse saber mais de você, estar do seu lado, falar meus verdadeiros desejos e me entregar, mesmo correndo risco.

– Posso garantir, você não correrá nenhum risco comigo, Kira. Eu é que posso não sair vivo disso.

– Exagerado!

O pretinho continuava grudado em mim. A língua pra fora, parecendo sorrir, mexia o rabinho, esperando alguma ação. Peguei ele no colo e ficamos namorando um ao outro.

– Ele tem bom gosto, adorou você.

– Vou levá-lo.

– Sério?!? – Felipe abriu um sorriso emocionado.

– Minha avó está sozinha. Minha tia, irmã da minha mãe, mora com ela, mas começou a namorar e ela anda solitária. Alguns dias, fica na loja comigo, eu adoro, mas sinto que um cachorro seria uma ótima companhia.

– Esse pretinho é um barato, só falta falar. Sua avó vai gostar. Vou pedir para darem um banho nele para conhecer a nova dona todo perfumado.

Seu Castelo pegou o pequenino que me olhou levemente decepcionado. Tentei dizer com o olhar que o levaria comigo, mas o homem seguiu na direção de um dos empregados, responsável pelo banho de despedida do abrigo.

Felipe ficou dividido entre o cachorrão marrom de olhos esverdeados e uma cadela gordinha amarela.

– Na dúvida, é melhor eu levar os dois! – decidiu. Ambos pulavam em cima dele e conseguiram derrubá-lo. Sentado, o cachorrão lambeu sua cara e a menorzinha mordeu sua mão.

– Estou sendo atacado!

– Isso, morde esse moço! – Os dois cachorros pareceram me escutar e intensificaram a brincadeira até que Felipe conseguiu ficar de pé.

– Você nem para me salvar!

– Eu? Estava me divertindo horrores.

– Fico muito feliz com a visita de vocês. Ainda mais sabendo que vieram aqui para buscar um cachorro e vão levar três.

– Sua mãe não vai reclamar por você levar dois cachorros em vez de um só?

– Kira, minha mãe é doida por animais. Na verdade, por ela, eu buscava uns cinco, a gente a impede de fazer loucuras. Vou falar: mãe, é irresistível! Ela entenderá bem como foi. A gente também busca lar para os cachorros. Volta e meia passo aqui no Castelão, pego alguns bichinhos, cuidamos e colocamos nas redes sociais da loja. Já arrumamos lar para quase 100 animais.

– Nossa, é muito!

– Um dos que levamos daqui, mês passado, chegou no sítio e uma amiga nossa se encantou. Minha mãe a presenteou. A gente tenta de alguma forma fazer com que esses pequenos tenham um lar como a Anja, que teve muita sorte de encontrar sua família.

– A Anja está cada dia mais feliz no nosso apartamento. Já aprendeu a não fazer nada em lugar errado, não irrita ninguém e só dorme no pé da minha cama.

– Sorte dela.

– Ah, quer dizer que você gostaria de dormir no pé da minha cama?

– Melhor deixar quieto, Kira. – Ficamos sem graça e a nossa sorte foi seu Castelo aparecer e pegar os dois para o simbólico banho de despedida.

Fiquei muito comovida quando os animais voltaram. O cachorro marrom e o pretinho voltaram usando gravatinhas e a cachorrinha amarela usava uma flor. Um encanto. Como animais bem-cuidados modificam sua imagem. Tiramos uma foto dos três e coloquei no Instagram. Lelê foi a primeira a comentar:

– Tá, você me convenceu, vou adotar um cachorro!

Saímos do abrigo com os nossos três novos amigos no banco de trás. Não me pergunte como, mas eles sentaram placidamente cada um em um canto do carro do Felipe e seguimos até o seu apartamento. Um empregado da casa desceu e pegou os dois cachorrinhos. Meus olhos se encheram de lágrimas. Me sentia com o coração enorme, preenchido e repleto dos melhores sentimentos. Felipe limpou meu rosto.

– As lágrimas de felicidade são as melhores.

– Emocionante o que vivi hoje. Se pudesse pegava um cachorrinho por semana para presentear meus amigos, principalmente, para as pessoas solitárias. Lembro de uma cena do filme *Sete Vidas*, com o Will Smith, a personagem doente, por quem ele se apaixona, diz algo como: no auge da falta de saúde, adotar o seu cachorro seria alguém por quem cuidar, em vez de ser sempre cuidada.

– Esse filme é denso, mas cheio de verdades. O protagonista perde o sentido da vida, mas acredita nas pessoas e em como pode ajudá-las.

Olhamos para o banco traseiro e o cachorro preto *sorria* para nós. Felipe propôs que passássemos na loja para buscar utensílios necessários para o mocinho. Caminha, tigelinhas, ração, shampoo e perfume. Quando fui pagar, Felipe pegou tudo da minha mão e se recusou.

– Olha, você foi comigo no abrigo, adotou o rapazinho aí e quando alguém faz isso, minha mãe monta um kit e presenteia a pessoa. A loja faz para apoiar adoções. Um shampoo não fará nossa loja ficar pobre.

– Mas não é só um shampoo! – tentei argumentar.

– Não conta pra ninguém, mas não é todo dia que a gente faz isso. Você foi a sorteada da semana.

Felipe pegou o cachorrinho e o levou ao escritório para que a mãe visse. Não tive coragem de acompanhá-lo. Sozinha, observei melhor a loja, quantos produtos, um verdadeiro hipermercado. Em um quadro na parede uma matéria de jornal dizia: "Como a empresária Lívia Dontarte se transformou na grande estrela dos pet shops! Ninguém vende ração, aquários e coleiras como ela!" Dinheiro nem sempre fazia bem para as pessoas, mas no caso de Felipe não parecia influenciar seu jeito de ser.

Ele voltou dizendo que sua mãe adorara as novidades e estava louca para conhecer os novos cachorros. Iria mais cedo para casa, na intenção de encontrar a duplinha e levá-los ao sítio.

Seguimos para o apartamento da minha avó, localizado umas quatro quadras da minha casa. Dona Magali estava na varanda tomando suco de groselha. A empregada nos recebeu feliz e gostou de me ver com o bichinho no colo.

Minha avó se encantou com seu mais novo companheiro, sequer questionou o presente e imediatamente o colocou no colo, como se os dois já se conhecessem. Aquele bichinho seria feliz ali. Minha mãe achou interessante a ideia e minha tia adorou, já que andava perdidamente apaixonada, dedicando seu tempo ao novo amor e pedindo desculpas diárias, por estar agindo como uma garota no auge de uma paixão. Durante quase a vida toda, teve dedicação exclusiva para a mãe. Não fazia sentido se desculpar. O cachorrinho ajudaria um pouco mais naquelas mudanças cotidianas. Minha avó também passou a visitar minha mãe no Enxurrada Delícia e ficar comigo na Canto da Casa, acompanhada de Borges, o cachorrinho adotado. Em poucos dias, sua vivacidade voltou e tivemos certeza de termos acertado no novo companheiro da vovó Magá.

Saímos da casa da minha avó e decidimos conversar um pouco numa loja de sucos na esquina. Existia uma vontade de adiar o final dos nossos encontros e estender por mais algumas horas.

A loja tinha uma área interna e uma parte externa com mesinhas de madeira, com um toldo largo, branco e apenas dois casais conversavam a uma mesa de canto. Sentamos, cansados com tanta correria. Eu tinha trabalhado o dia todo na loja, Felipe tinha atendido muito dono de cachorrinho e só agora tínhamos a sensação de parar.

– O dia foi ótimo!

– Três cachorros em novos lares, o abrigo com você, minha mãe curtindo o resultado da surpresa, a felicidade da sua avó... Kira, não tenho do que reclamar. Do seu lado, as coisas boas se multiplicam e fluem. Tudo acontecia tão diferente com a minha ex... – Ele pareceu se arrepender do que disse. – Desculpa tocar no assunto.

– Tudo bem. Posso te fazer uma pergunta que volta e meia surge na minha cabeça? Por que e como você namorou a Jalma? Vocês não parecem ter nada a ver.

– Acredite, ela já foi uma garota menos exibicionista, até tímida. Depois, por influência de uma amiga de cursinho, entrou para a academia, começou a bitolar com alimentação, músculos e tudo que é demais vira doença. Não sabia mais curtir a vida, só buscava resultados. Deixava a empregada da casa louca com comidas mirabolantes, era só peito de frango com batata-doce, horários malucos e aí pintou o cabelo de loiro, naquela cor, eu detestei, colocou aplique porque queria o cabelo na cintura em dois dias, silicone e operou o nariz. Em pouco tempo, se transformou em outra pessoa.

– Uau!

– Detesto comparar, mas a sua imagem ainda tem uma inocência encantadora. Jalma se transformou numa garota industrializada, artificial, programada para ser linda, não ter defeito e isso me fez deixar de gostar dela. E o pior: até mudou o tom de voz.

– Algum remédio? Anabolizante, só pode.

– Não. Pior que não. Ela não gostava da própria voz e começou a ensaiar uma mais grossa. Foi ensaiando isso e, hoje, eu mesmo nem lembro da voz natural, mais fina. É algo insano, mas eu juro, é verdade. Ela tinha outra voz!

– Que coisa louca! – Eu estava chocada com a moça. Quantas mudanças! Quem ela seria por dentro, de verdade? Tantas transformações, buscas superficiais, provavelmente, fora o físico, o emocional estivesse deteriorado.

– Se eu contar essa história da voz para alguém, vai dizer ser mentira. É real. Uma voz rouca, séria, mais grave, e lá se foi a voz suave, mais doce, de garota. Não sei como fez isso, mas ela mesma não lembra como falava antes. Um dia, falou normal comigo e parecia que tinha uma terceira pessoa com a gente na sala.

Jalma, certamente, tinha em si muito mais problemas e crises. Uma neurose física questionável para quem, pelas informações do Felipe, nunca teve dificuldade de deixar os meninos caidinhos aos seus pés. Vai entender. Bonita e fraca, travando queda de braço com o próprio corpo, para ser quem nunca será. Cuidar-se não tem nada a ver com surtar por si mesma e sair achando que o mundo pode nos transformar em outra pessoa.

– Isso acabou com vocês! – Apenas concluí o óbvio.

– O nosso namoro nada teve de profundo e algumas de suas atitudes me fizeram deixar de gostar dela. De repente, virou marqueteira de si mesma, passou a se superexpor, a colocar nossos passos na internet, parecendo uma fofoqueira da própria vida. Paralelamente, aumentou muito seus vícios de consumo, pose, aparência… Fui obrigado a me afastar.

– Muitos homens teriam sido seduzidos por essa novidade.

– Um amigo comentou comigo como a Jalma estava maravilhosa. Hoje, ela não me lembra ninguém. Nossos assuntos acabaram e até nossos gostos e vontades nos afastaram.

Felipe falava seguro de si, cheio de reflexões, e entendi perfeitamente cada ponto colocado. Concordei. Pedimos sucos e dois deliciosos pastéis de forno de palmito. Enquanto comíamos, falei do que achava sobre frequentar academia, da importância em manter uma dieta saudável, aproveitar a vida e ser feliz. Estava me explicando, não precisava, mas achei melhor falar um pouco de mim. Contar sobre o seu mundo, para quem se gosta, faz um bem danado, como se você contasse ao espelho suas histórias mais sinceras.

Saímos da loja de sucos depois de quase uma overdose de frutas batidas. Estávamos saudavelmente bêbados e fingimos andar cambaleando.

– Não quero encontrar uma laranja pelo próximo mês.

– Nem eu! Tão cedo não quero dar um oi para uma melancia – respondi, pensando como Felipe tinha o mesmo jeito de falar e o comportamento dos sonhos… Só a voz eu não conseguia perceber se tinha semelhança. – O que foi o pastel? Ai que raiva, depois vou ficar lembrando, pensando no gosto…

– A gente volta aqui para comer quantas vezes quiser. Você é divertida! Qual foi a melhor coisa que aconteceu na sua vida até hoje? – Escutei aquela pergunta e achei uma escolha bem difícil. O que seria mais especial de tudo que vivi. Falei o que veio instantaneamente.

– Talvez ter a minha loja, apesar de tão jovem. Na minha casa, existia muita pressão para decidir meu futuro profissional. Muita expectativa na minha decisão. Hoje, com a loja aberta, me sinto mais segura, aliviada e feliz. Minha família nunca mais tentou me convencer a ser gerente de restaurante, fazer advocacia ou medicina, que são as profissões presentes na vida dos meus familiares.

– Eu já tinha almoçado uma ou duas vezes no Enxurrada Delícia.

– Sério? Aquele restaurante se transformou na vida da minha mãe, mas prefiro trabalhar com roupas. Mamãe, quando casou, brigou para trabalhar, meu pai não estava muito animado, então ela entendeu o meu lado, quando quis abrir a loja. Virou quase sócia, entrou com um bom dinheiro, ajudou na documentação, um ser humano maravilhoso, não quer a felicidade só para ela.

– Quando vou te encontrar de novo? – perguntou ele, pulando literalmente na minha frente na conversa e me fazendo dar uma freada brusca com os pés e me deixando com a sensação de ter virado uma gelatina. Senti vontade de dizer que tínhamos chance de nos ver aquela noite mesmo, no sonho mais próximo, mas apenas sorri.

– Vamos ver como anda a sua história com a Jalma. Nem sei se vocês namoram ou não namoram.

– A gente não namora, Kira. Você precisa acreditar em mim. Se ela está namorando, não sou a vítima.

Senti verdade naquelas palavras. Não duvidei da Jalma continuar namorando e agindo como se nada tivesse acontecido, mesmo com o fim do relacionamento. A moça tinha um jeito meio doido de quem acha que decide tudo e só ocorre o que ela quer. Mimada, foi o que senti quando a vi. Pelo seu comportamento, exigindo do ex um posicionamento de atual, não parecia desistir fácil.

– Tudo bem, preciso pensar um pouco sobre isso.

– Também preciso sentar com a Jalma e explicar, mais uma vez, não termos nada.

No carro, voltamos a conversar sobre experiências, filmes, dias únicos, cheiros do planeta, melhores amigos, segredos, livros, teatro, desejos e poesia. Não acreditei quando ele disse que conhecia Florbela Espanca.

– Como assim você conhece Florbela? – Virei meu corpo na direção dele no carro e fiquei esperando uma explicação. Ao contrário, ele recitou inteiro o poema "Eu", do *Livro de Mágoas*: "Eu sou a que no mundo anda perdida, eu sou a que na vida não tem norte, sou a irmã do Sonho, e desta sorte sou a crucificada... a dolorida... sombra de névoa tênue e esvaecida e que o destino amargo, triste e forte, impele brutalmente para a morte! Alma de luto sempre incompreendida!... sou aquela que passa e ninguém vê... sou a que chamam triste sem o ser... sou a que chora sem saber por que... sou talvez a visão que alguém sonhou, alguém que veio ao mundo pra me ver e que nunca na vida me encontrou!"

– Com quem você aprendeu a poesia de Florbela?

Ele continuou:

– Flor Bela de Alma da Conceição Espanca, nasceu portuguesa, morreu com 36 anos, sofreu um aborto espontâneo, passou a sofrer de neurose, tentou se matar várias vezes e conseguiu fugir dessa vida com superdose de barbitúricos.

– Como você sabe tudo isso? – Eu estava chocada.

– Minha avó era apaixonada por ela. Passei a infância escutando poesia, repetidas como um papagaio. Mas só na adolescência me contou a trágica história da autora.

– Nossa, adoro sua literatura. Nasceu, se não estou enganada, em 1890 e parecia ser do século à frente do nosso. Pensamentos, declarações, comportamentos, não me parecia conviver bem com a sociedade que se apresentou para ela. – Com uma certa vergonha, falei uma frase da poeta que sabia de cor: – "Não há dores eternas e é da nossa miserável condição não poder deter nada que o tempo leva, que o tempo destrói: nem as dores mais nobres, nem as maiores."

– Ela é de 1894! Então, somos dois apaixonados pela Bela Florbela?

– E eu que pensei que nunca encontraria um garoto carioca que gostasse de poesia. Ainda mais sendo surfista.

– Culpa da vovó Esmeralda. Acho a individualidade de cada um muito legal. A gente olha e não tem ideia do que a pessoa gosta, quer, busca, sonha...

Seguimos no carro, dando opiniões sobre o comportamento de Florbela, sua visão de mundo, os amores que viveu, a decepção de não ter sido mãe, a decisão de se matar... E a tal carta confidencial, com seus últimos pensamentos, entre eles, colocar no seu caixão os restos do avião pilotado por Apeles Espanca, seu irmão, quando sofreu um acidente e morreu.

Depois, para amenizar, falamos como adorávamos viver, passar dias especiais e parecíamos ouvir um a respiração do outro. Nada mais especial que isso. O sinal fechou e me senti tão bem ali, como se estivesse sonhando. Real. Mundo real.

– Kira, não sei como vai ser, você está me fazendo pensar um monte de coisas ao mesmo tempo.

– Coisas boas, espero.

– Muitas, diria, ótimas coisas maravilhosas.

O sinal abriu e, de repente, estávamos na orla. Aquele visual do mar noturno me protegia e avisava o quanto tudo ficaria bem. Felipe pareceu me olhar, mas fingi não notar.

– Amo o mar.

– Estou vendo. É lindo mesmo, também me diz muita coisa.

– Sorte nossa morar aqui.

– Sorte minha ter conhecido uma verdadeira flor bela.

VINTE

Alguém precisa de ajuda

Uma garota está sofrendo e você não tem a menor ideia do que está acontecendo. A dor do outro te contamina por inteiro e você decide... agir!

Não me faça muitas perguntas, não saberei responder. Naquele dia, cheguei em casa, liguei o laptop e tinham duas novas pessoas me adicionando: Felipe e Jalma. Ele, aceitei imediatamente. Quanto a ela, fiquei pensando, não tínhamos afinidades, nenhuma previsão de amizade, nada em comum e não gostaria de dividir meus dias com a ex do meu quase atual. Por que pessoas querem ser próximas de quem as querem longe? Fiscalizar a felicidade alheia?

– Aceita a Jalma, só pra ver qual é – opinava Lelê no outro lado da linha, enquanto eu contava detalhes do encontro com Felipe.

– Não sei se tenho paciência para essas besteiras. Vou pensar até amanhã. Tô cansada, quero cair na cama, amanhã teremos um dia cheio na loja.

– Nem te contei, logo que você saiu a Sandra vendeu três vestidos de festa. Três! E amanhã, você precisa ver como vai ser. Chegaram umas garotas do Leblon, indicação daquela atriz da novela das nove que esteve lá.

– Que maravilha! Tem vestido novo para chegar essa semana. Eu vou escolher tecidos com a Sandra. Vai sair cada peça linda, Lelê.

– E a gente achou que teria um negócio e seria patroa. Somos as que mais trabalham.

– Agora é se jogar na labuta, amiga. Mas a Sandra é demais, a gente deu sorte.

– E no amor, nossas vidas estão finalmente no caminho da felicidade! – Rimos alto e desligamos depois de combinar: buscaríamos nosso final feliz sem medo.

Depois do jantar, decidi ler um pouco. Literatura fazia parte da minha rotina, sempre fui apaixonada por histórias, personagens e romances. O livro da vez era *Passarinha*. Uma das narrativas mais lindas e tocantes que li na vida! Sobre uma menina autista, inesquecível. Minha mãe havia lido e me indicou. Simplesmente mudou minha visão sobre o autismo. Ao sentir os olhos pesando, coloquei o livro na cabeceira e apaguei.

O sangue no meu corpo parecia mais acelerado que o normal. Muitas árvores na minha frente, o lugar estava todo coberto de orvalho. O sonho chegou sem introdução. Senti medo, sem saber o motivo. Fui caminhando com cautela e desconfiei não estar em um bom lugar. O abandono do local assustava ainda mais. Caminhei com as mãos bem à frente de mim, tentando tirar do caminho as folhagens para abrir espaço, abaixando o olhar para ver se tinha algum buraco pela frente.

Depois de alguns minutos de caminhada, vi ao longe uma casa, parecendo ter sido construída em uma área escondida daquela floresta. Anoitecia e fiquei me perguntando o porquê daquele sonho e se Felipe estaria naquele lugar abandonado, feito com madeiras envelhecidas, lembrando uma casa de terror americana. Algo me dizia que eu estava no Brasil.

Caminhei com cautela e olhei através da janela suja, vendo apenas uma sala com poucos móveis e cadeiras espalhadas. Um tapete envelhecido, pratos em cima da mesa, quadros com imagens abstratas, uma escada para o segundo andar e uma garrafa estranhamente colocada no meio do segundo degrau.

De repente, um arrepio sinistro e a sensação de ficar pálida tomaram conta do meu corpo. Uma mão pousou no meu ombro e escutei uma voz trêmula dizendo:

– Me ajude. Por favor, me ajude.

Virei-me quase sem forças, não sabia quem encontraria e vi uma moça bem magrinha, vestindo uma camisa bem acima do tamanho ideal.

– Quem é você? – perguntei com medo da resposta.

– Me chamo Jeloma. Não morri, estou aqui contra a minha vontade, avisa para a minha família. Você foi a única pessoa de bem presente aqui, depois de muito tempo com ele.

– Jeloma? – Demorei a lembrar quem seria, mas quando a verdade veio outro susto tomou conta de mim. – A irmã da Jalma?

– Estou presa, não morta. Não podem esquecer de mim, nem achar minha partida como uma fuga. Fui obrigada a vir para cá. Agora vai embora. Ele pode acabar te encontrando aqui.

– Ele?

– Você está correndo risco. Vai.

– Vem comigo...

– Não posso. Você terá que voltar aqui para me resgatar. Estou perto da Casa do Coração. Fala isso, eles saberão. Perto da Casa do Coração.

Abracei Jeloma e senti como estava magra. Não conseguia entender por que não podia vir comigo, mas a tensão no ar me fez sair de perto e, ao voltar o meu olhar, a frágil moça tinha desaparecido. Senti meu corpo suar frio e desejei não estar ali. Subi um pequeno barranco e um filete de suor desceu pelo meu rosto. Pensei em Felipe. Sonhar com ele causava estranheza, mas ele não estar no sonho parecia mais estranho ainda.

Jeloma não havia morrido. Fato. O que estaria acontecendo? Eu não tinha ideia.

Meu pensamento foi interrompido por um barulho vindo da parte de trás da casa. Vi o vulto de um homem passando e constatei a necessidade de realmente salvar Jeloma. Tentei correr, mas afundei meu pé numa poça de lama avermelhada, cheia de peixes mortos. Cheguei ao topo do barranco, depois de me segurar num galho e usá-lo como corrimão.

Capengando, abri caminho pelo trajeto e fui dando passos intencionalmente mais leves. Não queria que, seja lá quem fosse, me escutasse. O barulho de pássaros interrompia o silêncio, os animais voavam de um lado para outro, parecendo me acompanhar e tentar me alertar sobre algum tipo de perigo.

Senti que dependia de mim sair dali, mas ninguém me explicara como me libertar de um sonho. Optei por uma trilha e segui reto, esquecendo meus receios por me sentir tão só e estar com a sensação de Jeloma correr um risco muito maior do que o imaginado. Uma árvore centenária me dava a ideia de ser o centro daquele lugar. Marcas de faca, como cicatrizes, feriam o tronco, e um pavor alucinante tomou conta das minhas pernas.

Acelerei o passo, buscando forças para descobrir a saída. Um bicho passou por mim e não consegui identificar o que seria. Algo do tamanho de um gato. Aguentei firme, pensei em rezar, pedi calma e autocontrole; de repente, o asfalto estava embaixo do meu pé e uma estrada enorme surgiu na frente dos meus olhos.

Continuei caminhando pelo acostamento, esperando que a qualquer momento passasse um carro, um ônibus, mas nada. Depois de um tempo, uma eternidade de cinco minutos, um caminhão enorme iluminou a floresta e fiz sinal, mas ninguém pareceu me notar. A fumaça do veículo trouxe também um vento que me levantou no ar e senti meu corpo inclinar para o alto. Abri os braços, os fios dos meus cabelos desorientados, sem saber o lado certo de me posicionar.

Vi quão alto me encontrava quando notei a casa suspeita de esconder a irmã da Jalma. Reparei que uma fogueira tinha sido acesa. O homem desconhecido andava calmamente pelo quintal. Um frio me dominou quando pensei na possibilidade de ser vista voando por ali, mas quem olha para o céu esperando encontrar um ser humano? Meu corpo foi levado para longe e quando vi toda a paisagem parecia leve de novo. Reconheci as ruas do Recreio, o condomínio do meu prédio, a janela do meu quarto e tive a sensação de desmaiar.

Acordei com o corpo todo dolorido, sem ter ideia por que me sentia tão cansada. Ouvi as vozes dos meus pais na cozinha, caminhei até lá como se tivesse saído da boca de um dinossauro no dia do meu aniversário de 100 anos. Estava exausta.

– Que carinha é essa, filha? Quer café? – Minha mãe falava comigo, enquanto pegava o queijo na geladeira.

– Me sinto como se a noite tivesse sido na farra. Dormi mal, acordei pior.

– Será que vai ficar doente? Quer que eu deixe você na loja? – Meu pai me abraçou e deu um beijo na minha testa.

– Amo os poucos, mas ótimos, momentos que passo com vocês, família.

Meus pais se olharam, deram um sorriso e fui para a mesa da sala onde tomávamos café. Minha mãe colocou a mão no meu pescoço, demonstrando preocupação com uma possível febre. Comentei que um banho me salvaria das profundezas do mal-estar, optando por tomar iogurte, comer torradas com requeijão e uma fatia de melão.

No meu quarto, tentei lembrar se tinha sonhado, mas um mistério no pensamento não me fazia processar bem a noite anterior. Fiquei no chuveiro além do meu normal e me arrumei correndo. Conforme prometido, meu pai me deixou na Canto da Casa e entrei me arrastando, deixando Lelê e Sandra preocupadas comigo. Na minha mesa de trabalho, localizada no fundo da loja, flores.

– Amigaaaa, que cara é essa? A noite foi boa, hein! Não te deixaram dormir? As flores estão denunciando.

– Dormi cedo, Lelê. Não é o que você, maldosamente, está pensando.

– Tem um cartão no presente. – Sandra abriu um bonito sorriso e caminhei até a minha mesa, passando a mão nas flores acompanhadas do cartão, com as seguintes palavras:

Ontem foi simples, mas mágico. Nunca adorei tanto beber suco e achar graça da vida. Se me permite, um abraço com a ousadia de um beijo.

Felipe Dontarte.

Guardei o cartão na bolsa, fugindo da curiosidade alheia. Tentei mudar o assunto, afinal muito precisava ser feito na loja. Sandra colocou as flores na água, em um dos nossos cenários mais bonitos de decoração, e eu fiquei a tarde toda escolhendo tecidos novos, decidindo os modelos das peças e namorando aquelas flores. Estava cada dia mais surpresa das clientes gostarem das minhas criações e agradecia à costureira Elba por ser ainda mais criativa que eu. Curiosamente, as roupas vendidas na parte de multimarcas da loja estavam saindo menos do que nossas próprias criações. Os vestidos e saias rodadas com cintura bem marcada tinham venda garantida.

Quando desenhei no papel a ideia de um vestido princesa moderninho, cheio de corações, o traço da caneta me fez lembrar do sonho da noite anterior, apagado por uma amnésia momentânea.

– Meus Deus!

– Qual a sua ideia? – Sandra previu algo mirabolante para ser produzido.

– Acabei de lembrar uma coisa. Podemos resolver sobre os vestidos daqui a pouco? Preciso de uns minutos.

– Claro, Kira. Posso ir no banco? Preciso pagar uma conta que o esquecido do meu marido jogou na gaveta e passou a data.

Sandra saiu pela porta e aproveitei a loja vazia para gritar por Lelê.

– O que aconteceu?

– Um sonho.

– Outro? Conta? Pela sua cara se beijaram. – Lelê puxou a cadeira e sentou animadíssima.

– Sonhei com a irmã da Jalma.

– Pesadelo, né?

– Amiga, você não está entendendo... – Lembrei à Lelê a história do desaparecimento da Jeloma e contei que a vi presa em uma casa com um homem. Assunto sinistro, parecia uma cena de filme policial. Lelê foi abrindo a boca, acompanhando cada trecho lembrado por mim. Enquanto falava, anotei algumas passagens no caderno dourado.

– Cara, que loucura! Será que você é vidente? Sonhou com o garoto e ele apareceu, agora sonhou com essa garota, já imaginou se ela estiver mesmo presa nesse lugar aí?

– Foi tão real quanto os sonhos com Felipe.

– Por que você não chama ele aqui na loja? Melhor do que na sua casa com os gêmeos e seus pais por lá. Eu e a Sandra, depois que voltar do banco, vamos ficar resolvendo sobre os móveis da reforma lá atrás e você explica o que está acontecendo. Liga pra ele.

– Tudo bem mesmo pra você?

– Lógico. Liga logo, Kira!

Liguei, pensando no que dizer. Felipe não entendeu bem meu tom de voz, mas não fez maiores perguntas. Disse apenas que em meia hora chegaria.

Acompanhar o seu caminhar dentro da Canto da Casa em direção à minha mesa de trabalho me fez estremecer. Tínhamos uma conexão muito forte, apesar do pouco contato. Ele entendeu logo ter algo errado. Eu conhecia detalhes do seu rosto que pareciam ter sido vistos apenas nos sonhos. O sorriso encantador e uma calma contagiante me traziam sinais de algo especial nos aproximando dia a dia e nos envolvendo.

– Kira, aqui estou eu. Tudo bem?

– Mais ou menos. Preciso muito te contar algo.

– A Jalma adicionou você no Facebook, né? Ela comentou comigo. Sinto muito. Não precisa aceitar.

– Imagina. A Jalma ter me adicionado é uma bobagem, nem liguei. Queria falar outra coisa. Ah, antes, desculpa, queria agradecer pelas flores. Lindas demais! É que tenho algo tão sério para dizer...

Tudo bem, não queria começar a conversa daquela forma. O que estava latente dentro de mim dizia respeito a: "Tô louca pra beijar sua boca, já queria antes mesmo de lhe ver pela primeira vez e já o conhecia antes mesmo daquele acidente. Nossos atuais momentos são pouco para mim, perto do que quero fazer por nós."

Mas não disse nada disso. Mistura de falta de coragem e pé no freio.

Sorri, fiz aquela cara de normal, tá tudo tranquilo, não estou ardendo por dentro... e pedi que sentasse. Ou ele sentou, sem que eu precisasse pedir, porque tinha um ar de saber fazer o que precisa ser feito, de dominar as cenas, pelo menos as comigo, e eu simplesmente me perdia naquele jeito de acertos alheios.

– É, bem, o que vou dizer vai parecer meio doido.

– Prometo, não vou julgar.

– Eu tenho sonhos.

Ele riu. Descaradamente, sem precisar de legenda, pensou: lá vem ela de novo com sonhos.

– Sonhos? Secretos? – Ele riu com um olhar sedutor e eu quase disse que sim.

– Não brinca, agora é sério. Sonhei com a Jeloma.

– Como assim? – O rosto dele mudou radicalmente o tom e pareceu dali para frente não distrair a conversa. Franziu a testa, fechou os olhos com indicação que continuasse e ficou estático, esperando.

– Ela está viva, pelo menos no sonho estava, mas prisioneira de alguém em uma casa. O lugar é bem escondido, uma espécie de cabana de madeira, um homem estranho e ela usava uma camisa muitas vezes maior para o seu tamanho. Jeloma é magrinha, dessas garotas com manequim 34, cabelos no ombro, um sinal na face, me pareceu bem menor que a Jalma e seu corpão. – Tive que ressaltar o corpo da irmã, mesmo sendo contra a minha vontade, mas precisava demonstrar a veracidade do sonho.

– Olha, tô chocado. Se a Jeloma está mesmo viva, não sei, mas ela é igual ao que você descreveu.

– Não sou vidente, não sou nada além de alguém que acredita nas coisas boas da vida, em Deus, mas de algum tempo para cá, sonho com momentos marcantes, pessoas, situações...

– O que vamos fazer? – perguntou-me Felipe, sem duvidar nem por um segundo do que contei. – Não vai adiantar ir à polícia, eles não vão acreditar numa sensitiva.

– Eu não sou sensitiva! – Quase joguei os tecidos na mesa em cima dele.

– E se a gente contasse para a Jalma? Ela pode ser doida, mas está sofrendo com a história da irmã. Pode entender melhor o seu sonho. Vamos na casa dela?

Não tive tempo de pensar. Avisei a Lelê, peguei minha bolsa, encontrei a Sandra na porta da loja, me despedi e fui com o Felipe na casa da família da Jeloma.

Não acreditei quando o carro parou na frente do prédio da ex-namorada dele. Morávamos muito perto uma da outra. Felipe comentou sobre os mais diversos assuntos, tentando claramente nos distrair. Ali, em frente à casa, não tínhamos mais como fugir de quem iríamos encarar.

– Olha, Kira, mais uma vez vou repetir, não sou namorado da Jalma. O que ela falar, como ela se comportar, ainda mais se os pais estiverem aí, você não anota. Nós terminamos, eu posso garantir.

– Que situação chata, hein, mas tudo bem. Só consigo ser um pouco compreensiva com essa história, porque a irmã dessa garota sumiu. Se sonhei com a Jeloma, não tenho como ocultar o assunto. Vamos lá!

O apartamento, sem dúvida um dos mais bonitos do Recreio, possuía uma decoração de primeira. Um senhor com olheiras abriu a porta e me pareceu ser o pai das duas. A mãe veio lá de dentro, um ar cansado, como se estivesse dopada, o clima estava obviamente estranho. Felipe chamou pela ex-namorada e a mãe indicou o quarto, nos prometendo um suco. Sorrimos. Pelo jeito, nossa bebida oficial.

O quarto da Jalma estava com roupas em cima da cama e ela saiu do banheiro com os cabelos ainda molhados, shortinho jeans, camisetinha amarela e descalça. O corpo malhado estava em mais evidência ainda. Eu podia não ir muito com a cara daquela garota, mas beleza não faltava ali. A moça caminhou pelo quarto, Felipe empurrou as roupas na cama, sentou sem muita cerimônia e eu parecia travada, como uma intrusa, como se os dois fossem se beijar na minha frente e eu estivesse atrapalhando alguma coisa.

Jalma pediu desculpas pela bagunça.

– Fui para o shopping e fiz umas comprinhas.

Mas a irmã da pessoa não está desaparecida? Pensei, interiormente, que se um irmão meu estivesse desaparecido, não querendo julgar, mas acho que estaria no soro. Tudo bem, isso não era problema meu.

– E aí, meu amor, o que você quer falar comigo?

– Jalma, não sou seu amor.

– Ué, quem decide quem é meu amor sou eu. Você foi e sempre será.

– Já conversamos... Eu não vim aqui para isso, Jalma. Presta atenção, é sobre a sua irmã.

– Tá, o que tem a minha irmã? Você sabe o que penso, ela foi viver a vida dela, não queria mais ficar aqui...

– Sua irmã apareceu num sonho meu. – Tão complicado falar naquele momento. Vamos lá, estava ali para isso. – E me disse estar viva.

– Óbvio que está viva! Ela estaria o quê? Morta? Pelo amor...

– Jalma, sua irmã me disse para pedir ajuda, ela não está lá por livre e espontânea vontade.

– O lobo mau pegou a minha irmã?

– Foi o que me pareceu. – Dei essa resposta para ver se aquela garota acordava.

Jalma pegou as roupas em cima da cama, colocou nas sacolas jogadas pelo chão, foi na direção da janela e ficou olhando a rua, pensativa.

– A verdade é que a minha irmã sempre detestou morar aqui. Queria o mundo.

– Isso não é verdade, Jalma. Sua irmã nunca falou sobre sair de casa, fugir, morar em outro lugar. – Felipe foi bem decisivo nesse momento. – Você não me disse que ela teve uma briga com o pai?

– Agora ela deve estar aproveitando esse mundo do jeito que sempre quis. – Jalma não estava muito interessada no meu sonho.

– A Jeloma está numa casa de madeira, um lugar velho, no meio de uma área repleta de árvores e com um silêncio assustador. Ela pediu para avisar que está perto da Casa do Coração. Disse que vocês saberiam o significado.

Jalma virou o rosto como se fosse um robô, os olhos arregalados e ficou com o semblante de quem choraria.

– Quando você sonhou com ela?

– Essa noite.

– Como ela estava?

– Preocupada. – Achei melhor minimizar a cena. – Tinha um homem no local, ela é bem magrinha, cabelo no ombro, um sinal na face e me pareceu uma garota bem menor do que você.

– A Casa do Coração é o nome do sítio do meu avô. – Jalma sentou na cama, dobrou uma das pernas e pareceu não acreditar. – Não teria como você saber sobre a Casa do Coração, porque Felipe esteve lá comigo, mas nunca falei esse nome para ele. Esse termo foi muito usado na nossa infância e nunca mais. Minha mãe, quando nos levava no meu avô, ia no carro dizendo: "Estamos indo para a Casa do Coração do vovô." Que detalhes mais você lembra?

– Não consegui ver direito o rosto do homem que estava lá, mas a casa parece ter sido construída no fundo de um vale. Tem literalmente uma enorme floresta ao redor.

– Eu acho que sei onde minha irmã pode estar e não vai adiantar avisar a polícia, não temos provas e seu sonho não quer dizer nada. Preciso viajar até a casa do vovô.

– Nós vamos com você. – Olhei para o Felipe e ele pareceu surpreso com a minha determinação. – Falo com os meus irmãos, a gente segue com um grupo. Se a sua irmã estiver correndo risco de vida, vamos descobrir onde está e avisar a polícia.

VINTE E UM

Finalmente... falando dos sonhos

Não há mais razões para adiar. Vai lá garota,
respira fundo e conta toda a verdade!
E se parecer patética, assume, mas vai lá e conta tudo.

Nem me reconheci com toda aquela força para decidir procurar Jeloma. Meus irmãos e Lelê ficaram chocados quando contei o que iríamos fazer. Passaríamos o final de semana prolongado em um local próximo da cidade de Paraty, estado do Rio de Janeiro e iríamos revirar a cidade, até Jeloma ser encontrada ou tivéssemos alguma ideia do que poderia ter acontecido com a irmã da Jalma.

– Quer dizer que você sonha e coisas acontecem?

– Cafa, não sei explicar bem, mas é mais ou menos isso sim.

– Você sonhou com o Felipe, ele apareceu, sonhou com a Jeloma e tem chance da garota estar realmente presa em algum lugar? – perguntou Cadu, enquanto estalava os dedos.

– Posso contar com vocês?

Todos nos olhamos, como se estivéssemos entrando definitivamente nas próximas cenas de algum filme de aventura. Lembrei daquele aviso que diz "não tente fazer isso em casa". O correto seria avisar a polícia, mas concordamos com Felipe, quando disse que a polícia não aceitaria as pistas de uma sensitiva afirmando ter sonhado com uma desaparecida. Ninguém estava pensando em enfrentar ninguém. A ideia girava em torno de investigar e, aí sim, chamar a polícia.

Alguma verdade existia na minha declaração. Jalma não deu maiores detalhes, contudo, quando falei na Casa do Coração, mudou o comportamento e começou a se preocupar com a irmã, como não parecia ter feito até então.

Marcamos a saída de casa no sábado cedo, por volta das sete da manhã. Todos ficaram silenciosos ao escutar Cadu comentando os riscos da viagem.

– Será que você sonha alguma coisa essa noite? – perguntou Lelê como se eu fosse uma dessas videntes renomadas e confiáveis.

Antes de responder, meu celular tocou e Felipe estava na linha. A galera no meu quarto ficou calada, notando minha bochecha vermelha. Respondi sim, sim e desliguei o telefone.

– Gente, o Felipe está vindo aqui. Vou dar uma saída com ele.

– Vai me abandonar, Kira? – Lelê terminou de dizer isso, Cadu pegou na mão da minha amiga e ela sorriu.

– Quinta-feira! Vamos jantar fora, Lelê? – convidou Cadu e pude ver o coração da minha amiga saindo do corpo. – Bora com a gente, Cafa?

– Nada. Marquei de encontrar a Fabi. Preciso falar sobre a viagem.

Meus irmãos saíram do meu quarto, corri para me arrumar e Lelê ficou falando sem parar da felicidade de sair bem acompanhada aquela noite. Lembrei sobre o meu irmão acreditar no sentimento dela por Cafa. Minha amiga afirmou, a viagem seria o momento certo para resolver as questões do coração.

Peguei o elevador para descer, pensando na agitação que andava minha vida. Quem diria que sonharia com um cara e estaria envolvida em encontrar a irmã desaparecida da sua ex? Saí pela portaria com o barulho do meu salto alto marcando forte os meus passos. Estava levemente nervosa. Encontrar Felipe produzia uma tensão deliciosa no ar.

Felipe na calçada, com as mãos nos bolsos da calça, me fez olhar para baixo, como quem repara o chão para caminhar. Ele usava tênis, calça jeans e uma

T-shirt azul-marinho. Seu jeito de se vestir lembrava o dos meus irmãos, o que eu gostava. Cadu e Cafa tinham um estilo casual muito simpático.

Abri o portão do prédio e Felipe veio na minha direção.

– Oi, Kira!

– Demorei?

– Nadinha. Vamos?

Ele estendeu o braço, me deixando levemente sem ação. Caminhamos de mãos dadas e uma das melhores sensações já sentidas por mim se fez presente ali. Com o moço perfumado, pensei que, facilmente, poderia perder o controle.

No carro, decidimos por um restaurante chamado Zocco. Os donos eram amigos da minha mãe e o lugar tinha aquele clima meia-luz, com mesinhas para dois e velas na decoração. Paredes de tecidos estampados, nas cores marrom, vinho e rosa nude, intercalavam pelas paredes. Um coração em dourado ficava no lado amplo e o piso de madeira passava uma ideia ainda mais aconchegante.

Escolhemos uma mesa de canto, super-reservada, e sentamos um ao lado do outro. É hoje... Nem lembrava mais quando foi a última vez que me alimentei na vida. Felipe ria com meu jeito de dizer as coisas, sem maiores reflexões. Eu preferia ser assim mesmo, porque detesto gente programada, somando e diminuindo frases para saber o que cabe ou não falar.

O garçom nos perguntou o que gostaríamos de beber e, ao mesmo tempo, respondemos com uma pergunta:

– Tem suco de quê? – A bebida tinha virado nossa senha.

O atendente nos prometeu o melhor suco de abacaxi com hortelã de todos os tempos. O que duvidei, já que o melhor de todos saía da cozinha do Enxurrada Delícia. Mas, tudo bem, nenhum tipo de competição importava, queria apenas aproveitar aquela noite e me divertir.

– Anda, fala rápido tudo que puder, quero decorar seus gostos, seus assuntos, suas preferências, músicas e ídolos.

Felipe falou tão rápido, me pegando de surpresa. Ri alto, colocando a mão na boca.

– Eu seria péssima para responder aqueles questionamentos em programa de televisão. Sabe algo como: um prato? Um livro? Uma personalidade? Eu sou um desastre em pensar algo rápido.

– Tudo bem, vamos conversar devagar, então. A gente tem a noite toda.

– Uma noite nossa e eu não queria estar em nenhum outro lugar.

– Ainda bem. Fico lisonjeado por isso. Conta algo da sua infância, Kira.

– Ainda adolescente, chamava meus irmãos de segurança e na escola vendia ingresso para as meninas falarem com eles no recreio.

– Já nasceu negociante. A coisa mais feia que já fez na vida?

– Joguei um suco na cara de uma garota por motivos que não podem ser divulgados.

– Você não fez isso? Então, desde sempre suco é sua bebida favorita?

– Jurei nunca mais agredir ninguém. Ah, verdade sobre o suco...

– Quantos anos você tinha?

– Cinco! – Caímos na gargalhada.

– Como você consegue ser tão bonita? Gosto demais do seu cabelão, esse rosto que me prende e esse sorriso descaradamente atraente. Um sonho? – Ele fez uma voz bem curiosa e eu ainda estava processando todos aqueles elogios.

– Com você. Eu gosto de sonhar com vo...

Antes que eu pudesse terminar a frase, ele me beijou com tanto carinho que senti a fragilidade e a leveza tomando conta do meu corpo no mesmo instante. Ele colocou a mão no meu braço e os dedos apertaram minha pele. Nosso primeiro beijo de muitos, a sensação pareceu óbvia para nós dois. Sentir sua boca na minha, sua vontade comigo, nossa pele intensamente próxima. Um beijo muito mais gostoso do que pude prever. Não!, mais que isso: o melhor beijo de toda a minha vida!!! E todos os próximos melhores beijos seriam com ele, assim eu queria.

– Eu não podia mais esperar para te beijar, Kira. Demorou demais!

Segurei a mão dele. Nossos sonhos juntos me davam a percepção de ter com Felipe muito mais afinidades e descobertas. Para mim, aquele beijo tinha demorado para acontecer.

– Preciso te contar uma coisa, Felipe.

– Não me conte mais nada essa noite. Outro dia...

Um beijo de novo... Sabe quando você termina de dar um beijo e quer outro? Assim fizemos. Mais uma vez, maravilhoso. Felipe segurou meu cabelo com a força mais delicada possível e beijou meu rosto, seguindo para o meu pescoço. Nossa química perfeita me deixou meio sem ar e cometi o pecado de empurrá-lo com a mão.

– Calma ou…

– Ou o quê? Não me diga que vai perder a cabeça, Kira, porque eu vou adorar.

– Nãoooooo – respondi com as bochechas vermelhas, colocando a mão no rosto e sentindo ainda mais vergonha.

– Por que todo casal que se gosta parece que se conhece há um século? Foi como se já conhecesse esse seu jeito de se esconder, querendo apenas revelar os detalhes – disse Felipe, tirando minhas mãos do meu rosto e as beijando.

– Talvez porque a gente já se conheça mesmo ou a afinidade seja tão óbvia que denuncie todos os pequenos e grandes detalhes.

– Eu poderia ficar te beijando a noite toda.

Os sucos chegaram e nos demos conta de que nossa fome tinha acalmado. Seguimos a dica do maître e pedimos uma salada *yam mamuang*, com uma mistura de manga, amendoim torrado, camarões cozidos, hortelã picada, kani kama desfiado, alface roxa e temperos difíceis de decifrar, mas que traziam prazer ao paladar. Depois pedimos um macarrão tailandês que nos fez mastigar fazendo hummm durante quase todo tempo.

O jantar estava encantador. Certamente um dia contaria cada detalhe daquele encontro para alguém: você não tem ideia como foi, ele e eu, a luz, aquela noite diferente de todas as outras conhecidas por mim, a maneira como as nossas mãos se encontravam… o planeta estava sorrindo. Senti uma vontade de dizer, como estava sendo feliz em cada segundo daquelas horas.

– Engraçada a maneira como a gente se conheceu – disse ele depois de comer mais um pouco.

– Quero te contar uma coisa. Eu estava me segurando, talvez não seja o momento certo e me arrependa, mas quero dizer.

– Você tem namorado? – A menina dos olhos se abriu mais do que o normal. Eu sorri, tentando derrubar esse pensamento.

– Não, é sobre nós dois. Ninguém mais tem a ver.

– Juro que não namoro a Jalma.

– Acredito em você. Lembra dos sonhos?

Ele não disse nem sim, nem não. Obviamente, lembrou do sonho com a Jeloma e como o semblante da Jalma mudou ao escutar sobre a Casa do Coração. Eu me senti autorizada a continuar a conversa, me perguntando se estava agindo corretamente.

– Sobre sonhos, não sei explicar, mas quando a gente se viu no dia do acidente do ônibus, eu já conhecia você.

– De onde? – Ele sorriu e eu sabia como aquele sorriso me seduzia para morar cada vez mais dentro dele.

– De um sonho, sonhei com você exatamente como você é.

– Por isso me olhava estranho aquele dia? Achei que estava assustada com a batida.

– Foi meio chocante sonhar e depois descobrir você de verdade, com aquele semblante que eu já conhecia, no meio daquela movimentação do acidente.

– O sonho foi bom?

– Especial.

– A gente se beijou?

– Não.

Felipe me beijou e nada poderia ser melhor do que beijá-lo com aquele sentimento nostálgico na cabeça.

– Quando sonho com você, a gente voa.

– Não sei bem o que acontece dentro da sua cabeça, não sei por que sonha com o que já aconteceu ou vai acontecer, mas queria te dizer primeiro: acredito no que me disse e, depois, não quero perdê-la de vista. Tem sido maravilhoso estar aqui, ou em qualquer outro lugar. Eu já estou voando ao seu lado. Acordado.

Felipe não fazia ideia de como tínhamos voado longe, por lugares tão especiais. Fui contando dos nossos encontros, ele rindo, comentando adorar os países, falando da sensação de voar, imaginando como poderiam ser os mergulhos no mar cristalino e animado com o meu entusiasmo.

– Minha vida anda divertida dormindo. Nunca imaginei, Felipe.

– *Irreplaceable* – observou me olhando mais profundamente. – Insubstituível. Não tem mais nenhuma igual a você por aí.

Não sei explicar bem o que existia entre nós. Eu nunca tinha namorado e, naquele instante, descobri me sentir mais que namorada daquele moço na minha frente. Não tinha como dar nomes para palavras ainda não descobertas de sentimentos tão intensos. *Irreplaceable*.

– Podemos passar o dia todo juntinhos amanhã? – perguntou-me com um abraço forte e depois beijou meu pescoço.

Saímos daquele restaurante com planos para o dia seguinte, principalmente para depois da viagem. A expectativa morava no mais alto degrau.

Cheguei em casa e uma vontade de dar uma gargalhada enorme, dessas bem rasgadas para eternizar minha felicidade. Abri a porta, um silêncio na casa, meus irmãos provavelmente fora e meus pais dormindo. Uma tênue luz do abajur quebrava a escuridão e reparei que a casa emanava um cheirinho bom. A sala tinha sido reformada recentemente para um estilo mais *clean* e amplo. Um painel grande com fotos nossas na parede ao lado da TV, som e tudo mais que minha família amava, um sofá avelã enorme, uma mesa para oito pessoas e um móvel para ajudar a servir pratos em dias especiais. Eu tinha amado as novas cadeiras, uma mistura de moderno com antigo, que dava um ar diferente ao apartamento. O lugar tinha também uma poltrona colorida em turquesa, azul-escuro e rosa, criação da Canto da Casa. Orgulho!

Entrei no meu quarto, a cabeça girava. Uma mistura de felicidade com coração saltitante. Lembrei da loja antes de fechar os olhos. Uma das promessas dadas para a minha mãe, quando ela saiu como uma leoa em defesa da minha ideia de ter uma loja ainda tão nova, foi não deixar de trabalhar por bobagens. Felipe não era uma bobagem, para começo de conversa. Teria perdão? Precisava ligar cedo para a Lelê e a Sandra e avisar sobre meu surto de "tô nem aí" e meu abandono do trabalho para pegar uma praia bem acompanhada. Mas, vamos combinar, eu podia. Desde que a loja abriu, não tinha faltado uma vez sequer. Todo dia lá, presente, interessada, pensando no nosso negócio como o mais importante da vida. Eu merecia essa sexta livre! Até porque o final de semana seria puxado.

Mas os meus dias tinham novos rumos e dormi aquela noite com um sorriso no rosto. Minha melhor face.

Antes de apagar, me perguntei: como encontrá-lo no meio dos sonhos? Não sabia. A gente se encontrava, simples assim. Ele me achava.

Meus olhos estavam abertos, mesmo no mais doce sono profundo. Eu em cima de um telhado. Magia pura chegar aos lugares sem sacrifício e ter a sensação de ser absolutamente real.

Felipe do meu lado, segurou minha mão e respiramos fundo. Que lugar seria aquele? Não tinha ideia. Um lugar bem diferente de tudo que eu conhecia. Vi pessoas andando apressadas e com roupas coloridas. Uma fumaça ao longe e um rio me chamaram atenção.

– Onde estamos?

– Nos Ghats de Varanasi.

– Ghats?

– Degraus.

– Varanasi?

– Estamos na Índia. Varanasi é o nome da cidade.

– Então... – Quase duvidei. – Aquele é o Ganges?

– Os Ghats são os degraus que levam até o rio Ganges.

– Nossa. Nunca me imaginei nesse lugar.

– Aqui existem muitas cerimônias, pessoas fazendo preces... É possível assistir. Todos caminham, de um lado para o outro, determinados, emocionados e nenhum minuto é igual ao outro. As pessoas mudam a paisagem e observar é um exercício de aceitar o semelhante como mais importante que você.

Felipe e sua inteligência me atraíam cada vez mais. Gostava de estar ali, escutando sua voz e dividindo momentos impossíveis. Ele pareceu ler meus pensamentos.

– Amei beijar você essa noite. Nosso mundo real é tão interessante como esse mundo aqui. Venha comigo, quero te levar para conhecer Man Mandir Gwalior, um castelo construído em 1600. Podemos voar por cima dele, o visual vai encantar nossos corações.

Não respondi com palavras. Levantei do telhado, olhei mais uma vez aquela escadaria pois não tinha ideia quando voltaria à Índia, e me joguei no ar, mais corajosa do que antes. Felipe se jogou também e, por um segundo, achei que cairia estatelada no chão. Foi quando meu amor me pegou pela mão, deu um impulso forte com o tronco e subimos acelerados. Lá embaixo, os degraus indianos pareciam uma escultura. Ainda tive tempo de escutar orações e mantras sendo entoados.

O castelo tinha umas paredes esculturalmente trabalhadas, cheias de minuciosos detalhes e arcos. Sentia os dedos de Felipe entrelaçados com os meus, como se estivéssemos descobrindo um mundo só nosso.

– Não entendo, por que você não lembra dos sonhos como eu?

– Não sei dizer, Kira, mas acordo me sentindo bem. Quando te beijei hoje, a sensação dos sonhos estava na minha cabeça.

– Estou com medo do que vamos encontrar na viagem – revelei ao sentarmos na copa de uma árvore.

– Aconteça o que acontecer, seja como for, não desiste de mim? – Aquele pedido de novo.

– Claro que não! – respondi, dando um forte abraço nele.

Reforçamos no sonho, passaríamos a sexta-feira inteira juntos. Rimos com essa vida dupla. Mesmo achando tudo ficção demais, não queria encontrar respostas. Apenas viver. Também não estava preocupada com julgamentos. Os insensíveis não entenderiam a mágica de cada encontro. Por que o impossível não pode existir? Por que somente a rotina não nos parece tão questionável? Para os seres da dúvida, apenas a descrição do amor sentido dentro de mim.

Antes que pudesse voltar a admirar o castelo, Felipe me beijou e desejei sonhar eternamente.

VINTE E DOIS

Uma viagem marcante

Sabendo da verdade, só podíamos tomar uma decisão: viajar.
Uma aventura tomaria conta das nossas vidas
e nunca mais, em hipótese alguma, seríamos os mesmos.

Avisei Lelê e Sandra sobre faltar ao trabalho, mas não tive coragem de contar essa peraltice para minha mãe. Ela falaria sobre ser um absurdo gerenciar um empreendimento dessa maneira, me lembraria da necessidade de amadurecer e me deixaria com uma culpa maior do que eu mesma. Um tiquinho de irresponsabilidade não causará danos a ninguém, pelo contrário.

Entrei no carro do Felipe, com a sensação de ter ficado pouquíssimo tempo sem vê-lo. Ele estava dando risada e entendi logo que, também, não estava confortável por faltar ao trabalho.

– Vou ser demitido hoje.

– Como assim? – Não sabia se nos beijaríamos ou não, mas ele virou o rosto bem inclinado e o beijo foi natural, parecendo que dali por diante se tornaria uma agradável rotina.

– Avisei que não trabalharia e não fui. Nunca faltei ao trabalho. E já que segunda é feriado... a gente merecia umas miniférias! Esse último ano como empreendedor foi dureza.

– Pensei o mesmo. Lelê nem questionou. Agora temos a Sandra, uma vendedora ótima, nos ajuda demais.

– Você disse para sua amiga que estaria comigo?

– E preciso?

Ele ligou o carro e chegamos à praia do Recreio rapidamente. O lugar estava vazio e Felipe pegou uma barraca na mala. Eu não quis cadeira, estava com uma canga gigante, em forma de mandala, na bolsa. O mar acordou lindo e ali, naquele instante, me dei conta de não estar nem aí para ficar de biquíni na frente dele. Eu tinha aquele corpo, não havia segunda opção, então vamos lá mostrar novamente quem somos e bola pra frente. Nunca fui de querer ser quem não sou. Meu corpo e seus defeitos não tinham grandes seduções, mas certamente deveriam ter seus atrativos.

A barraca nos protegeu de um sol bem carioca. Deitamos na canga e ficamos namorando o mar. Felipe me abraçou e me beijou. Uma aura colorida nos envolveu. Passei a mão nos fios do seu cabelo com a certeza de conhecer bem a textura e não querer mudar nenhum detalhe do seu rosto, do seu corpo, do seu cheiro... me reconhecia naquela maneira de falar e em todo o gestual tão familiar.

Quando ele parou de me beijar, estava zonza. A timidez me dominou. Sabe aquele olhar intenso, profundo, quando o cara quer deixar claro o quanto ele te quer? Aquele momento de carinho estava acontecendo na minha frente.

– Quero te agradecer por estar ajudando a Jeloma, Kira.

– Amanhã é o dia da nossa viagem. Estou preocupada, mas acho que podemos encontrá-la. O sonho foi bem real.

– Lembrei de uma frase do Paramahansa Yogananda, um guru indiano, que meu avô tinha mania de repetir: "Seu desejo de ser feliz deve incluir a felicidade dos outros." Você não conhece a Jeloma e mesmo ela sendo irmã da Jalma contou do seu sonho. – Quando ele disse isso, lembrei do momento indiano.

– Ela está precisando de ajuda, alguém a está obrigando a fazer o que não quer. Eu nunca deixaria de contar sobre isso.

– Você sonhou comigo essa noite?

– Sonhei, estávamos na Índia. – Felipe me olhava com uma certa inveja por recordar e ele não. – Você reclamou de não lembrar dos nossos sonhos.

– Ontem, ao dormir, pedi para sonhar com você, mas nada feito. Eu durmo que nem pedra.

– Como vamos fazer na viagem, Felipe? A Jalma estará com a gente e acho que não vai gostar de nos ver juntos.

– Vamos agir naturalmente. Se ela entender, entendeu. O que não entender... paciência. – Felipe tirou a camisa e eu vi seu peito, levemente malhado e tentei fazer o que ele dizia sobre a Jalma, agir naturalmente, fingindo não notá-lo tão sedutor, interessante, e continuei falando como se o conhecesse há muito tempo.

– Ela não parece que aceita bem a ideia de você com outra pessoa.

– Você está ajudando a irmã dela, imagino que terá o mínimo de decência. A Jalma é muito geniosa. Nós dois não daríamos certo. Ela adora uma bagunça, não é das garotas mais fiéis e tentei, mas nosso namoro acabou e não sinto a menor saudade.

– Tudo bem, não vamos mais falar no assunto Jalma.

– Que tal um mergulho? – Ele levantou, me puxando pela mão, quando fazia quando a gente voava. Dentro d'água parecia que estávamos voando como nos sonhos. Ficamos dando mergulhos de mãos dadas e um beijo salgado nos aproximou. Eu me sentia a garota mais feliz do mundo.

– Precisamos descobrir um jeito de voar no mundo real. Voamos nos meus sonhos, é uma sensação pra lá de mágica.

– Tô pra conhecer alguém que não tenha vontade de voar. Prometo, vou dar um jeito. – E fez cara de que daria um jeito mesmo.

Nós dois não parecíamos ter mais de 22 anos. Estávamos novamente com 15, encantados com nossos sentimentos, surpreendidos pela novidade, vivendo intensamente aquela paixão, que nos fazia sentir falta de ar e taquicardia, intercaladamente.

Saímos da praia umas duas horas depois. Uma fome louca nos dominou. Felipe topou passar comigo na Canto da Casa. Lelê e Sandra não se surpreenderam quando nos viram entrando pela loja. Mostrei cada cantinho da nossa empresa e Felipe demonstrou um certo assombro com as dependências. Imagino que esperasse menos. Não sei dizer. Amou a ideia da reforma dos móveis, elogiou o bom gosto da Lelê, não acreditou quando contei dos desenhos das roupas e ficou olhando um dos vestidos da arara, comentando que eu ficaria linda com ele.

Expliquei sobre a ajuda da minha mãe, jamais conseguiríamos levantar a loja sozinhas. Sandra também estava cada vez mais inserida na nossa ideia de surpreender e ter diferencial em atendimento. Mulheres não gostam de qualquer loja, gostam de ter a sua loja. Felipe ficou rindo com as histórias, apesar do pouco tempo de funcionamento. Ele trabalhava com comércio, sabia dos acontecimentos anormais ocorridos no dia a dia de uma loja.

Lelê me olhou sorridente quando nos viu de mãos dadas. Sandra não ousou reparar, nem comentar. Discreta demais, fingiu não ter tempo para os detalhes.

Saímos da loja com Felipe fazendo vários comentários, dando ideias, palpitando, tinha adorado nosso ambiente comercial e brincou de a gente abrir franquias da Canto da Casa por todo o país.

Saímos da loja com uma fome de dragão. Ele me perguntou se não podíamos almoçar no Enxurrada. Engoli em seco. O que minha mãe acharia do meu mais novo... sei lá o quê? Compreenderia? Quem me colocou no mundo me entendia em cada linha, parágrafo, mensagem subliminar ou recado indecifrável. Pelo meu jeito, saberia: alguém importante está com a Kira.

Em uma hora, fomos em casa, nos arrumamos e estávamos na porta do restaurante como se a cena tivesse sido acelerada. Entramos no Enxurrada e o Birobiro veio cantando, me pegou pela mão, me girou e depois disse:

– Poesia em forma de garota.

– Felipe, esse é o Birobiro, o garçom mais legal do mundo!

– Ela só diz isso porque trabalho para a mãe dela e sempre sirvo sobremesa dobrada.

– Birobiro, você é fofo e assunto encerrado.

– Fofo? Estou na luta para perder meus vinte quilos extras.

– Minha mãe está lá dentro?

Antes que ele pudesse responder, um "estou" veio voando de longe. Dona Claudia, com seu jeito determinado, caminhava da porta da cozinha até a nossa mesa. Felipe me olhou e sorriu. Minha mãe bateu palmas e me abraçou pelas costas.

– Espero que não tenha vindo almoçar correndo. Quem é esse gato? Você não esteve aqui com a turminha outro dia?

Minha mãe adorava me deixar sem graça. Mas, fazer o quê? O moço era bonito mesmo! Na claridade do restaurante, com a luz do sol entrando por todos os lados e as grandes portas abertas, ele estava ainda mais encantador. Ali, tive certeza, os olhos não eram completamente castanhos, tinham um tom cor de mel e cílios que fariam algumas mulheres sentirem inveja. Apesar disso, o rosto másculo passava uma imagem boa, notada facilmente pela minha mãe.

– Felipe – respondeu, esticando a mão e elogiando o Enxurrada. Minha mãe certamente lembrou do clima entre nós no almoço em que fomos com os meus amigos e abriu um sorriso, notando meu bem-estar.

Pelo comportamento curioso, dona Claudia estava engolindo os questionamentos para saber o que estávamos fazendo ali, em plena sexta-feira. Trabalhar que é bom, nada? Fingi não notar e contei com seu respeito, indo pedir nossos pratos e colocando, ela mesma, as pitadas de atenção e segredos só possíveis no Enxurrada.

Nosso almoço não poderia ter sido melhor: começamos com a salada dos gêmeos, um prato obviamente em homenagem aos meus irmãos, com brócolis, pimentões vermelhos e amarelos, azeitona, palmito, ovos de codorna, presunto em cubos, muçarela de búfala e um molho com receita secreta que eu mesma não tinha ideia. O assunto tinha tanta seriedade que as receitas ficavam trancadas no cofre onde as joias eram guardadas. Depois, minha mãe nos indicou um prato que eu amava: frango gratinado com mostarda. Desmanchava na boca. Pedimos arroz com amêndoas e batata souté como acompanhamento.

Almoçar no restaurante envolvia degustar a comida com toda a atenção. Enquanto saboreávamos, só conseguimos falar de como estava bom e o quanto o dom ajudava na preparação dos pratos. Fiquei orgulhosa de saber.

Enquanto decidíamos pela sobremesa, Felipe falou:

– Kira, deixa te dizer uma coisa. Olha, trabalho com a minha família, mas não sou rico. A galera da minha casa tem a loja, o lugar rende muito, minha família está bem, mas eu não. Ainda estou tentando me encontrar. Quero abrir uma filial, mas isso demanda muito dinheiro, ainda não posso. Aquela loja custa caro e preciso me preparar para montar algo decente e continuar sem decepcionar meus familiares.

– Por que está me dizendo isso, Felipe? Eu não estou interessada na sua grana.

– Eu sei que não, mas queria só deixar claro, porque sei lá, você pode criar uma expectativa.

– Apenas abri minha loja porque minha mãe ajudou muito. Ela é praticamente nossa sócia e só não se tornou, porque me deu a parte dela. Eu não estou pensando em você, além de estar pensando em você.

– A Canto da Casa é muito bacana, Kira. – Ele pareceu sem graça com o que disse e segurou minha mão. Ficamos congelados, nos olhando. Sorri e ele permaneceu sério. Fiquei encabulada e ele sorriu. Ficamos nesse vai e vem, nos observando e eu sentindo uma vontade enorme de dizer em palavras o que meu coração já sentia. – Queria sonhar com você.

– Gosto muito de sonhar com você, Felipe. Lembro cada detalhe do sonho. – A mão dele apertou a minha e fechamos os olhos. Definitivamente aquela sensação ultrapassava os limites do comum.

Minha mãe ficou feliz ao receber elogios do almoço. Felipe não aceitou que a conta fosse presente e fez questão de pagar. Os dois se deram imediatamente bem e adorei observar a maneira como naturalmente se identificaram.

Quando levantei para irmos embora, Felipe foi na frente, falando com Birobiro e minha mãe me puxou pelo braço, animada.

– Filha, ele está descaradamente apaixonado. Vocês são lindos juntos.

– Suspeita, mãe é suspeita.

– Eu o adorei. Sorriso lindo, simpático, falante, jeito de garoto bom.

– Por que será que toda mãe adora um garoto bom?

Demos uma gargalhada e, quando menos esperei, estávamos novamente no carro. Fiquei feliz do moço ter se dado bem com a dona do Enxurrada Delícia.

– Amanhã é a nossa viagem.

– Falta muito para amanhã, Kira.

– Falta? – Felipe me contagiava com sua maneira acelerada de ser. Eu estava com um medinho ridículo de me frear, mas, ao mesmo tempo, não ficaria colocando pé para atrapalhar nada. Vamos viver e ver no que vai dar. Como dizer não para aquele cara me atraindo como um ímã? Ele parecia não fazer ideia da minha atração física pela sua imagem.

– Posso te fazer um convite? – Ele parou o carro no sinal e ameaçou perguntar com um jeito levemente ousado.

– Hum... Pode.

– Primeiro você diz que vai, depois eu convido.

– É assim?

– Claro! – O sinal abriu e ele seguiu, começando uma introdução engraçada. – Eu gosto de você, você gosta de mim. Que tal um filme lá em casa?

A primeira resposta na mente foi *não*. Depois pensei melhor. Exigi respeito e ele prometeu se comportar como um príncipe.

– Só vou avançar, o que quer que seja, quando você quiser. – Caí na gargalhada com o tom de voz dele.

Entrei em casa acelerada. Tinha duas horas para me arrumar, mas, nervosa como estava, demoraria uma década. Ainda precisava fazer uma malinha para o dia seguinte.

Expliquei para o Cadu que iria para a casa do Felipe. Meu irmão fez uma cara estranha, levantando levemente a sobrancelha e eu entreguei na mão dele o endereço, prometendo me comportar e corri para o meu quarto.

Abri o armário e fui colocando em cima da cama short, camiseta, casaco, calça jeans, sabonete, shampoo, escova de dentes para a viagem. Enquanto corria de um lado para o outro do quarto, pensei em Jeloma. Não sei explicar, mas tinha uma conexão estranha com sua história. Meu pensamento confirmava, nós a encontraríamos.

A mala já pronta ficou em cima da cama. Eu só voltaria para dormir. Fui dirigindo, com a cabeça acelerada, o coração sacudindo, como se pudesse cair até o estômago e voltar para o lugar. Lelê tinha me ligado, queria saber cada detalhe e gritou no telefone quando falei que assistiria filme na casa do Felipe e que o impedi de me pegar em casa. Para ela, eu já estava namorando.

Cheguei ao prédio e o porteiro me indicou uma vaga de visitante, afirmando ter sido avisado da minha chegada. Subi o elevador nervosa. Não sabia bem como me comportar, o que dizer, mexi as mãos tentando aliviar a tensão e depois fiquei rindo, daria tudo certo. Eu estava apenas indo encontrar um cara maravilhoso, por quem estava derretida como chocolate no verão.

Felipe abriu a enorme porta e não consegui olhar mais nada além da sua fisionomia. Já estava com saudade. Nos beijamos e senti sua mão me puxando para o interior do apartamento. A casa tinha uma sala bem maior do que o padrão normal. Uma mesa com 12 lugares, retangular, com cadeiras vermelhas, divertia e contrastava com o sofá azul. Um quadro de fundo branco e o desenho de um cachorro azul combinavam com o sofá.

Uma estante que ia até o teto guardava TV, som e outras aparelhagens, que não consegui identificar.

Felipe me puxou pela mão e foi explicando um pouco da rotina do lar. A mãe pareceu ser alguém de personalidade forte, a casa passava isso.

Seu quarto tinha sido todo projetado por ela e achei de muito bom gosto. Móveis brancos, alguns objetos em preto e cinza, e um rosto masculino olhando de lado.

– Quem é esse homem? – perguntei rindo.

– Não sei. Minha mãe escolheu esse quadro, gostei. Malvado ele, né? Impõe respeito. – Enquanto falava, Felipe abriu uma parte de uma estante, onde tinha uma TV gigante, um blu-ray e não reparei mais nada, porque a gente não precisaria. Em certos momentos, tudo que duas pessoas querem são elas mesmas e todo o resto do mundo não importa.

Sentei na cama, antes mesmo de ser convidada, e olhei no lado direito uma mesinha cheia de comidinhas: biscoitos, suco, gelo, torradinhas, pasta... Felipe tinha preparado com carinho para que não morrêssemos de fome.

– Então... esse é o meu quarto e você é a pessoa que eu mais queria aqui.

Levantei da cama, puxei Felipe para mim e antes de escutar mais alguma coisa o beijei por minha conta e risco. Ele me puxou para junto de seu corpo e eu, temendo a ultrapassagem de limites, o empurrei para longe. Ele abriu os braços e pareceu concordar com minha falsa repulsa por algo tão desejado.

Para quebrar o gelo, perguntou que filme assistiríamos. Fiz um ar de surpresa e ele respondeu rindo:

– Estamos aqui para ver filme, esqueceu? Tudo bem, com você ao meu lado, basta a sua presença, aceitaria ficar olhando o teto e ouvindo a sua respiração. Se quiser também podemos ver o filme que você escolher. – Terminou de falar isso e abriu um lado de um armário com uma vasta lista de opções cinematográficas. – Tem um filme que minha mãe elogiou horrores, você deve curtir. *O Clube de Leitura de Jane Austen*.

– Parece interessante. Um filme com o nome de Jane Austen não deve ser ruim. Sou apaixonada por *Orgulho e Preconceito*.

– Então, vamos na dica da minha mãe, ela é apaixonada por cinema. Assiste desde os filmes cabeças, estrangeiros, franceses, italianos, até qualquer filme pipoca. Não posso garantir 100% do filme, mas posso garantir minha companhia.

– Ah, a comida pelo que reparei também está ótima. Topo o programa!

Felipe colocou o filme e enquanto aquela introdução rolava, a gente se acomodou na cama, com um cheiro delicioso, e nos beijamos. Mais um beijo para nossa lista de clássicos. Antes do filme engatar, ele pausou.

– Deixa te falar uma coisa, Kira. Amanhã, viajaremos, e a Jalma, óbvio, estará com a gente. Seja como for, o que rolar, o que começamos não vai mudar por causa das ações de outra pessoa... Eu quero você, só você e não vou voltar atrás, mudar meu pensamento, querer a Jalma de volta, ou qualquer outra coisa possivelmente pensada na sua cabeça. Podemos combinar assim?

Ele falou tão rápido e determinado, me deixando alguns instantes processando a fala. Eu disse sim e fiz um carinho no cabelo dele, com vontade.

– Felipe, eu também não vou mudar de ideia por causa da Jalma. Vamos ajudar a Jeloma, confiando num sonho meu, mas não devo nada para aquela que foi uma idiota de perder você.

– Estou adorando te conhecer. Isso para não fazer outros elogios e você se achar a tal. – Ele tirou o filme da pausa e a gente se afundou nas almofadas, com as mesmas emoções presentes. Quando sonhava com ele, tudo ao nosso redor parecia ter a textura das almofadas.

VINTE E TRÊS

Na estrada, descobrindo mais de nós

No caminho, com árvores por todos os lados, olhei nós dois.
A gente estava tão feliz que Paraty sorriu assim que a gente chegou.

Todos acordamos pilhados na minha casa. Minha mala já estava pronta e corri para o chuveiro, pensando em Felipe e como a noite anterior, assistindo filme, tinha sido mágica. Nossa sintonia traduzia muito do que desejei e quis para mim até o dia em que comecei a sonhar. O curioso da noite anterior é que ele lembrava levemente um dos atores do filme, Marc Blucas, mas não tive coragem de dizer.

Cadu e Cafa entraram no quarto me apressando. Estávamos no horário e, em pouco tempo, todos estariam no posto de gasolina, na esquina do nosso prédio. Não tinha ideia como seria a viagem, mas algo dentro de mim dizia que teríamos história para contar pelo próximo ano.

Quando descemos o elevador em silêncio, lembrei de ter sonhado com Jeloma. Estava sentada em uma cadeira velha, a cabeça entre os joelhos, não havia janelas. Um arrepio tomou conta de mim. Ela continuava me pedindo ajuda. Eu tinha dificuldade em responder, mas prometia com a cabeça que voltaria e a tiraria dali. Foi tudo muito rápido.

"Sinto que estou adoecendo", disse já perdendo as esperanças.

Tentei explicar que a demora foi porque Jalma precisava acertar nossa ida sem que ninguém desconfiasse.

"Eu li *Razão e Sensibilidade*", falou, sem mais nem menos como nos sonhos em que peças não se encaixam.

Jane Austen tinha se misturado no sonho? Não sabia explicar. Jeloma foi sumindo da minha memória e me deu certeza de ainda estar viva. Contei aos meus irmãos da lembrança. Os dois não podiam ser mais parceiros. Falaram para eu aguentar firme, nós resolveríamos o assunto naquele final de semana.

Quando chegamos ao posto, dei de cara com Felipe encostado no carro e Jalma na frente dele, demostrando autoconfiança: short, salto alto e os cabelos mais bem arrumados do que todas os outros encontros. A garota parecia ter ido ao salão para salvar a vida da irmã. Ou seria minha tremenda má vontade nutrida por ela?

Descemos do carro e a irmã de Jeloma veio sorridente na nossa direção, como se fôssemos uma grande família de melhores amigos. Lelê apareceu antes que eu ligasse e tentei fazer ar bem tranquilo ao olhar na direção do Felipe que não entendeu, quando entrei na loja de conveniência. A gente se beijaria? Jalma assistiria a cena? O que diríamos para as pessoas? Precisava pensar. Bem, meus irmãos sabiam, Lelê sabia, eu e Felipe sabíamos, a única desavisada do nosso relacionamento era a ex-namorada.

Saí da lojinha, depois de comprar chocolate. Hora de encontrar a cena do mundo real e, fosse como fosse, permaneceria forte.

– Por que você não veio aqui falar comigo? – Felipe segurou minha mão. Jalma estava de costas, conversando com Cafa, o que honestamente me dava arrepios, e nos beijamos, sem que eu quisesse enfiar minha cabeça e a dele em algum lugar.

Rimos e ele teve uma reação simplista, me fazendo não ter receio algum. Estávamos ali e pronto. Jalma nada tinha com isso. Claro, lembraria dessa frase depois.

Viajaríamos em dois carros. Cafa convidou Jalma para ir com eles e eu fiquei tentando entender meu próprio pensamento: comecei a perceber que o namorado da Fabi estava simpático demais com a ex do meu atual. Lelê me olhava sem acreditar. Cadu puxou a Lelê para o banco de trás e minha melhor amiga fez caretas, como se tivéssemos uma linguagem só nossa e eu fosse entender ela xingando Jalma e seu comportamento oferecido.

Felipe me convidou e entramos no seu carro. Jalma me olhou firme antes que pudesse colocar meu corpo todo no carro. Retribuí com um olhar evasivo. Não importava mais o que ela pensava. Enquanto certamente daria em cima do meu irmão, eu beijava o ex dela e ninguém estava devendo nada a ninguém.

Felipe ligou o carro, soltei meus cabelos, ele fingiu não me contemplar, arrumou o espelho retrovisor e acelerou. No carro, Jalma simplesmente deixou de existir. O que fez o clima muito mais agradável. Algumas pessoas me perguntariam por que estava ajudando a ex-namorada do cara que estava apaixonada? O que me movia nisso tudo envolvia Jeloma. Meu sonho com a irmã da vilã tinha sido bastante emocionante e me deixava certa de, pelo menos, verificar.

A viagem de carro não poderia ter sido mais agradável. Felipe tinha umas tiradas engraçadas e o poder estranho de me fazer esquecer o mundo inteiro de uma só vez.

– Tenho um tio que diz que se um cara nunca teve uma mulher apaixonada por ele, a existência não tem sentido algum e gastou uma vida por nada.

– Você já teve muitas mulheres apaixonadas?

– Fingindo, várias. – Ao falar isso, ele me fez pensar sozinha, no meu canto mais secreto, minha paixão valia por várias garotas de uma vez só. – Esse meu tio é muito louco – continuou Felipe. – Tem várias namoradas, vive enrolado.

– Não é um bom exemplo.

– Você está sendo elogiosa, Kira. Meu tio é o pior exemplo possível, todas as bobagens aprendidas por mim foram com ele. Chegou uma época da minha vida que eu pensava: será que meu tio faz isso? Se a resposta fosse sim, não fazia. Muito arriscado.

Meu companheiro de viagem me surpreendia com sua naturalidade e a cada minuto me sentia mais confortável e livre para expor meus pensamentos. Eu não curtia muito a minha situação de sonhar com pessoas e depois descobri-las no mundo real, mas me perguntava se os sonhos tinham trazido Felipe na minha direção ou ele tinha trazido os sonhos. Nunca curti muito aparecer e sentia, desde o começo dessa história, os olhares das pessoas mais próximas, me achando levemente estranha, entretanto a ideia desses acontecimentos terem me feito conhecê-lo me reconfortava.

Felipe e eu falamos da nossa paixão por viagens. Meus pais adoravam sair com a família reunida para passar finais de semana mágicos em resorts e hotéis. Não fazíamos isso todo mês, coordenar agendas parecia uma batalha, mas no mínimo três vezes no ano dávamos uma pausa. Ele quis saber o que mais eu vivi com a minha família. Falei da nossa relação de união e contei da mania da minha mãe de me ensinar o que aparentemente não servia para nada e mais parecia um detalhe de um livro de Jane Austen: "Em um primeiro encontro, coloque o tronco levemente inclinado para a frente, posicione a mão no queixo para demonstrar interesse e a cabeça caindo levemente para o lado. Isso é feminino e faz uma ligação emocional direta com o seu interlocutor."

– E você usa essas técnicas na sua vida?

– Não, nem a minha mãe. Ela falava porque a avó dizia ter escutado da avó. Acho que um dia direi isso para a minha filha. Minha bisavó também dizia que quando queremos falar sobre sentimentos, se for verdadeiro, devemos colocar a mão em cima da direção do coração. Existe um livro chamado *O Corpo Fala* que conta esses detalhes sobre mensagens corporais. – Fiquei tímida, pensando qual linguagem corporal estava passando para o meu acompanhante.

– Faz aí o que sua mãe diz. O corpo para a frente, né? Depois a mão no queixo, para me dizer que está apaixonada por mim.

– Deixa de ser metido, Felipe.

Coloquei a mão na posição pedida, fiz um biquinho exagerando na pose, impulsionei o corpo para a frente, na direção do motorista, e caí na gargalhada. Começou a tocar *So Easy* do Phillip Phillips: "*Like a fall leak from a tall tree landing on the grass/ Like the white sand/ Turns the clock in any hourglass/ You're the reason I believe in something I don't know/ You make it so/ You make it so easy/ This letting go, so beautiful/ Cause you make it so easy/ To fall so hard, to fall so hard*".*

---

* Como uma folha outonal de uma árvore alta pousando na grama/ Como a areia branca/ move o relógio em qualquer ampulheta/ Você é a razão de eu acreditar em algo que eu não sei/ Você faz tão/ Você faz tão/ Faz parecer tão fácil/ Essa rendição é tão bonita/ Porque você faz ser tão fácil/ Se apaixonar tão intensamente, se apaixonar tão intensamente.

Começamos a cantar juntos, sem nos dar conta de que estávamos falando sílaba a sílaba em uma sintonia emocionante.

– Não acredito que você conhece essa música? – perguntei, impressionada por ele saber de cor uma música entre as mais apaixonantes para mim.

– Escutei um dia, pesquisei a letra, achei bacana e fiquei escutando. Tem uma melodia ótima.

Mais uma vez nossa sintonia nos fez dizer ao mesmo tempo "*You make it so/ You make it so easy*". Felipe acariciou minha mão, meu coração disparou, admirei o cenário pela janela e jurei para mim algo que não lembro bem, mas dizia respeito a ter coragem para sentir tudo que estava chegando, deixando aquela felicidade tomar conta do meu ser como deveria, sem amarras.

Felipe, parecendo concordar com os meus pensamentos, deu uma piscadinha. Não desmaie agora, ficará ridículo! Como ele me envolvia, alternando seu jeito animado de contar histórias, um brilho nos olhos e um sorriso sincero. Eu me desliguei do carro do meu irmão e só depois Lelê me contaria detalhes das futilidades da Jalma e suas declarações nada pertinentes. A rainha dos sem-noção!

Felipe nunca me diria muito da intimidade dos dois e eu me perguntava como podiam duas pessoas tão opostas, em todos os sentidos, namorar. Depois entendi que se somasse todo o tempo juntos não daria um ano. Terminaram e voltaram muitas vezes. Jalma foi com a irmã num intercâmbio na Califórnia e ficaram um longo período distantes. Dava para entender como duas pessoas que nunca se viam conseguiam manter um namoro morno.

Depois de quase duas horas de viagem, paramos na estrada em um posto de gasolina com banheiro, restaurante e um mercadinho. Jalma desceu do carro sorridente e, ao me olhar, fechou a boca com semblante austero. Lelê percebeu o detalhe, levantou a sobrancelha e caminhou do meu lado até o banheiro.

– Essa garota é uó de saia.

– Ainda bem que não vim no mesmo carro que vocês.

– Não está perdendo nada mesmo, Kira. Garota chata no grau máximo. A doida ficou falando sobre sua paixão por brigadeiro de capim-santo, deixando brigadeiro de chocolate para quem não entende de requinte. Quando ela disse isso, coloquei a legenda na testa: Tô nem aí pro seu brigadeiro de mato! E sinto informar, o Cafa está obscuramente sendo envolvido pelo poder da megera.

– Ah, não! Não pode ser. Meu irmão está só trocando charme, aquele ali só gosta pra valer dele e superficialmente de qualquer uma. Mas ele ainda vai amar e tudo isso vai cair por terra. – Eu nunca tinha feito uma análise fria sobre o mundo real do meu irmão.

– Se existe uma coisa que não entendo é como homens caem na dessas mulheres com a cabeça vazia, idiotas, falando só o que não serve para nada.

– Desde que o mundo é mundo isso acontece. No tempo das cavernas, o homem primata adorava a mulher vazia da época. Corpão é corpão!

– Como você sabe disso?

– Não sei, Lelê, mas é óbvio que tenha sido assim.

– Figura! – Minha amiga me deu um tapão no braço e entramos no banheiro.

Quando estava me olhando no espelho embaçado e pensando se cortava ou não o cabelo, Jalma se aproximou. Antes de entrar no boxe, parou e virou para me olhar.

– Kira, não quero atrapalhar seus planos, mas acho muito difícil você e o Felipe se entenderem. Estamos nesse rolo há tempos, a gente vai e volta e não adianta, já apareceram outras mulheres no nosso caminho, existe sempre o retorno para o que existia e continuamos juntos.

– Jalma, só estou fazendo essa viagem para ajudar a *sua* irmã e isso se, realmente, meu sonho tiver alguma verdade. Todo o resto não me interessa. Sua história com o Felipe nada me diz e minha história com ele não te diz respeito. Na pior das hipóteses será bom para você, vai beijar na boca o gato do meu irmão. O que, vamos combinar, é o desejo de muitas periguetes do Recreio.

Saí do banheiro, sem esperar a Lelê que logo depois caminhava apressada atrás de mim, tentando entender o que tinha me dado.

– Amiga, o que foi isso lá dentro? Essa foi a primeira vez que te vi subir nas tamancas com alguém na vida.

– Insuportável. Me torrou a paciência. Falou e escutou. Só estou aqui por causa da irmã que nem conheço. Meu sonho foi muito real e o que disse lá é verdade: não tô nem aí pra história dessa maluca. A da minha vida será muito mais legal.

Fomos caminhando na direção do carro e combinamos de não tocar no assunto. Felipe nem notou, também não falei e daquele instante em diante Jalma virou a próxima vítima do meu irmão, com direito a olhares idiotas para quem quisesse ver. Algo que não precisávamos ensinar para o Cafa envolvia o tema "como se defender de uma garota errada", ou pelo menos eu achava isso.

No carro, eu e Felipe voltamos a ficar entretidos com nós mesmos. Faltava pouco para chegar a Paraty e senti um certo incômodo por eu ter que me hospedar na casa de quem não gostava. A causa nobre valia o tremendo esforço.

Meus irmãos chegaram famintos na cidade, mas sem cansaço. Cafa avaliou que teria ânimo para uma noitada animada. Felipe ria do meu irmão e chegou a comentar como dois gêmeos, tão iguais fisicamente, tinham comportamentos tão opostos. Cadu dava direto uns cutucões no gavião sedutor.

Paraty estava iluminada, caminhamos animados, apesar do motivo ser meio estranho, existia uma excitação pela viagem em si. Passamos na frente da Igreja Matriz e sobre a ponte em cima do Rio Perequê-Açú. Cafa e Cadu contaram sobre a primeira vez que estiveram na cidade. Eu não conhecia o lugar, minha primeira vez por lá estava sendo muito marcante. Eu e Felipe tentávamos manter uma certa distância, mas a cada momento se tornava mais difícil não demonstrar meus sentimentos.

Resolvemos voltar para a área de casas coloniais e procurar um restaurante. Optamos por um de esquina, curiosamente com uma decoração anos 50. Eu não estava com tanta fome. Desde que sonhei com a Jeloma, meu apetite andava falhando. O cardápio trazia uma série de sanduíches interessantes. Não queria sair da minha alimentação saudável, mas as opções me fizeram esquecer meus pequenos tratos cotidianos.

Felipe sentou do meu lado e me surpreendi ao notar a sua palma da mão virada em cima da minha coxa, esperando que eu desse a mão para ele. Apertamos os dedos e ficamos ali, rindo de todos discutindo seus pedidos. Jalma colocou a cabeça no ombro de Cafa e ele parecia adorar o clima com aquela garota. Eu, na direção contrária, a achava insuportável.

– Pelo jeito, eles estão se dando bem – comentou Felipe no meu ouvido, ao notar a aproximação entre meu irmão e a sua ex.

– Tudo bem pra você? – perguntei, realmente, querendo saber.

– Tudo ótimo. Eu não poderia estar mais feliz e em melhor companhia. Fico com receio por ele. Ela não é boa para fazer um homem feliz.

– Embora seja meu irmão, seu jeito de curtir a vida não promete longevidade para nenhum relacionamento.

– Então... eles foram feitos um para o outro.

Depois do rango à base de *fast-food*, saímos para caminhar. Quando imaginaria comer daquele jeito em Paraty? A cidade estava repleta de casais de mãos dadas, um senhor tocava violão em cima de uma pedra e atraía alguma plateia. Jalma falou da infância vivida naquela cidade e fez questão de ressaltar a riqueza da família, contando das viagens, do iate, do dinheiro, do poder... Cansativo. Tão enjoativo que, na primeira oportunidade, eu e Lelê nos jogamos em uma das várias lojinhas de artesanato. Lógico, fizemos questão de observar os detalhes para aplicar no nosso negócio. Lelê olhava com mais cuidado os móveis. Eu me concentrei nos produtos de decoração. Cada objeto em madeira, lindos enfeites, luminárias exóticas, várias ideias para serem aplicadas na Canto da Casa.

Enquanto Jalma e Cafa caminhavam juntos, Felipe e Cadu ficaram na porta da loja como dois grandes amigos. A afinidade entre a dupla me inspirava. Gostei tanto de observar aquela cena. Meu irmão e o rapaz, capaz de me mostrar como a vida podia ter ainda mais graça, pareciam se dar muito bem e estavam dando risadas sobre algum assunto interessantíssimo.

Lelê fotografou um móvel pintado a mão e decretou tentar algo parecido na loja. Comprei alguns passarinhos de madeira e pensei em colocá-los em um colar. Tínhamos clientes que adoravam umas bijuterias mais ousadas. Os anéis, por exemplo, estavam cada vez maiores e as cores diversas, desafiando os mais discretos. Mas com aquela alma bem brasileira.

Saímos da loja, apressados para a casa da família da Jalma, localizada em um condomínio próximo. Caminhei até o carro, prometendo ter paciência para as próximas 24 horas e não me estressar com a moça. Minha presença envolvia algo muito mais importante do que qualquer aborrecimento com a ex do meu namorado. Eu disse namorado? A gente não tinha combinado isso, mas caso ele quisesse já me sentia como tal.

Algumas vezes, a gente tenta se manter forte por fora, mas por dentro está derretida como um pudim fora da geladeira. Eu nada mais podia fazer. Estava completamente entregue à paixão descarada, dessas que explodem o coração, nos inundam e escorrem por um chão imaginário. Paraty tinha um pouco de mim entre as pedras coloniais do calçamento.

VINTE E QUATRO

Cada minuto com você

Pegamos o céu estrelado para nós e ficamos ali como se cada um pudesse ter uma estrela na palma da mão. O céu todo estava dentro de mim.

A mansão da família da Jalma estava na mesma altura de suas descrições megalomaníacas de muito luxo e sofisticação. Uma casa de salas amplas, quadros enormes, sofás para vinte pessoas. Eu não sabia sobre a profissão dos pais, mas o negócio parecia estar de vento em popa. Enquanto caminhava pela casa, ficou impossível não fazer um contraponto daquela riqueza com o jeito fútil e arrogante da pessoa, capaz de autoelogios rasgados a cada assunto dito e se observando todo o tempo, descaradamente, como se fosse capaz de se achar perfeita e exuberante. Essa autoestima nas alturas virara veneno para Cafa, envolvido pela moça, me fazendo perceber como alguns momentos uma garota se considerar maravilhosa faz diferença. Mesmo assim, eu conhecia o lado cinco minutos do meu irmão, o lado galinha, então sabia da possibilidade do seu joguinho de sedução e de como logo estaria enjoado da figura.

– Bem-vindos à nossa mansão! Fiquem super à vontade. Temos suítes para todo mundo, gente. Acredita que eu nunca parei para contar quantos cômodos tem lá em cima? – Precisa disso, senhorita Jalma? Pensei ao vê-la apontando pela sala, mostrando a localização da piscina, da quadra de futebol, churrasqueira... O local parecia ter sofrido uma reforma recente, confirmada pela própria. Felipe estava incomodado com a situação, mas fiz questão de me esforçar para deixar o clima o melhor possível, afinal estava ali por decisão própria.

Combinamos de todo mundo correr para seus respectivos aposentos, se arrumar e voltar para a sala. Eu e Lelê dividimos o mesmo quarto e realmente tivemos que concordar com Jalma, tantas portas naquele andar, quase impossível saber de fato quantos quartos havia por ali. Um corredor de piso frio, com placas enormes, claras e portas brancas também maiores do que o padrão normal. Do segundo andar, um mezanino com vista para a sala, parecendo ainda maior do que quando estávamos lá embaixo.

Eu e Lelê entramos na suíte, a porta bateu, nos olhamos e abrimos a boca ao mesmo tempo, num daqueles códigos familiares, querendo dizer "estou chocada *com glitter*".

– Que casa é essa, Kira?

– Não me pergunte! – respondi, abrindo minha humilde malinha, escolhendo uma roupa para tomar banho. A suíte seguia o mesmo luxo para quem pode. Duas camas king-size, uma TV de LED na parede, móveis planejados em tom de caramelo-claro e um banheirão todo de mármore com um chuveiro maravilhoso.

Depois do banho, saí com a toalha na cabeça para secar um pouco o cabelo ensopado e comentei com a Lelê minha preocupação sobre o sumiço de Jeloma. Se a garota tinha sido mesmo sequestrada, não seria difícil o crime estar relacionado com aquela grana toda. Fiquei tensa, pensando na possibilidade de propor que procurássemos a polícia.

Descemos a escada, coloquei um shortinho azul-claro, um chinelo creme e uma camiseta branca com o desenho de um olho azul com cílios enormes. Todos já estavam na sala e os garotos, jogados no sofá, falavam algo sobre o campeonato de futebol.

Um calor me abraçou para me lembrar como estava mergulhada naquela história até o pescoço. Jalma perguntou, educadamente, se estávamos precisando de alguma coisa e achei melhor conversar sobre nossas futuras atuações.

Levemente nervosa, me sentia pressionada. A viagem tinha ocorrido por causa de um dos meus sonhos. E se tudo não passasse de uma grande loucura? Mas e se fosse verdade e Jeloma estivesse realmente presa num cativeiro? Deixá-la ali me parecia a atitude mais cruel cometida por mim na vida inteira. Não tinha outra saída a não ser viver aquilo tudo.

Sentamos, e Cadu, o mais centrado de nós, pediu para ouvir novamente o sonho. Tentando lembrar o maior número de detalhes possível, fechei os olhos e fui buscando as informações: a casa, a escada, uma enorme árvore centenária, o porão, Jeloma, o terreno, a garrafa, os vidros sujos das janelas, a floresta, o meu voo, a estrada, a fogueira... Devo ter falado por volta de meia hora e tentei ser o mais realista possível, sem incluir nenhum dado novo que fosse da minha imaginação.

– A Casa do Coração é do meu avô. Tenho a chave aqui comigo.

– Não sei se sua irmã está lá. Ela me disse estar próxima da Casa do Coração.

– Precisamos ir lá o quanto antes! Ela deve estar sofrendo. – Jalma parecia mais séria e finalmente demonstrava algum afeto pela irmã.

– Todos trouxeram calça jeans, uma roupa com mais proteção, conforme combinamos? Se de repente a gente entrar em algum mato, todos de tênis! Vamos levar água, algo para comer, e se a Kira estiver certa, vamos achar a Jeloma. – Felipe demonstrava preocupação com cada um de nós.

– Por que não avisamos a polícia? – perguntei, tentando a concordância de alguém. Ninguém pareceu me dar muita bola.

– Kira, minha irmã já sumiu tem um tempinho e a polícia, de certa forma, acaba mais preocupada com os novos acontecimentos.

– Se a gente procurar a polícia, falando sobre seu sonho, não receberemos nenhuma credibilidade – ponderou Felipe e segurou a minha mão, sem largar. Jalma fingiu não reparar e seguimos a conversa. A imagem dos nossos dedos entrelaçados, na frente de todo mundo, me fazia bem e não consegui dizer não. Jalma que me desculpasse a ousadia, dentro daquela casa, mas os sentimentos me pareciam mais fortes e intensos do que as regras civilizadas de comportamento na frente de ex.

Depois de muita conversa, acerto de horário, verificação de localização, o que levar, mapas, ideias, o clima ficou descontraído. Uma sinuca nos atraiu e a competição informal começou. Jalma, parecendo se vingar do ex-namorado, abraçou meu irmão e ele segurou em sua cintura. Cadu me olhou, achando graça do pegador. Sabíamos como o Cafa adorava aquele tipo de situação. O casal do momento deu uma desculpa e acabou saindo de fininho, ou de grosso mesmo, porque foi bem descarado, na frente de todo mundo.

O lado bom do possível envolvimento de Jalma com Cafa dizia respeito ao descaso de Felipe. Em nenhum momento o senti desconfortável, pelo contrário, parecia aliviado. Não sei se a queria como minha cunhada, mas não tê-la como atual do meu atual me deixava felicíssima.

Cansamos de jogar sinuca e Cadu resolveu atacar a mesa, repleta de quitutes, servidos por uma governanta. Lelê o acompanhou e Felipe foi me puxando pela mão.

– Vamos sentar ali na varanda? – Felipe apontou para um sofá branco com flores azuis. Um vaso enorme, chinês, com pintura em tons de anil complementava a varanda com um ar bucólico e primaveril.

Sentamos, imediatamente admirando o silêncio. A falta de barulho daquele lugar nos envolvia. Fiquei com medo de Felipe escutar meu coração batendo mais forte. Respirei fundo e deixei a calma me envolver.

– Que bom que estamos sozinhos aqui – comentei.

– Kira, queria te dizer tanta coisa. Na verdade, parece que é muito, mas, resumidamente, não sou muito bom com as palavras, estou curtindo demais a gente ter se conhecido.

– Preciso te contar uma coisa, Felipe.

– Que cara séria é essa?

– Estou meio sem graça de...

– Pode confiar em mim. Só tenho bons pensamentos para você – revelou Felipe de maneira tão natural, me deixando mais segura. Ele pegou minhas mãos com toda a delicadeza do mundo, beijou-as e depois pareceu me deixar quieta, para pensar em como dizer o que queria.

– Estou com muito medo de algo ruim acontecer com algum de nós.

– Imagina. Não vai acontecer nada. A gente não vai se colocar em situação de risco.

– Você promete?

– Vamos confiar que o melhor vai acontecer. Não temos como desistir de verificar. Se a Jeloma está lá, a gente tem que tentar encontrá-la.

– Mas ela mencionou algo sobre um homem, sobre tomar cuidado e...

– Fica calma, gatinha – disse ele todo carinhoso –, eu cuido de você.

Felipe deu um sorriso doce, ficou pensativo e se calou. O que estaria passando pela sua cabeça? Quando pensei em perguntar, ele suavemente disse:

– Desde que te vi naquele acidente, senti algo especial. Depois, na loja, a sensação se repetiu. Eu já estava envolvido, não precisava comprovar que você é mesmo uma pessoa com um quê inexplicável, mas me deixa terrivelmente zonzo, ou sem ação. E sinto que temos que estar aqui, a gente precisa viver tudo isso.

Felipe se aproximou de mim, viramos nossos corpos, ficamos de frente um para o outro. Ele chegou mais perto, segurou minha nuca e com a outra mão apertou meu braço, me fazendo sentir uma força gostosa. Chegou bem perto e o perfume dominou o pedaço que faltava de mim. Apertei a mão dele, respirei fundo, senti seu lábio tocar o meu e me entreguei, esquecendo onde, por que, como e todo o resto do universo, das galáxias e de qualquer mundo além de nós. A boca na minha boca e a gente se entregando no mesmo beijo, meu corpo aquecido mais do que o normal e uma energia forte me envolvendo.

O beijo pareceu ter durado uma eternidade e o silêncio do lugar marcou aquele instante para nós, com um fogo interno modificando a temperatura do local.

– Não sei dizer por que sonhei com você.

– Eu sei, porque de alguma forma a gente já pertencia um ao outro, antes de toda essa história.

Nos beijamos de novo, como quem não pensa em deixar de fazer aquilo nunca mais. E interrompendo o beijo, ele passou pelo meu pescoço e disse baixinho na direção do meu ouvido:

– Como faço para deixar bem claro que quero você, toda?

– Eu também quero, muito – respondi, tentando decorar o jeito sensual como ele falou aquela frase.

– Vem aqui comigo – pediu e me puxou mais uma vez com os olhos brilhando de desejo. – Antes que apareça alguém.

Saímos pela escada da varanda. Ele caminhando rápido, com a clareza de conhecer cada pedaço daquele lugar. Foi andando na direção de um gramado. Passamos em passos apressados e chegamos até uma piscina enorme, mais parecendo um lago. Um deck de madeira invadia um pedaço da água e, bem próximo, algo parecido com uma oca guardava cadeiras e uma churrasqueira de última geração.

Felipe deitou no deck, fiz o mesmo e me assustei com a quantidade de estrelas reunidas no céu. Como a cidade grande perde o brilho em prol da luz artificial.

– Uau! Que céu! Parece que alguma estrela vai cair diretamente no nosso colo.

– Uma, com certeza, já caiu!

– Ah, para, Felipe.

Empurrei ele e me senti sendo puxada para mais perto. Encostei minha cabeça no seu peito e ficamos calados, um conseguindo sentir a emoção do outro, os corações acelerados, comparsas da mesma vontade.

Levantei meu rosto para olhá-lo e Felipe me beijou de novo. Nada mais mágico do que se sentir desejada. Eu tinha passado um período sem ter ideia de como minha vida andava vazia. Agora, ali, mais coisas do que antes pareciam fazer sentido. Nada muito fácil de diagnosticar, mas eu me encontrara com uma parte de mim, plenamente feliz.

– Me conta mais dos sonhos? – pediu Felipe olhando as estrelas e sorrindo. – Fiquei curioso.

– Não vai rir, tá? A gente quase não anda, mas voa demais e já fomos para vários paraísos.

– Desde menino tive loucura por voar. Bom saber que, pelo menos dentro da sua cabeça, isso aconteceu. O meu tio, aquele que não é exemplo para ninguém, diz que um dia voou.

Dei uma gargalhada tão alta que tapei a boca, com receio de que nos escutassem. Felipe me apertou bem juntinho do corpo e seu cheiro, junto com a sensação de segurança, me dominou.

– Você acreditou no seu tio?

– Ué, se acredito que nós voamos no seu sonho, por que não pensar na veracidade da declaração dele?

– Mas eu sou confiável!

– Tinha esquecido. Você não tem ideia, eu tinha uns dez anos quando ele começou a contar histórias sobre Lemúria e Atlântida, os continentes submersos sob os oceanos Pacífico e Atlântico. Avaliam esses continentes como habitat da terceira e quarta raça, das sete raças-raízes humanas a começarem a ocupação deste planeta. Meu tio também dizia que os gnomos foram os primeiros habitantes nesses tempos lemurianos.

– Nossa, seu tio é doido demais!

– De alguma forma, ele abriu os meus horizontes. Repetia tanto esses assuntos alternativos, falava de mundos distantes, comecei a pensar que nem tudo terminava onde meu olho alcançava. Foi com ele que aprendi que até o movimento de uma célula tem a ver com os espíritos da natureza. Uma ameba não se move sem substâncias químicas. Mas, olha, tudo isso que estou dizendo pode ser um enorme absurdo. Ainda garotinho, devo ter decorado parte desses assuntos de maneira truncada.

– Gosto da melodia da sua voz – contei, achando bom demais escutar a fala do Felipe.

– Eu gosto muuuito de você, por dentro e por fora. Olha que andei procurando, mas não achei nenhum defeito.

Nos beijamos. Tínhamos uma vontade intensa de estarmos próximos. Felipe passou docemente o indicador na minha sobrancelha, senti um calor nos envolver e o afastei assustada por tudo ser tão bom. Ele calmamente sorriu. Me beijou ao lado da boca e sua língua encostou na minha pele. Aquilo seria um teste? Eu me rendia: perdi, playboy! Como ele podia ser tão atraente? O olhar, eu ainda podia ver, apesar da tendenciosa escuridão, passava através de mim e me fazia sentir transparente.

– Por que não me leva em um dos seus sonhos?

– Se conseguisse, mas você me diz sonhar e não lembrar.

– Daria uma fortuna para sonhar um pouco esse seu sonho.

– Não tenho ideia por que, sem maiores explicações, comecei a sonhar com pessoas, histórias reais e acontecimentos. Ainda não sei lidar bem com isso. Minha vida nada tem de anormal e detesto essa ideia de parecer alguém com alguma espécie de poder.

– É, não podemos negar, você já tem um poder.

– Qual? De adivinhar coisas em sonhos?

– Não. De me colocar inteiro na palma da sua mão, sem que eu seja incapaz de me mover e estar aqui da maneira mais profunda possível e imaginável.

Mais um beijo. Para quem não tivera um namorado antes, não podia reclamar. Como me fazia bem dividir aquela cena com Felipe. Sua maneira perfeita de me tocar e me acariciar, seu respeito na medida certa, a voz, a sensação de passar a minha mão no seu braço e sentir algo inexplicavelmente bom.

– Amanhã será um dia muito importante para nós. Vai dar tudo certo, tenho certeza e acredito ser possível encontrar a Jeloma. – A voz inspirava confiança.

– Eu sei, eu juro, acordarei com os melhores pensamentos, cheia de boas ideias na cabeça.

– Me promete uma coisa?

– Claro – respondi, imaginando alguma preocupação com o meu convívio com a Jalma.

– Aconteça o que acontecer, não desiste de mim? – Ele disse ou não disse isso? Senti uma saliva incômoda na minha garganta. A frase dos sonhos.

Fiquei sentada, como se um impulso me assustasse. Felipe percebeu a reação e segurou minha mão, questionando o motivo da minha surpresa.

– Essa frase – disse sem saber como não parecer uma idiota –, "não desiste de mim", você me diz nos sonhos. Eu não vou fazer isso. Por que faria?

– Ah, não encana, falei por falar. Veio na minha boca, nada de mais, não pensei em nenhum assunto especial. É que você é tão linda, me deixa assim com vontade de pedir para não desistir.

– Pode deixar. Nem se a Jalma armar algo pra gente, acreditarei na sua inocência.

– Ah, não duvido nada. Ela é meio doida mesmo, mas acho que está agora perdidamente cheia de vontade de se distrair com o seu irmão. O que estou achando ótimo. Meu namoro com a Jalma foi um equívoco desde o comecinho, mas a família dela é legal demais e acabei envolvido. Quando vi, ela não aceitava mais terminar.

– No banheiro do posto de gasolina, ela falou sobre ficar com você. Outras apareciam, mas o rolo de vocês é mais forte.

– Bobagem, fiquei com outras garotas quando a gente terminava. Não seguir esses relacionamentos nada tinha a ver com voltar. Eu acabava, ela descobria, me procurava. Cheguei a pensar que esse relacionamento insistente tinha que ser e estava tudo certo, mas, no começo deste ano, me perguntei, analisei e vi que não daria certo. Aí terminamos de vez, veio o desaparecimento da Jeloma e ficamos nessa história mal resolvida, até você surgir na minha vida. Mas a Jalma não vai nos atrapalhar, nem que eu tenha que tomar uma atitude drástica.

O tempo voou e não nos demos conta. Felipe levantou, puxando a minha mão e me contando sobre uma definição de tempo, como uma espécie de matéria sobre o qual o mundo físico está construído. Se isso fosse verdade, em cima daquele tempo, tínhamos levantado um castelo e no alto das torres ninguém seria aprisionado, de onde podíamos apoiar o pé e sair para mais um voo.

Eu e Felipe caminhamos de mãos dadas, assumindo um ato, sem combinar verbalmente. Na sala, as quatro pessoas, Cadu, Lelê, Cafa e Jalma nos olharam de maneira isolada e definitiva. Cada um com um pensamento. Jalma não demonstrou maiores incômodos e nos convidou para lanchar.

Ocupamos a mesa com os tais vinte lugares disponíveis. Cafa afirmou sentar na cabeceira para pagar a conta. Um silêncio levemente dramático deixou apenas sobressair o barulho dos talheres. Depois, todos pareceram receber o aviso de falar ao mesmo tempo.

Cafa começou se servindo de um pão preto e Jalma questionou o de sempre: qual a sensação de ser gêmeo? Eu, sem jamais ter sido, sabia a resposta de cor e salteado. Os dois falaram prós, contras, contaram histórias engraçadas e enrascadas, a maioria coordenadas por Cafa, com uma ideia mirabolante para situações impossíveis.

Jalma começou a contar, sem mais nem menos, seu desejo de gravar vídeos de estilo para o Youtube, mostrando a sua vida.

– Quem vai assistir? – Lelê perguntou espontaneamente como só ela sabia fazer.

– Muitas garotas gostariam de acompanhar um dia da minha vida. Eu malho na melhor academia da Barra, com o personal das globais, tenho uma vida bastante interessante, um closet enorme, lotado de Jimmy Choo, Louboutin e Blahnik, as garotas amam isso.

– O que, vamos combinar, não é mérito nenhum. – Cutuquei minha amiga por abrir o bocão e Felipe riu, ganhando outro cutucão. – Mas continue seu raciocínio, Jalma.

– Lelê, tem garota que me segue só para olhar a roupa escolhida. A moda, hoje em dia, gerencia o mundo.

Lelê certamente pensou em perguntar mais alguma coisa, mas se calou. Eu concordei, ela ganharia muitas seguidoras e tentei não polemizar. Estávamos na casa da garota, eu estava com o ex dela, já tinha dito umas verdades mais cedo, melhor deixar o ambiente quieto.

A noite seguiu sem maiores transtornos e, apesar da alegria aparente, estávamos visivelmente preocupados com o amanhã. Não é todo dia que você se encontra buscando uma garota desaparecida, possivelmente com chance de estar nas mãos de um criminoso. Vamos manter a calma durante a busca, pensei em falar em alto e bom som, mas talvez só eu mesma precisasse de cabeça fria. O futuro do passado, a lembrança do meu sonho, Jeloma presa em uma casa.

VINTE E CINCO

Somos namorados

Quero os seus beijos agora e todos os dias. Não sei o que é melhor: eu me sentir sua namorada ou você ser meu namorado e gostar disso.

Eu e Lelê dormimos na mesma suíte. Cadu ficou sozinho na da frente. Felipe se hospedou do nosso lado. Cafa foi dormir com a Jalma, já que a moça levantou da mesa de jantar, apontou para o meu irmão e mandou:

– Vem dormir comigo, gatinho. Detesto ficar sozinha.

Ai, ai, eu prefiro nem comentar. Não me metia nas decisões do meu irmão e se nem o Cadu, gêmeo idêntico, tinha voz nas suas decisões, imagina eu. Irmã não tem poder de veto. Jalma como cunhada? Melhor não. O que mais temos? Os dois dormindo juntos? Decidi não pensar no assunto. Óbvio que ia rolar e Lelê não conseguiu falar de outra coisa na nossa primeira meia hora sozinhas fofocando no quarto. Vai ser oferecida assim no...

Quando deu uma pausa, me surpreendeu com a novidade esperada.

– Nem te conto, amiga. Fui explicar para o Cadu sobre o mal-entendido daquele dia, lembra? Quando ele entrou no quarto e achou que eu estava pagando paixão para o Cafa. No meio da explicação... Smack! Ele me agarrou e me deu um beijaço. Sérioooo!!! Foi... Foi a cena mais linda do universo.

– Sinto te decepcionar, Lelê, mas a cena mais linda foi outra, eu e Felipe nos beijando no deck da piscina.

– Então tá rolando beijo pra tudo que é lado, porque a Jalma e o Cafa é que não ficaram quietinhos. Aliás, seu irmão não estava namorando a Fabi? Ai, ainda bem que escolhi o irmão certo. Detestaria me apaixonar por um cara tão galinha feito o Cafa.

– Quantas emoções! O Felipe é simplesmente o cara. Não quero acordar. Aliás, quero dormir e ter com ele mais um daqueles sonhos perfeitos.

– Você é uma sortuda. Encontra o garoto quando está acordada e dormindo. Como eu faço para sonhar com o Cadu?

Joguei uma almofada na cara da Lelê e começamos os trâmites para dormir, com direito a planos para a nossa volta ao Rio e saidinhas de casais. Minha melhor amiga se transformara em cunhada e isso não podia ser melhor. Estava colocando fé naquele recém-nascido relacionamento.

Dormi com a Lelê contando, mais uma vez, sobre o beijo no meu irmão. Nunca tinha visto minha amiga com um olhar tão brilhante. Fiquei empolgada de escutar, mas me encontrava incapaz de manter os olhos abertos.

Abri a porta do quarto e não estava de camisola, mas com um vestido florido. Felipe passou por mim, estava levitando, me puxou pela mão e saímos pela varanda da sala, com as portas completamente abertas.

Ele me abraçou no ar e parecia mais feliz do que nos nossos encontros noturnos anteriores.

– Agora já posso dizer que você é minha.

– Seu beijo é maravilhoso!

– Adorei sentir você mais próxima. Demorei a dormir, pensando nisso.

– Sério? – perguntei, descaradamente tentando descobrir sobre os sentimentos dele.

– Por que está duvidando? Tudo que sinto você sabe. As palavras só precisam ser ditas para quem não consegue sentir o que o corpo fala.

Os ensinamentos da minha avó sobre linguagem corporal dançaram ao redor de mim naquele sonho. Felipe e eu mergulhamos no mar da Ilha dos Meros, com uma profundidade máxima de 20 metros na parte sul. A vida marinha e as formações rochosas nos surpreenderam, com tantas imagens mágicas. Encontramos uma linda gruta e, olhos nos olhos, mergulhamos com uma sensação real da água na minha pele. Jamais seria tão bom se outra pessoa estivesse ao meu lado.

Nadamos em direção à parte mais funda e encontramos uma estátua do Cristo Redentor. Uma borboleta passou voando na água, não me deixando esquecer que estava no meio de mais um sonho com Felipe. Também encontramos um avião bimotor e um cardume prateado de sardinhas passou por nós. Felipe me abraçou e nos beijamos. Sonhar embaixo d'água significava conseguir respirar sem nenhum problema. Começamos a conversar, comovidos com tanta beleza.

– Amo sonhar com você – falei ao passar por cima de corais.

– Finalmente nossos sonhos não são só no mundo etéreo! – comemorou ao chegar ao topo da água.

Quando vi, estávamos na areia. Eu, tão urbana, nunca tinha sido tão aventureira. Em terra firme, sentamos próximos de uma árvore. Olhei para o alto e o céu estrelado continuava nos iluminando, como no mundo real. Vários filhotinhos vieram na nossa direção e pensei como estaria a Anja.

– Quando tudo isso passar, eu vou te levar para conhecer um grupo de assistência a cachorros que minha mãe apoia – avisou Felipe enquanto acariciava a cabeça de um poodle serelepe. – Depois me lembra?

– Assim que eu acordar.

– Agora me dá um beijo, Kira?

– Quantos você quiser.

A maioria dos sonhos com Felipe terminava abruptamente. Dessa vez, um beijo doce, meus cabelos voando em uma cena perfeita, sua mão nas minhas costas, um desejo subindo pelos meus pés e muitos "obrigada destino" dentro da minha alma. Não tivera namorado nem jamais me apaixonado. Nenhum dia eu havia começado a pensar minha vida contando com alguém, sem que isso fosse muito maior do que um daqueles desejos desesperados por um sorvete de chocolate. Eu estava amando e, o mais importante, sendo correspondida, descobrindo uma série de sentimentos, criando um laço único e vivendo a certeza de que esperei por ele desde muito tempo.

Acordei com um sorrisão no rosto, me espreguicei e dei de cara com a Lelê rindo para mim.

– Duas bobas apaixonadas. Tô lembrando cada detalhe do beijo no seu irmão. Cadu é perfeito, Kira.

– Que bom te ver assim, Lelê! Minha amiga-irmã apaixonada pelo meu irmão-amigo. Que horas são?

– Oito horas. Temos meia hora para nos arrumar e aparecer lindas e prontas com o uniforme de detetive lá na sala. Eu madruguei. Esse negócio de acordar cedo para trabalhar me faz levantar antes de todo mundo. Queria acordar meio-dia, ser patricinha, consumista, ficar na praia, na academia e ganhar mesada dos meus pais.

– Sério, Jalminha? – Dei uma zoada básica e Lelê soltou uma gargalhada tão grande, capaz de acordar a casa toda.

– Ela é assim mesmo, né? Só fala em praia, malhar, silicone, gastar e das fãs a achando o máximo no Face. Que fãs são essas? Não posso acreditar em pessoas curiosas com a futilidade alheia. Como seu namorado ficava com essa menina, Kira?

– Ele não é meu namorado.

– Ah, é sim, e vamos parar de palhaçada, tá bem. Aliás, correndo para se arrumar!

O motivo principal da nossa viagem, o desaparecimento da Jeloma, fez meu coração ficar apertado. No fundo no fundo, sentia que ninguém tinha me levado muito a sério, mas dentro de mim uma certeza me mandava seguir em frente. Acreditava ser possível encontrar o caminho para chegar até a irmã da Jalma.

Todos se reuniram na mesa da sala, onde um enorme café foi servido. Uma empregada soturna, de olhar baixo e costas curvadas, entrou e saiu com algumas delícias comestíveis. Provei um docinho de banana perfeito e o suco de acerola, hum, estava fresquinho.

Sentamos no sofá da sala e começamos a planejar aonde iríamos. Jalma falou da localização da casa do avô, um pouco distante de Paraty, no caminho para uma vila de pescadores chamada Trindade.

– Trindade é um lugar lindo. Uma praia principal e depois vários paraísos com cachoeiras, piscinas naturais, rios... Meus primos adoravam fazer trilha por lá. – Mais detalhes da casa do avô nos foram fornecidos. Um sítio enorme, cheio de cantinhos carinhosos para os netos. Um lugar apelidado de Casa do Coração, por motivos óbvios. – Não tenho ideia onde minha irmã possa estar, mas podemos seguir até a casa do meu avô e tentar procurar por alguma estrada próxima. No caminho, buscaremos informações com os moradores locais.

Todos concordaram e depois de uma análise em mapas e algumas anotações, levantamos e partimos. Me surpreendi com o jeito organizado do Felipe, a maneira como ordenou os pensamentos, planejou a busca e analisou riscos, possibilidades e situações.

– Caso um de nós repare em algo ou alguém estranho... vamos nos cuidar de maneira redobrada. Todos atentos!

O grupo balançou a cabeça de maneira afirmativa e o medo correu pelas minhas veias como ácido. Tentei não pensar bobagem. Felipe me abraçou e beijou o meu pescoço. Não olhei para o lado. O dia estava começando e não ficaria colecionando reações adversas.

Decidimos seguir nos dois carros, na mesma formação. Eu e Felipe parecíamos mais calados do que o normal.

– Você está diferente...

– Preocupado. Não queria que vocês, as garotas, estivessem envolvidas nisso. Quando digo que me preocupo com você, Lelê e Jalma, isso nada tem a ver com nenhum sentimento pela minha ex além do que existe, uma quase amizade.

– Tudo bem, entendi. Não sou ciumenta. O que é meu sei que é meu, não entro em crise, achando que vou perder. – Nesse quesito, meu amadurecimento estava no nível máximo. Acho bastante estranho garotas enlouquecidas, ligando dez mil vezes para o namorado. Se quiser mentir, vai mentir. Se quiser ir embora, já foi tarde e presenteou a pessoa com um livramento.

– Eu sou fiel como uma arara, Kira.

– Como? – perguntei, já rindo da resposta.

– O único animal que permanece com o mesmo parceiro. Trabalhar em pet shop nos faz aprender essas informações inúteis para o mundo humano. De que interessa ser fiel como uma ave psitaciforme de grande porte, cauda longa e bico muito forte? Minha mãe me mandava decorar essas descrições para fazer bonito na frente dos criadores. Não sou nenhum maluco, não.

Beijei seu rosto, como quem confirma que o adora por inteiro. Ele seguiu dirigindo, acompanhando o carro dos meus irmãos. Quando o veículo na frente acelerou, Felipe intensificou a atenção na direção. Saímos da estrada para uma rua com um resto de asfalto jogado no chão. A natureza ficou ainda mais forte. Árvores se encontravam formando um arco e o mato se misturava com plantas exóticas.

Em um determinado trecho, o carro da frente parou e Jalma desceu na direção de dois homens. Ficou alguns minutos colhendo informações e tirando dúvidas, apontando, e entendemos como um questionamento sobre a possibilidade de alguma casa segundo a descrição do sonho.

Começou a tocar *Gravity*, da Sara Bareilles: "*Something always brings me back to you/ It never takes too long/ No matter what I say or do/ I'll still feel you here/ 'til the moment I'm gone*".* A música falava de como eu andava me sentindo, como Felipe me aproximava de seu corpo sem grande esforço. E, sim, eu queria estar dentro daquele amor, sem mudar nenhum refrão, nenhuma palavra e me envolver da maneira mais especial sem receio algum.

O carro da frente parou novamente, estacionamos. Desci do carro, olhando para os lados e todos esperaram que eu dissesse alguma coisa. Observei, mas eu mesma não parecia conseguir me ajudar. Nada naquele lugar me soou familiar. Nenhuma plantinha, nenhuma imagem, relevo ou árvore me dizia algo.

– Eu lembro que tinha uma rua, mas não esta. – Um desânimo começou a me dominar.

– Esta é a única rua por aqui.

– Onde é a tal Casa do Coração? – perguntou Cafa, passando a mão no ombro de Jalma.

– No final desta rua – respondeu Felipe, afinal ele também sabia muito da vida daquela família, apesar de nunca ter escutado antes o termo Casa do Coração.

– Beleza. – Cadu tentou melhorar nosso ânimo. – Vamos entrar nos carros, chegar na tal casa, estacionar e fazer uma primeira busca.

– Estou com a chave da casa. Desde que minha irmã sumiu, meus avós se mudaram para um apartamento na rua onde moramos, para apoiar a família.

Entramos nos carros, avançamos mais um pedaço e um gesto de mão da Jalma indicou que tínhamos chegado. Como se Felipe precisasse de legenda.

A Casa do Coração, um sítio cheio de detalhes e características singulares, me passava uma ideia de um lugar com muita história. Imagens de duas crianças, quase em tamanho natural, decoravam o jardim. Muitas mudinhas se reproduziam em vasos pequenos como uma horta de plantas exóticas. Árvores enormes ao redor e morros com um verde inspirador.

Entramos na casa com móveis de madeira bruta e escura, uma mesa feita de tronco, um sofá grande encapado com um tecido imitando estopa. Enfeites maiores que o normal. Um vaso grande com um coqueiro imponente. No chão, um tapete empoeirado. Uma poltrona com almofadinhas de crochê

---

* Algo sempre me trás de volta para você/ Isso nunca demora muito/ Não importa o que eu diga ou faça/ Eu ainda sentirei você aqui/ Até o momento que eu partir.

lembrava a casa da vovó. Uma delas em tecido guardava a frase: "Eu amo meus lindos avós!"

Colocamos as bolsas na sala, levando apenas uma mochila com água, alguma comida, lanterna, fósforo, faca, o que mais achamos necessário e saímos para andar. Precisávamos resolver o mistério o quanto antes. O local tinha uma ampla piscina, um cavalo estava preso a uma árvore e uma horta chamou a atenção por estar tão bem cuidada.

– O caseiro, seu Sardinha, é quem cuida do local, administrando e coordenando os afazeres dos empregados. Meus avós moraram aqui anos, depois mudaram para uma casa em Paraty. Aqui ficou uma espécie de refúgio da família. Eu e minha irmã Jeloma viemos muito com amigos.

– E eles nunca notaram nada de estranho? – perguntei, seguindo minha intuição.

– Nada. Minha avó andou doente por causa do sumiço da minha irmã e meu avô acabou dando uma distanciada das investigações, para acompanhá-la. Depois da casa de Paraty, como falei, eles foram morar no Rio, então os dois endereços estão meio largados. O Sardinha também cuida da casa, mas fica mesmo é aqui no sítio.

Jalma indicou a parte mais alta do terreno, podíamos subir num morro, seria cansativo, mas daria uma ideia das redondezas e quem sabe eu encontraria alguma similaridade com o meu sonho. Caminhamos os seis de mãos dadas com seus respectivos pares. Ninguém comentava o assunto, mas parecíamos três casais de namorados e, honestamente, eu não tinha dúvida de estar com o par certo. Até porque os outros dois rapazes, apesar de lindos e maravilhosos, eram meus irmãos. Cafa comentou que se sentia num dos filmes do Jason.

– Ainda bem que hoje é domingo – brincou Cadu e caímos na gargalhada.

Demoramos longos e chatos minutos para subir. Apesar de fazer academia regularmente, a subida muito íngreme, o sol e a calça jeans me fizeram suar e sentir falta de ar. Lá de cima, vi como aquele lugar irradiava natureza. Observei cada detalhe. Ninguém falou, mas estávamos na expectativa para saber se eu encontraria alguma semelhança com o sonho. Nada. Foi isso que pensei, quando terminei de passar os olhos na região. Continuei calada, pedindo dentro de mim algum sinal. Se eu tinha sonhado com Felipe e ele apareceu na minha vida, alguma verdade possuía em relação à Jeloma.

– Estão vendo aquela árvore mais alta que todas? – Parecia um pinheiro. – Ali começa uma floresta que segue mato a dentro. Aqueles caras que parei para falar comentaram sobre a existência de uma estrada, construída anos atrás, que abria caminho e foi rota de fazendeiros. – Jalma apontava com os dedos uma direção a ser seguida.

– Floresta? – Senti minha respiração alterar. – Eu lembro bem de uma floresta. Eu sobrevoei uma floresta.

Todos demonstraram uma certa preocupação imediata.

– Por aqui, nada vi do sonho. A casa onde Jeloma está me pareceu um lugar de mata mais fechada. Aqui parece tudo muito aberto, bem tratado. Lá me dava ideia de esquecido no tempo, sujo e me passou uma sensação de umidade e abandono.

– O que faremos? – perguntou Lelê tendo certeza da resposta.

– Vamos até lá! – Cadu, Cafa e Felipe responderam ao mesmo tempo.

– Você falou de umidade. Lá pra dentro existem algumas cachoeiras. A família não deixava elas irem por ser perigoso.

– Vamos! – Felipe apontou o dedo na mesma direção da única área a dizer alguma coisa para mim.

Ninguém pensou duas vezes, questionou ou buscou meu plano B. Tínhamos fechado um pacto e iríamos tentar. Se meu sonho tivesse sido apenas um sonho, tudo bem, mas pelo menos tentamos.

Caminhamos muito, cerca de uma hora pelo meu cálculo. O belo lugar foi ficando feio, as árvores mais próximas entre si e a mata se fechando. Jalma não avisou seu Sardinha da nossa decisão, para que sua família não soubesse da tentativa de encontrar Jeloma. Deu a desculpa de irmos na casa de uns vizinhos, assim teríamos muito tempo livre, sem preocupar ninguém.

De repente, nos demos conta que estávamos no meio da mata fechada. Jalma avisou que teríamos como saber o caminho de volta, porque outro morro alto nos ajudaria. Quando subimos, me assustei. Estávamos muito longe do sítio e o sol parecia mais intenso. As sombras conseguiam nos proteger do calor e comecei a sentir levemente o mesmo cheiro de terra orvalhada do sonho. Bobagem, pensei. Coincidência.

– Não tem uma cabana por aqui? – perguntei, enquanto minhas pernas trabalhavam com intensidade na caminhada. Outro morro nos ajudaria a nos guiar e não perder a rota.

– Que eu saiba não. Minha família nunca disse nada.

– Mas será que saberiam?

– Na verdade, meu avô nunca vem para esse lado. Até porque essa parte é de outro proprietário. Acho que mora fora, abandonou o lugar e aqui ficou esquecido.

As palavras de Jalma não pareciam da garota superficial de antes. Entrava no meu ouvido como uma melodia de códigos. Tudo me dizia ser ali, no meio daquele nada, onde Jeloma estava.

– Vocês vão acreditar em mim? – Todos confirmaram, quase fazendo um juramento. – Eu sinto ser aqui. Eu não imaginei me meter num treco desses. A gente pode estar se arriscando, mas minha intuição afirma ser por aqui. A polícia não acreditaria nas minhas descrições.

– Minha família também não daria muita ideia.

– Vamos encontrar sua irmã!

Abracei Jalma e pela primeira vez tivemos um contato decente. Senti pena do olhar perdido e da insegurança da moça. Talvez, quem sabe, tivesse hábito de falar futilidades como uma proteção. Quantas vezes pessoas se tornam banais para fugir das profundezas de si mesmas? Jalma me pareceu ter algo além da praia, academia, roupas, sapatos e fãs, mas jamais descobriria isso em si mesma.

Enquanto paramos para beber água e comer barrinhas de cereal, Felipe me ajudou a organizar os pensamentos.

– Se você acha que é por aqui, vamos em frente. Gosto muito da Jeloma, uma garota muito do bem. Cansou de levar cachorrinhos de rua para tratar com os veterinários da loja. Tem um coração enorme, nos tornamos quase irmãos. Não consigo imaginar o que ela está passando e acho muito difícil, pelo convívio da gente, ela fugir de casa, indo embora como algumas pessoas pensam. Ela não tinha nenhum tipo de depressão, adorava a família, vivia com um sorriso no rosto e tinha planos bem concretos no Rio de Janeiro.

– Obrigada por acreditar em mim. – Abracei Felipe de olhos fechados, para me sentir fortalecida.

Seguimos a trilha e ele me beijou da maneira mais singela possível, com um desses carinhos que a gente adora sentir e começamos um diálogo em voz baixa, mas cheio de eletricidade, no final da fila.

– Kira, apesar do pouco tempo, você é muito importante para mim. Não quero mais perdê-la de vista.

– Eu também não quero sair da sua vida nunca mais.

– Você me deixa quase louco com seu jeito leve, desencanado, esse nariz delicado e um olhar tão forte quanto doce.

– Ninguém tinha falado do meu nariz. Aliás, minha mãe costuma elogiar.

– Você é toda perfeita. Gosto do seu corpo, bem, é... do pouco que vi... – Fiquei imediatamente vermelha. – Do cabelão e da maneira como está se dedicando para ajudar uma desconhecida, irmã da ex-namorada do seu namorado. Posso garantir que a Jeloma merece.

– O que você disse?

– Posso garantir que a Jeloma merece.

– Não, antes.

– De ajudar uma garota desconhecida.

– Irmã da ex-namorada do seu namorado! – completei – Você disse que é meu namorado?

– Melhor que isso. Você é minha namorada.

Cafa nos interrompeu, avisando sobre continuar caminhando. Perguntou se todos estavam bem e alertou que os celulares não podiam mais nos ajudar.

Seguimos e eu já havia perdido a noção de tempo. O cansaço nos estava dominando quando chegamos ao alto do outro morro. Decidimos não ser mais seguro seguir por causa do horário. Se demorássemos, a tarde cairia, a volta seria muito difícil e algum bicho poderia aparecer. Combinamos de dar uma última olhada.

Assim que coloquei os pés no alto, tudo me pareceu familiar. Ao longe, reconheci aquele lugar. Todos perceberam pelo meu jeito nervoso, nossa caminhada tinha tido algum sucesso.

– É por ali. Eu sei que é por ali. Vocês conseguem perceber alguma diferença? Aqui tudo parece mais fechado, existe um buraco daquele lado. Eu me lembro disso no sonho. Que loucura!

– Calma, irmã. Vamos fazer assim. Não temos condições de continuar. Vamos voltar para o sítio e amanhã no raiar do dia, voltamos. Se a Jeloma está aqui, vamos encontrá-la.

Fiquei meio frustrada, mas Cafa estava com a razão. Não tínhamos mais condições de nos arriscarmos. Saímos tarde demais, paciência. Não éramos super-heróis, o caso ali necessitava cabeça fria, corpo descansado e foco.

Foi um pouco estranho virar as costas, mas parti com a confiança de algo, além daquele limite, guardar a verdade tão procurada.

VINTE E SEIS

Começando o perigo

Ela está naquela direção! Eu queria acertar. Nada poderia dar errado, eu não me perdoaria. Quase sempre o perigo não está sob nosso controle, ele nos encara e avisa: estão perdidos!

Chegamos ao sítio e o caseiro veio preocupado na nossa direção. Apesar de toda a solicitude e atenção, eu não tinha gostado dele. Nada de mais, apenas aquela inexplicável má vontade gratuita. Jalma não deu nenhuma explicação, saiu rindo, falando de como tinha sido divertido e instantaneamente todos entenderam, ela não queria deixar nenhum tipo de dica sobre as nossas buscas.

Uma empregada, de olhar desconfiado, passou por nós e avisou que o almoço seria servido em dez minutos. Estávamos com aquela terrível fome de prato cheio. Afinal já eram cinco da tarde. Jalma propôs que colocássemos biquíni e almoçássemos na beira da piscina.

Desci com uma certa vergonha. Felipe já tinha me visto com trajes de banho, mas eu, seguindo o grupo de encanadas com bobagens, ainda me preocupava com a ideia de ser comparada. Agradecia por não ter barriga.

Soltei os cabelos, coloquei um chinelo e por cima do biquíni branco uma blusa transparente: eu tinha minhas próprias armas. Fiquei com vontade de me jogar na água, mas o almoço chegou no mesmo momento que eu.

Lelê e Cadu pareciam colocar em dia uma conversa de cem anos. Cafa e Jalma já estavam dentro da piscina, e Felipe levantou assim que me viu, me elogiando, sem demonstrar nenhuma decepção. Por que nós mulheres pensamos bobagens capazes de nos travar?

O almoço foi um strogonoff de carne. Devoramos, demonstrando uma fome maior do que imaginávamos. Um bolo de chocolate com sorvete de flocos apareceu na mesa sem que eu notasse. A empregada, discreta e sombria, entrava e saía e a gente mal se dava conta. O caseiro Sardinha parecia mais à vontade. Mas aquela mulher, sei lá, eu continuava sem gostar da sua fisionomia.

Depois do almojanta, ficamos sentados na borda batendo papo. O clima parecia melhor, Jalma e meu irmão estavam como dois namoradinhos de escola e eu me perguntava que fim ele daria à Fabi. Felipe agia como se não interessasse aquela cena e Lelê demonstrava sua felicidade a cada carinho do Cadu.

Após descansar da refeição, resolvemos entrar na piscina. O sol de verão tinha colocado a água na temperatura perfeita. De longe, observei outros dois cavalos e vi também miquinhos andando por uma longa madeira colocada entre duas árvores. Aquele lugar nos envolvia como um abraço da natureza.

Felipe e eu demos as mãos e saltamos para mergulhar. A cena lembrou o sonho da noite anterior e me entreguei da mesma forma, quando estava de olhos fechados.

– Em tão pouco tempo, Felipe, minha vida parece outra.

– O planeta gira e nada fica igual continuamente. Tudo muda.

– Impressionante as transformações do nosso cotidiano.

– Espero não ter decepcionado as expectativas do seu sonho – falou isso sorrindo para mim.

– Nunca, eu nem deveria dizer, mas você é mais que meus desejos mais secretos. – Felipe se aproximou, me abraçou, me beijou e, sem receio, mostrou para todo mundo o quanto nossa história estava ficando séria.

– Certa vez um amigo me disse que eu conheceria uma garota e perderia minha cabeça por ela. Eu não tinha ideia, não sabia. Acho que, por isso, aceitei viver algo pela metade. Quem nunca viveu não tem ideia como pode ser bom um sentimento de verdade. Agora, aqui com você, é como se as respostas chegassem, os meus pensamentos fizessem sentido e eu não tivesse medos. Não deveria ficar falando essas coisas, não dizem que quando a esmola é muita o santo desconfia?

– Não tem isso entre nós dois, Felipe.

Eu sentia o mesmo e fiquei ofegante com a felicidade de ser correspondida. Um abraço intenso selou aquela nossa conversa. Nos manteríamos fortes e falamos sem dizer nenhuma palavra naquele instante.

Cadu começou a puxar conversa com Felipe e uma amizade, definitivamente, nascia entre os dois, cheios de afinidades. Cafa tinha o hábito de se dar bem com todos e não se dar profundamente com ninguém. O que não cabia como defeito, já que seu carisma, no final das contas, resolvia as relações e as pessoas gostavam do jeitão popular.

– Se tratar mal a minha irmã vai se ver comigo, hein. – Cadu fez um movimento de luta.

– Nem passa pela minha cabeça. Só tenho ótimos pensamentos com a Kira.

– Quem me viu quem me vê... – Jalma bebeu um gole de água de coco e brindou para o alto. – Quando eu olharia o Felipe com outra e ficaria tudo bem? Mas, Kira, só te entreguei o Felipe de bandeja porque você me cedeu seu irmão!

– Como assim entregou o Felipe? – Lelê caiu na gargalhada e Cadu, antes que ela falasse algo, deu um caldo na minha melhor amiga.

Eu apenas sorri.

– O que eu gosto de você é sua leveza. Já disse isso, né? – Meu namorado adorou meu comportamento *tô nem aí* com total parcimônia. Eu não rebateria Jalma. Perder tempo? Duas certezas estavam ali com a gente na piscina: Felipe não pertenceu a ela e o Cafa não pertenceria.

Passei a mão nos cabelos, beijei o meu namorado e ficamos abraçados, enquanto Jalma parecia meio desamparada e insatisfeita com o resultado de sua atitude. Minha mãe sempre diz que ser feliz é a melhor vingança. Ficamos nos beijando até que começamos a gargalhar e mergulhamos para mais beijos embaixo d'água. Quando emergimos, Felipe começou a cantar para mim a música *Esperança*, da Banda Aliados: "Enquanto ela estiver aqui/ Ainda haverá o amor/ Com ela, eu estou feliz/ Com ela, eu enfrento a dor/ Não adianta fugir/ Não adianta chorar/ E se um dia ela sumir/ Nada mais irá sobrar/ Sonhar, viver/ E todo dia agradecer/ E rezar, pra você ser a última a morrer". Fiquei emocionada, mas me segurei. Não queria usar momentos tão lindos entre duas pessoas para esfregar na cara de uma ex, enquanto eu parecia viver com Felipe algo muito mais especial do que tudo que eles viveram juntos.

Cafa acalmou os ânimos da Jalma que voltou a ser menos soberba. Ficamos na piscina, mesmo depois da noite chegar. O calor estava intenso e as conversas não paravam. Cadu descobriu em Felipe um grande apaixonado por carros. Felipe encontrou em Cafa um parceiro de vôlei de praia. Eu, Lelê e Jalma tivemos alguma afinidade, quando o assunto foi cinema. Ela tinha assistido *Amor e Outras Drogas* e ficamos dando nossas opiniões. Depois acabamos falando sobre *The Vampires Diaries*, Damon e Elena.

– Eu amaria escrever um livro sobre vampiros.

– Como assim, Lelê?

– Sei lá, mas só de pensar já me dá uma preguiça danada. Imagina meses na mesma história, depois revisar, ter coragem de mostrar, publicar, saber o que o mundo acha. Medo só de pensar. O máximo escrito por mim foi uma redação de duas páginas, mas, caso escrevesse um livro, seria sobre vampiros e o cara seria gato igual o Cadu.

– Eu nunca escreveria um livro. Escritor me passa aquela ideia de gente gorda, usando óculos fundo de garrafa, sentado numa cadeira por horas, vendo morrer a juventude.

– Ai, Jalma, nossa que pensamento errado. Você está por fora! Sei de vários escritores jovens, com vidas agitadas e fazendo sucesso com o público. Escritores não moram em ilhas desertas. Quanto preconceito!

– Você escreveria um livro? – ela me perguntou, talvez para não ser contrariada.

– Só se fosse uma história de amor. – Olhei Felipe encostado na beira da piscina e pensei na maneira como nos conhecemos virando livro. Quem sabe alguém escreva? Quem sabe haja uma legião de fãs à espera de uma dessas invenções de escritor viajante? Nem todo mundo acredita em sonhos. E poucos são capazes de realmente sonhar e recordar quando amanhece. Eu estava no meio do meu sonho e ele me parecia o mais fantástico de todos. Certamente renderia a trama de um best-seller.

Dormi pesado aquela noite apesar de ter tido sérios problemas para me despedir do Felipe. A nossa sintonia me fazia escutar uma melodia capaz de entrar nas paradas de sucesso. Ele estava cheio de planos para quando voltássemos para o Rio e acreditava, tanto quanto eu, sermos capazes de encontrar Jeloma. Me despedi, querendo permanecer, passar a noite em claro, mas não tínhamos tempo e precisávamos recuperar as energias. A caminhada no dia seguinte seria forte e o combinado nos obrigava a levantar antes do nascer do sol e sair da casa principal assim que o dia raiasse para sobrar bastante tempo de busca. Em alguns momentos, tinha certeza de nossas escolhas. Em outros, um receio de estarmos loucos. Entre o sim e o não, acreditava que, além daquele ponto, Jeloma poderia estar.

Peguei no sono como uma pedra caindo no mar profundo, numa rapidez estranha, e, imediatamente, estava de novo naquela casa nojenta. Fui dando passos ainda mais amedrontados, um desassossego de encontrar com o estranho da outra vez. Na escada, moscas zumbiam sobre um prato com restos de comida e uma camiseta rasgada nos degraus tornava a cena aterrorizante. Reparei em um espelho, da outra vez passou sem ser notado por mim. Caminhei vagarosamente e escutei uma voz doce me dizendo:

– Ele saiu. Mas vai voltar.

– Jeloma? – chamei reconhecendo a voz. – Como você está? O que ele fez com você?

– Continuo esperando. Por favor, venham me buscar. Ele não fez nada ainda. Ele reclama, grita que preciso engordar.

– Estamos tentando, amanhã vamos voltar.

– Kira, no caminho existirá uma bifurcação entre uma árvore, uma trilha, um buraco e outra trilha. Pulem o buraco e sigam por esse caminho. É o correto.

– Por que estou sonhando com você?

– Descobri uma brecha durante o seu sono e encontrei uma chance de pedir ajuda. Desculpa, não queria atrapalhar seu descanso.

– Imagina. Estou muito preocupada. Por que isso está acontecendo?

– Sonhos não se explicam e você nunca terá as respostas, mas receberá o alívio da certeza.

– Alívio da certeza?

– Não importa agora. – Jeloma parecia mais segura do que no encontro anterior. – Não se assuste quando o impossível der as caras. E não fraqueje quando achar que o fim chegou para nós.

Ai, que sonho mais estranho. Para aumentar minhas surpresas, uma moça apareceu voando, usava um vestido muito longo, não dava para ver o fim da cauda, e ficou pairando ao redor de nós, sem dizer nada.

– O ressentimento é como tomar veneno esperando que a outra pessoa morra. Isso está acontecendo aqui. – Não entendi bem a declaração da Jeloma, mas imaginei, em algum momento, cada uma daquelas palavras fazendo sentido.

– Estou começando a duvidar dos meus sonhos, me achando ridícula e fico questionando o que está acontecendo, Jeloma.

– Todo mundo sonha, Kira. Não existe idade, não é questão de ser ou não madura. Você está sonhando com algo muito importante, preciso da sua ajuda. Quero te mostrar uma coisa. – Jeloma me pegou pela mão, me mostrou um buraco e pediu para guardar aquela imagem. Em algum momento, eu precisaria. Eu lembraria disso depois? Quantas coisas a gente vive num sonho, mas quando acorda não lembra?

Caminhamos pela casa, achei o local mais úmido e sujo do que o sonho anterior. Uma árvore curvada dava a impressão de que a natureza ao redor não suportava a maldade presente e também estava morrendo. O olhar de Jeloma deixava claro a gravidade da situação. Precisávamos correr contra as horas. Seu braço muito fino tinha marcas vermelhas e roxas, os dentes, muito sujos, davam nojo e o cabelo tinha sido cortado de maneira disforme por uma provável tesoura cega ou mesmo uma faca de serra. A nuca, praticamente careca, fios enormes perdidos na cabeça. Estava no limite físico da razão. Chorei ao abraçá-la e dei certeza, voltaria.

Ela caminhou comigo até o barranco já conhecido. Foi de cabeça baixa, estava triste e fraca. Pensei em perguntar o porquê de não fugir, se ela estava solta e caminhando. Ela parou, me olhou e, sem dizer nada, seus olhos me falaram.

– Estou com a alma livre, mas meu corpo continua amarrado. Até que um dia... nem mais a alma tenha vida.

Naquele instante, fiquei pensando nos milhares de jovens presos em cárceres privados no mundo. Quantas seriam? Como chegaram até lá? Que tipo de gente é capaz de privar a liberdade de ir e vir do outro? Pensamentos torturantes invadiram minha cabeça, comecei a me sentir fraca e lembrei de poder acordar a qualquer momento. Tentei abrir os olhos, mas o máximo conseguido foi sentir minha face mexer sem sucesso. De longe, vi Jeloma sentada num tronco de árvore, encostado na casa, cortado como uma espécie de banco. Um machado repousava ao lado. Ela passava a mão lentamente no rosto, tentando limpar uma lágrima como se estivesse dopada.

Caminhei com mais pressa. Se não conseguia sair do sonho, precisava correr pela mata até me sentir segura, ou voltar para a estrada desconhecida. Galhos arranhavam meu rosto em uma sensação real e assustadora. Caí no chão umas três vezes, mas depois da sensação de estar perdida, consegui encontrar a casa dos avós de Jalma. Respirei fundo, aliviada. De repente, escutei um barulho e congelei, permanecendo parada por alguns instantes, esperando algum animal. Um homem passou bem próximo, mas não me viu. Carregava uma bolsa lotada de objetos e me pareceu ser o algoz de Jeloma. Me senti fraca, caí no chão e um sono profundo atingiu meus olhos. Dormi.

Acordei sobressaltada. Dentro de mim, sentia como se tivesse seguido na mata, caminhado para a casa e deitado na cama da maneira mais real possível. Mas acho que adormeci no sonho, no meio das árvores e acordei na cama, no mesmo quarto com a Lelê. O relógio despertou e, para minha sorte, não me sentia cansada.

Logo após me arrumar, Felipe bateu à porta. Abri e me surpreendi com ele parado na minha frente, usando a mesma camiseta cinza do shopping e a mesma dos meus primeiros sonhos.

– Você estava usando essa camiseta em um dos nossos sonhos!!!

– Comprei outro dia no shopping.

– Eu vi essa camiseta na loja.

– Sério?

Fiquei olhando aquela roupa e um estranho ar frio invadiu meu corpo. Felipe ficou esperando que eu falasse algo mais. Já conhecia como ninguém aquele olhar e me sentia intensa, determinada e apaixonada, quando nos encontrávamos.

– Sonhei com a Jeloma – revelei e o puxei para dentro do quarto. Lelê tinha descido para encontrar o Cadu. – Não sei se quero contar para a Jalma. A situação não parece boa, como se o tempo estivesse acabando. Ela me falou várias frases, não lembro bem e também vi um homem. Ele estava com uma sacola grande, caminhando na direção da tal casa abandonada.

– Hoje vamos tirar isso a limpo. Vamos achar a Jeloma e tudo ficará bem. E mesmo que, em algum momento, pareça que deu tudo errado, vamos nos salvar.

– Por que está dizendo isso?

– Só para te assustar, Kira.

– Ah, Felipe, não faz isso. Os sonhos são tenebrosos.

– Não acredito, não sonhou comigo essa noite?

– Infelizmente não. Nossos encontros são muito melhores.

Ele me puxou, me deu um beijo carinhoso e um bom-dia com um sorriso delicioso. Sentia um aconchego e uma força capazes de me blindar em segundos, no abraço de Felipe, mais alto do que eu uns dez centímetros.

– Adoro você, já adoro você!

O café da manhã foi uma espécie de operação alimentação. A gente caminharia muito, precisávamos de energia para subir aqueles morros e ir além do que tínhamos feito no dia anterior.

A empregada calada servia a mesa olhando para baixo. Tentávamos, mas não conseguíamos ser simpáticos com a moça, tamanha a introspecção da pessoa. O único momento possível de ver alguma vida na funcionária foi quando reparei seu olhar nas nossas bolsas.

– Desculpa perguntar, dona Jalma, mas onde vocês estão indo assim, tão cedo? – questionou, falando para dentro.

Jalma nos olhou bem descontraída e disse que faríamos uma trilha em Trindade antes de voltarmos para o Rio. Explicou que iríamos conhecer uma praia deserta. A mulher levantou a sobrancelha, não teceu comentário e todos entenderam o desejo de não informar aos empregados a nossa busca. A moça não sorriu, nem ficou séria, continuou com cara de nada e saiu levando a cestinha de pães para colocar mais.

O tal Sardinha, marido da moça calada, entrou pela casa, carregando uma caixa, avisando que teríamos um almoço caprichado. Para não levantar suspeita, concordamos e combinamos de chegar no horário do almoço.

Ninguém entendeu quando Jalma colocou as bolsas no carro e nos fez entrar nos dois veículos. Ela queria mesmo despistar. Demos uma volta maior, estacionamos os carros escondidos e caminhamos um pouco mais até chegar ao sopé do primeiro morro da nossa caminhada.

– Como não sei o que está acontecendo com a minha irmã, melhor ninguém saber.

Concordamos, mas Lelê perguntou se o tal do Sardinha não nos seria útil. A batalha para caminhar no meio daquele lugar selvagem remetia a todos passarmos dificuldades. Os casais se ajudariam. Lelê e meu irmão estavam muito felizes, apesar do clima instalado pelo motivo óbvio da nossa viagem, Felipe me acompanhava cheio de preocupações e Cafa estava um cavalheiro com a Jalma.

Chegamos ao ponto que retornamos no dia anterior. Um frio tomou conta de mim. Eu conhecia aquele trecho mais do que todos os outros. Uma taquicardia me fez lembrar que ainda estava viva. Felipe sentiu minha fragilidade e segurou minha mão com mais força.

Decidimos seguir, caminhar além daquele local e focando na minha intuição. Em uma hora ficou nítido que a mata se fechou ainda mais, como se a partir dali ninguém caminhasse com frequência. A trilha ficou apertada e começamos a andar em fila.

Passos e mais passos, o suor caindo pelo rosto, a camiseta grudando na pele e a gente lotando o corpo de repelente. Depois de quase uma hora naquela aventura, subimos em mais um dos altos relevos do local e finalmente vimos a casa. Um assombro nos dominou, demoramos a falar algo, travados e surpresos de finalmente estar ali, uma casa no meio do nada, a espécie de cabana descrita por mim depois de informações recebidas nos sonhos.

– A-cha-mos-a-ca-sa! – disse Cafa pausadamente, como quem encontra um tesouro.

– Seu sonho estava certo. Meu Deus, será que minha irmã está ali? Durante toda a minha infância nunca soubemos desse lugar.

– Está – afirmei. – A casa é exatamente igual.

– Ninguém sabe da existência dessa casa, posso garantir. – Jalma fechava os olhos, tentando encontrar algo além dos limites da razão.

– Vamos seguir. – Cadu parecia o mais decidido de todos. – Se a irmã da Jalma está ali, a gente tem que tirá-la desse lugar. Vamos embora, cambada. A menina está correndo perigo. Ninguém fica ali porque quer.

Começamos a descer na direção do estranho local num silêncio profissional. Selamos um pacto, mesmo sem utilizar palavras e caminhamos numa sintonia digna de ensaio de um mês.

Muito próximo da casa, paramos. Iniciaria ali um dos momentos mais marcantes da minha vida. Inesquecível. Inesquecível para pior. Inesquecível como uma dessas tatuagens que você faz e se arrepende uma hora depois.

Mas, enfim, estávamos ali, não tínhamos saída e precisávamos não só tirar a prova dos meus sonhos, mas salvar a vida de uma garota. E o mundo todo morava dentro de cada um de nós, como se uma agitação enorme corresse nas nossas veias e nos fizesse não desistir.

Caminhamos mais um pouco e, finalmente, estávamos no terreno da casa com aquela imagem assustadora muito parecida com tudo que nascia na minha cabeça. Um raio de luz cortava a imagem e uma poeira ficava visível.

Sentamos na raiz de uma árvore para decidirmos como agir:

– Vamos fazer assim, cada casal segue por um lado da casa. Estão vendo aquelas garrafas? Cada garota pega uma. Qualquer coisa, garrafada na cabeça do criminoso. – Cadu nunca tinha se mostrado tão determinado na vida.

– Vamos entrar na casa? – perguntei, quase engasgando com a saliva.

– Claro, Kira. Não podemos desistir aqui. Se a Jeloma está lá dentro, vamos resgatá-la.

Um medo dançou ao redor de mim, dando gargalhadas. No sonho, a vítima tinha sido presa. Eu só conseguia pensar nesse monstro. Mesmo assim, não existia mais tempo para apreensão. Chega um instante que, ou você recua e carrega a culpa, ou encara o desafio, salva uma vida, mesmo a sua própria. A única alternativa disponível me colocava em risco junto com os meus amigos e meu grande amor. Não olhei para os lados e me entreguei.

VINTE E SETE

Atrás de uma parede cinza

Nunca imaginei que veria aquela cena. A compaixão sentida não cabia dentro de mim e foi se espalhando naquele lugar imundo. Pela primeira vez em toda a minha vida, senti uma tristeza feliz.

Um silêncio imperava na casa. Cada casal foi para uma das laterais. Eu e Felipe seguimos para a parte de trás, a tal garrafa na minha mão e eu seria capaz de dizer que dentro da minha cabeça estava tocando *Next To Me* de Emeli Sandé: "*When the end has come and buildings falling down fast/ When we spoilt the land and dried up all the sea/ When everyone has lost their heads around us/ You will find him, you'll find him next to me*".*

Tentei voltar a focar na ação. Nenhum dos meus neurônios entrou em colapso ou se distraiu com inutilidades. Felipe demonstrava muita determinação e cuidado, como se esperasse a possibilidade de alguém muito sinistro

---

* Quando o fim tiver chegado e os prédios, caindo rapidamente/ Quando tivermos estragado a terra e secado o mar/ Quando todos ao nosso redor tiverem perdido a cabeça/ Você o encontrará, você o encontrará ao meu lado.

aparecer a qualquer momento. Vi de longe Lelê e Cadu entrando em uma espécie de depósito anexo, feito em madeira. Não tínhamos tempo para pensar e eu só conseguia pedir para nada de ruim acontecer naquele dia.

A porta da cozinha estava aberta. O local tinha um cheiro insuportável de podridão. Um arrepio instantâneo consumiu minha pele. Caminhamos por entre pratos sujos, tomados de mofo, copos imundos e restos de comida sendo devorados por baratas enormes. Passamos pela cozinha, entramos na sala e a escada estava lá. Felipe apontou, tentando me fazer lembrar meu próprio sonho. Como esquecer? Na escada, não tinha mais garrafa nenhuma, mas um balde, um pano de chão sujo com um resto de desinfetante. Alguém havia vomitado.

A escada tinha degraus para cima e para baixo. Ficamos na maior dúvida. Da janela, vimos Jalma e Cafa fazendo sinal para que descêssemos. Pensei o mesmo e resolvi indicar a parte inferior da casa para o meu namorado. Fomos descendo degrau por degrau, até que chegamos a uma parede chapiscada de cimento. Nada além disso. Nos olhamos. Uma escada terminando em uma parede? Estranhamente senti o cheiro de Jeloma e a presença de alguém. Com uma coragem inexplicável, soquei a parede. Nada. Felipe virou como se fosse subir a escada. Pedi que esperasse. Bati novamente com mais cuidado para que, caso alguém estivesse no andar superior, não escutasse e, de longe, uma voz abafada nos respondeu: "aqui".

Felipe me olhou chocado e eu mais ainda. Havia alguém dentro daquela parede. Como? De que maneira entraríamos ali? A voz calou, mas aquele simples "aqui" fez a gente se encher de força para buscar uma saída, na verdade, uma entrada. Não poderíamos estar enlouquecendo, tinha uma voz do outro lado da parede cinza e uma estranha tristeza feliz tomou conta de mim.

Saímos da casa, voltamos para o barranco, nos escondendo entre árvores e iniciamos uma conversa com os outros, para decidir o que fazer:

– Cara, assustador dizer isso, mas a Kira bateu na parede e escutamos uma voz. Tem alguém trancafiado dentro da parede.

– Tem alguém naquela casa?!? É a minha irmã, Felipe.

– Jalma, não chore, calma, se a sua irmã estiver ali, nós vamos encontrá-la e sair daqui com ela. A gente não é mais namorado, mas a gente vai ser para sempre amigo. Gosto da Jeloma como uma irmã. Vai dar tudo certo.

Aquele foi o único momento em que vi Felipe ter algum carinho por Jalma e respeitei sem nenhum tipo de crise ou dificuldade. Resolvemos que um casal ficaria ali no mato, de tocaia. Qualquer problema, era só jogar uma pedra em uma das janelas de vidro. Não seria difícil quebrar a vidraça para alertar os demais. Outro casal ficaria próximo da cozinha e eu e Felipe voltaríamos ao cativeiro.

O tempo não parecia passar de maneira cronológica, os minutos tinham pirado e as horas estavam travadas dentro de si mesmas.

Iniciamos a operação mais tensos. Ela estava dentro daquele concreto e não sabíamos de que maneira entraríamos. Passamos mais uma vez naquela cozinha do inferno. Reparei uma bolsa jogada perto da lata do lixo e fui olhar. Uma carteira bem feminina, óculos de sol, uma bolsinha com maquiagem, um colar e uma escova. Na carteira, a confirmação, os documentos de Jeloma. Fiz questão de pegar todos os seus pertences. Descemos a escada, ainda mais determinados. Felipe, o tempo todo preocupado comigo, me indicava para não parar. Larguei a garrafa no chão e troquei por um facão achado numa gaveta. Quando imaginaria isso? Eu armada com um facão!

Voltamos para a parede. Felipe passou a mão em todo o cimento e não encontrou nada. Eu chamei por Jeloma. Mais uma vez um silêncio e depois o mesmo "aqui" de antes. Avisamos que a pegaríamos. Naquele momento, sabíamos que o segundo andar da casa estava vazio. Cafa e Jalma tinham verificado. Quem estava aprisionando Jeloma não se fazia presente.

De longe, a voz da garota, fraca, nos dizia algo que não conseguíamos entender. Foquei meu pensamento em tentar decifrar as palavras.

"Escava. Entrada na escava."

Escavar ou a entrada da escada? Foi isso mesmo que entendemos? Nos encaramos, tentando concordar um com o outro. Olhamos para os degraus atrás de nós e não detectamos nenhum tipo de entrada. De repente, percebi uma tênue linha de luz aparecendo através de uma fenda no primeiro degrau.

Felipe se abaixou, forçou com a mão e a madeira pendurou para dentro.

– Fica aqui, vou até lá.

A passagem não era tão pequena quanto parecia e logo Felipe descobriu uma imensidão do outro lado, possibilitando ficar em pé e caminhar sem nenhum problema. Fez um sinal para eu ficar calma, virou e sumiu na escuridão. Eu não sabia o que pensar, muito menos o que fazer. Uma garota do Recreio com uma vidinha comum, uma loja alternativa para administrar e, de repente, me sentia parte de um filme da Sandra Bullock chamado *O Silêncio no Lago*, com a personagem Diane Shaver viajando com o namorado e desaparecendo em um posto de gasolina. Levada por um psicopata e enterrada viva. Lembro que sofri assistindo o filme e morri de pena da personagem. Amo finais felizes. Que graça teria a vida sem os finais felizes para nos completar por inteiro?

Uma angústia foi me dominando. Silêncio absoluto. Lá fora, nada, do outro lado da parede, nada. Resolvi entrar. Não estava combinado, mas não podia ficar parada. Passei meu corpo pela passagem com mais facilidade que o meu namorado e uma enorme sala se escondia naquele canto. Um cheiro de cimento misturado com poeira e urina entrou pelas minhas narinas e me sugou a paz. Fui dando passos, calada, confiando na fina luz me guiando. Em algum momento, encontraria Felipe e Jeloma.

O local dava, literalmente, uma volta na cabeça da gente. Da escada, um túnel voltava e ficava atrás da parede que escutamos a voz dizendo "aqui". Se não fossem meus sonhos, acredito, nunca encontraríamos a irmã de Jalma. Quando pensei nisso, eu a vi. Estava sentada numa poltrona nojenta, com restos de comida grudados nos braços, completamente amarrada. Um toco de vela agonizava.

– Me ajuda, Felipe, por aqui. Nem acredito que encontramos. Meu sonho estava certo. Ela está tão fraquinha, magra demais.

– Felipe, é você mesmo? – Jeloma falava docemente sem esconder o desespero na voz.

– Sou eu sim, Jeloma.

– A gente vai tirar você daqui. Essa é a Kira. Ela sonhou e me contou onde você estava.

– Muito obrigada, Kira. Eu morreria em poucos dias.

– Sua irmã está lá fora.

– Minha irmã é a Jalma? – Jeloma perguntou, claramente demonstrando estar confusa, quem sabe até dopada. – Quero sair daqui. Ele não demora a voltar.

– Não sabemos quem é ele, mas vamos tirar você daqui agora, de qualquer jeito – garantiu Felipe.

Enquanto a conversa com Jeloma assustava por seu estado de saúde, os nós, feitos para prendê-la, mostravam a gravidade da situação. A moça presa no escuro, um prato de comida azeda no chão, os pés descalços e feridos, o chão molhado, cacos de vidro, velas, uma umidade esquecida, certamente ajudando a piorar o estado de saúde de qualquer pessoa. Uma masmorra medieval.

Depois de longos minutos, conseguimos desamarrá-la usando o facão. Felipe carinhosamente beijou sua testa e parou na frente da figura magrinha que lutamos tanto para encontrar. O corpo tomado de picadas de mosquito.

– Jeloma, escuta. Temos que sair já daqui. Você acha que consegue ficar de pé? O corredor é estreito, mas, se não der, eu te carrego no colo, e lá fora, tem mais dois amigos meus, irmãos da Kira, prontos para me ajudar e levá-la até para a lua. – A maneira de falar do Felipe me fez ficar ainda mais apaixonada por ele. O carinho, a maturidade, a voz doce, mas ao mesmo tempo decidida, dando toda a segurança para Jeloma acreditar que sairia viva daquele maldito buraco.

– Eu vou tentar, não suporto mais ficar aqui.

Jeloma se levantou com um sacrifício de dar dó. Curvada, as pernas tremiam, mas seu instinto de sobrevivência fez com que desse passos na direção do corredor. Calamos, apenas a seguramos e fomos caminhando, tentando agilizar os passos. A curta distância guardava uma eternidade para cada um de nós. Ainda tive tempo de observar, na parede, desenhos horrorosos e frases doentias como: "Você é minha", obviamente sem acentos, "Nosso amor é eterno", "Minha deusa, rainha, vou te dar o mundo". E o seu será a cadeia, senti vontade de escrever, mas não tínhamos tempo. Felipe foi na frente, Jeloma no meio, caminhando com os pés fragilizados, unhas dos pés grandes e negras, pernas muito machucadas. Como a maldade humana consegue surpreender os mais horrorosos pensamentos...

Quando chegamos à passagem da escada, confesso, um alívio veio nos confortar. Jeloma levantou o rosto e pareceu não acreditar ao olhar a porta em formato de degrau de escada. Primeiro saiu Felipe, depois ele puxou Jeloma, completamente sem força para impulsionar o corpo. Saí agradecendo que a encontramos viva. Precisaria de muitos cuidados, mas já demonstrava uma melhora natural só de sentir o cheiro de liberdade.

Estávamos finalmente de frente para a parede de cimento. Felipe teve o cuidado de recolocar o degrau. Isso poderia nos ajudar a ter mais tempo depois. Não tínhamos ideia com quem estávamos lidando. Meu namorado imediatamente pegou Jeloma no colo, sem mesmo questioná-la. Ela o abraçou e descansou a cabeça no seu ombro. A pena que eu estava daquela garota me fez retardar os passos.

– Vamos, Kira. Temos que sair daqui.

Fiquei com medo de congelar. Me obriguei a seguir e o joelho dobrou me empurrando a caminhar. Assim passamos pela cozinha, ainda tive tempo de esticar a mão e pegar uma blusa de Jeloma que fora deixada em cima de uma mesa.

– Meu Deus!!! – Jalma deu um grito de desespero e todos vieram nos ajudar, entendendo imediatamente o tamanho daquele acontecimento. Estávamos salvando uma vida.

Felipe sentou Jeloma no chão e a irmã beijou sua face. A cena emocionava, as duas se pareciam, apesar das circunstâncias. Jalma tinha um corpão, demonstrava um ar de *femme fatale*; Jeloma tinha uma ingenuidade e fraqueza típica de quem está no auge de uma doença. Os cabelos ralos e mal cortados, a face maltratada, o corpo tomado por feridas... Não parava de me perguntar do que o ser humano é capaz.

– Irmã, ficará tudo bem e vamos embora com você.

– Temos que sair logo daqui.

Olhei para o lado e vi a escada do ângulo exato dos meus sonhos. Um frio me dominou apesar da adrenalina e minha calça começou a pinicar. Concordei, tínhamos que sair urgente dali. Jeloma chorava, nada ali inspirava segurança e precisávamos apressar a situação, engolir um pouco as emoções e fugir daquele horror.

Jeloma concordou, levantou com a ajuda de Cafa e Cadu, e Felipe a pegou novamente no colo. Recolhemos nossas coisas, focamos em direção à mata e caminhamos no mesmo silêncio com que chegamos, mas bem mais emocionados. A atmosfera ali parecia disforme, desconexa e extremamente cruel. A sensação ruim dos meus sonhos, quando a encontrei pela primeira vez, foi me dominando. Senti meu rosto ficar vermelho quando escutei uma voz:

– Ah, já tão indo? – Aquela voz cínica e doentia arrepiou todos nós no mesmo segundo. Paramos com a certeza da imagem a seguir não ser das melhores.

– Pescada? Por que está fazendo isso? – Jalma reconheceu o cara que apontava uma arma na nossa direção. O bandido tinha a pior aparência, magérrimo, barba por fazer, sem um dente da frente e um olhar de loucura. Um rosto repleto de espinhas indo embora e outras chegando, um cabelo com ausência na frente e comprido atrás, braços bem definidos, apesar da magreza, alto, mas todo curvado, mal parecia humano. Senti nojo de imediato e, para minha tristeza, o rosto me era familiar. Eu tinha sonhado com aquele traste.

Jalma estava em estado de choque. Jeloma já sabia a identidade do monstro e demonstrou desânimo ao escutar a melodia insuportável saindo pela boca do criminoso.

– Não quero ficar com ele, por favor, não me deixem aqui! – Jeloma gritava nossa ajuda e tínhamos certeza de estar diante de um assassino em potencial.

– Cês não vão levá ela – disse com a naturalidade de um psicopata que tem o controle da situação.

– Como assim, não vamos? – Felipe não conseguiu se segurar, ou pensar melhor em como agir.

– Estão procurando por ela e vamos entregá-la para a família. A irmã está aqui e autoriza o que estamos fazendo. – Nunca vi Cafa falar tão manso e pausado. Em nada lembrava meu irmão namorador, raramente preocupado em medir palavras, gestual ou falar cauteloso. Toda a agitação parecia ter saído daquele corpo. Tentava não demonstrar que estava em pânico.

– Cês não sabem nada dos meus sentimento. A Jeloma é minha mulhé.

– Não sei se ela concorda com isso – ponderei, sem pensar nas consequências e de repente a arma apontava na minha direção.

– Não vou discutir cocês. Vaza, Jeloma fica.

Jalma do meu lado falou baixo, quase entre os dentes:

– Pescada é irmão do Sardinha, nosso caseiro. Já teve problemas sérios de saúde, perdeu emprego e o irmão um dia contou sobre sua internação. O nome não foi colocado na lista de possíveis raptores da minha irmã. Segundo a família, o estado era grave.

– O que cê tá falando de mim, sua patricinha metida, que nunca olha pros empregado? Sua família teve o que mereceu. Minha Jeloma não faz parte da palhaçada. Precisava de mim e dos meus cuidado.

– Olha, nós entendemos você. – Entendemos? Óbvio, Felipe estava querendo ganhar tempo. – Mas ela não está bem e precisa ir. Se você gosta de uma pessoa, melhor deixá-la partir. O seu amor necessita de cuidados, sim, ela vai morrer se não tomar um remédio.

– Eu cuido dela. Tô dando um mundo pra ela, e tudo por ela. Declaração de amor nas parede, conto as história, canto música. Passamo horas no nosso quarto, falando de amor. Se for pra morrer, vai ser aqui, do meu lado! – gritou.

– Mentira sua, seu nojento, tenho horror de você! – berrou de volta Jeloma com o resto de força que ainda tinha e ameaçou desmaiar.

Definitivamente, o cara não batia bem da cabeça e, honestamente, eu não queria entender sobre sua sanidade. Só pensávamos em como sair daquela furada infernal. Impossível alguém nos escutar, estávamos dentro da garganta do dragão, a barra estava pesada no grau máximo e eu tentava lembrar se, em algum sonho, aquela arma tinha sido tirada da mão dele.

Cafa foi andando na direção do criminoso, Felipe me deu a mão, mas isso não me trouxe mais segurança. Meu irmão continuou dando passos para a frente e parou bem próximo do tal Pescada. Meu coração parecia desaprender de bater.

– Vamos conversar com calma. O que acha da gente levar a Jeloma e depois você encontrá-la melhor?

– Ela tá ótima! – A voz irritada denunciava, não sairíamos daqui naquele papinho.

Felipe soltou minha mão.

Cadu começou a se movimentar e senti que, indiretamente, os três estavam combinando de agir. Mas o cara estava armado, será que eles esqueceram desse detalhe? Como conter a avalanche de testosterona em alguns momentos cruciais?

Meu coração pressentia algo muito ruim acontecendo. Cafa, num ato impensado, pulou em cima do psicopata e os dois iniciaram uma luta corporal. Eu via a arma pulando para um lado, depois para o outro e muitas mãos, braços, pernas, até o louco conseguir se soltar. De tão magro, escapuliu por baixo de um abraço inimigo do meu irmão e apontou a arma na direção de Cafa.

Felipe deu um passo à frente.

– Ô, seu animal, o que você tá querendo? Matar alguém? Acha que tem alguma razão, seu irresponsável? – Nunca imaginei Felipe com uma voz tão dura.

– Se afastem de mim, ou vou matar um.

Um gato preto, do nada, correu por trás dele. Com o susto ele se distraiu por dois segundos. Tinha que ser agora! Felipe parecia não escutar mais nada. Partiu para cima do cara como Cafa tinha feito. Os dois foram girando a arma para o alto, os braços usando de toda a força, uma gritaria geral, xingamentos, e, de repente, o tiro no braço de Felipe, que caiu no chão. Ficamos estáticos e chocados. Pescada ameaçou matar Cafa, não tinha terminado o serviço. Pegou Felipe pelo outro braço e foi arrastando o meu namorado até um barranco bem ao lado da cena. Felipe tentou se levantar, mas não deu tempo. O cara deu um chute no peito da vítima tão querida por nós e se virou apontando a arma na nossa direção. Escutei o barulho do corpo de Felipe rolando e um desespero tomou conta de mim.

Pescada não tinha notado, mas enquanto brigava com Felipe, Cadu tinha desaparecido. O sumiço de um integrante do grupo não foi notado por ele. Eu não tinha ideia dos planos de Cadu, mas esperava um milagre. Pescada caminhou na direção de Jeloma, passou a mão em seus cabelos e se ajoelhou na sua frente, pedindo perdão. Continuávamos congelados, eu só conseguia pensar em Felipe e lágrimas urgentes desciam pelo meu rosto. Precisávamos ajudá-lo, mas não podíamos sequer nos mexer.

Quando Pescada se ergueu para analisar a cena, bang, o sangue começou a escorrer. Cadu estava atrás dele e tinha golpeado sua cabeça com uma pá. O homem caiu desmaiado e nossas vozes desesperadas ecoaram além do terreno da casa.

Eu saí correndo na direção de onde o louco tinha jogado Felipe. A imagem assustadora me fez chorar. A altura não favorecia e um rio corria lá embaixo. Eu tremia, tirando as lágrimas dos olhos e não vendo o meu namorado em lugar algum. Cadu, depois de acalmar Lelê, se aproximou de mim temendo o pior.

– Irmão, olha lá embaixo, olha, vê se consegue achá-lo. Não vejo o Felipe.

Cafa também chegou perto depois de amarrar Pescada com uma corda. O monstro continuava apagado, mas não estava morto. E Felipe? O que teria acontecido? Minhas pernas bambas, a visão terrível de uma alta queda e a água correndo. Será que meu namorado estava morto? Comecei a gritar seu nome e Jalma me fez companhia. Nós duas berramos loucamente pelo atual e ex-namorado.

Jeloma chorava, Lelê a acalmava, Cadu e Cafa tentaram descer um pouco o barranco para encontrar Felipe. Nada. Fizemos silêncio, tentando escutar algum som que ajudasse, apenas o barulho de uma água amarga correndo. Depois de quase uma hora sem encontrar o meu amor, Cadu achou melhor que fôssemos embora e confirmou que ficaria tomando conta do criminoso, junto com Cafa e juraram que encontrariam Felipe que provavelmente estava soterrado em meio às folhas e mato. Pediram que ligássemos para nossas famílias, polícia e colocássemos Jeloma em segurança na Casa do Coração que, de amorosa, para mim já não tinha mais nada.

Caminhamos em total silêncio com a sensação de ter sido muito mais distante. Palavras não conseguiam sair da boca de ninguém. Eu não processava Felipe ter rolado daquela altura de maneira tão idiota. Jeloma gemia de maneira ritmada e, durante toda a caminhada, paramos para ela não sofrer com tanto esforço. Passamos muitos sacrifícios naquele retorno. Jeloma ameaçava desmaiar, vomitar, mas não parecia ter algo na barriga. Tivemos que levá-la um pouco no colo, nos revezando, enquanto a vítima chorava e chegava a apagar, tamanho cansaço emocional.

O sol estava ainda mais terrível e o calor insuportável. Eu só queria chegar ao carro, à casa, ligar para os meus pais e pedir ajuda. O caso, muito mais sério do que imaginávamos, daria muito o que falar.

Depois de quase duas horas entre paradas, caminhada, subida, descida, chegamos aos carros. Totalmente exaustas. Os celulares foram ligados e discamos para a polícia. O criminoso precisava ser preso.

Não sei se consigo retratar na ordem certa os próximos acontecimentos. Minha alma estava aos prantos, eu me perdi dentro de tantas lágrimas e, ao chegar à casa, um vazio me fez ficar deitada na cama em posição fetal. A única decisão envolvia nenhuma de nós ligar para as famílias. Fiquei pensando na dificuldade de explicar sobre os sonhos, conseguir explicar direito nossa decisão de encontrar Jeloma, até porque, dentro de mim, tudo parecia muito confuso e triste. Jalma queria avisar sua mãe sobre o encontro com a irmã, mas a senhora tinha problemas cardíacos e achou melhor informar primeiro o pai, medicar a mãe e depois encontrar os familiares.

A polícia chegou rápido e a Casa do Coração lotou de homens armados e até um político local apareceu. Ficamos vivendo umas duas horas de tensão, com o retorno dos meus irmãos e a prisão do Pescada. Um falatório tomou conta do jardim lateral e, quando vimos, um grupo enorme descia com o maldito homem preso, meus irmãos caminhando abraçados de cabeça baixa e nada de Felipe. Corri de volta para o quarto para chorar. Lelê veio atrás de mim e ficou passando a mão nos meus cabelos.

– Amiga, calma, Felipe é forte, vai sobreviver. Vamos esperar o que seus irmãos têm para dizer.

Cadu e Cafa entraram no quarto derrotados. Os dois estavam ainda mais gêmeos do que nunca, carregando dentro de si a mesma melancolia e semblante de fracassados.

– Kira, fica calma. Olha, a gente desceu e caminhamos pela margem do rio que passa por lá. Não achamos o Felipe, ele é forte, a gente vai voltar lá e encontrá-lo.

– Confia na gente, irmã, vamos encontrar seu namorado, a gente gosta muito dele também. – Cafa me abraçou e chorei no seu ombro, pedindo calma para mim mesma.

De repente, uma confusão, um bate-boca na sala da casa. Descemos sem entender. Os meus passos estavam claudicantes, me sentia tão infeliz, mesmo olhando Jeloma sentada no sofá com olhar perdido. Tínhamos salvado uma vida, mas perdido a do meu grande amor?

A tensão na Casa do Coração dominava. Pescada estava sentado no chão, algemado, um policial em pé ao lado, com a arma pronta para ser usada. Policiais conversavam e um barulho forte vinha da cozinha. Sardinha e a esposa entraram com as mãos para o alto, acompanhados de mais policiais armados e foram colocados ao lado do Pescada.

– Por que estão prendendo os dois? – Jalma questionou, tentando defender os empregados. – O Pescada é irmão do Sardinha, mas isso não é crime.

– O criminoso desceu contando não só que o irmão e a esposa sabiam, como apoiavam e colaboravam com o sequestro. – O delegado demonstrava irritação e revolta. – E essa mulher, com cara de santa, subia diariamente até metade do morro com comida para o criminoso e a vítima. Vocês fizeram muito errado de terem subido sozinhos, foram tremendamente irresponsáveis com suas vidas, mas como seres humanos merecem o nosso apoio e respeito. Podiam ter sido mortos. Vamos trabalhar agora na busca do amigo de vocês. Vamos achá-lo.

Jalma teve um ataque, perdeu a calma e partiu para bater nos dois.

– Loucos, maníacos, como vocês fizeram isso com a minha irmã? Olha o estado da garota. Odeio vocês, vou lutar até o fim para mofarem na cadeia. Farei com que a minha família pague os melhores advogados contra os três. Canalhas, malditos, tiraram a paz da minha casa e mataram o Felipe. Mataram meu Felipe!

Quando Jalma disse isso, uma saliva queimando desceu pela minha garganta. Sentei no sofá, sem acreditar na morte. Não podia ser. Dentro de mim, isso não seria verdade. Felipe sempre teria vida.

– Sobre o rapaz desaparecido, como falei, vamos subir para procurá-lo. Confiem, não vamos parar as buscas – disse o delegado.

Olhei aquela cena, os criminosos no chão e não conseguia cair na real. Como podiam ter aprontado aquilo tudo? Gente que a família da Jalma ajudou e apoiou, construindo uma casa, dando suporte necessário para que tivessem uma vida digna.

– Quando a pessoa não presta, não adianta ajudar. Quem não presta continuará sem valer nada, mesmo bem tratado. – Aquela frase de um policial dizia tudo e Jalma não parava de argumentar como seus familiares faziam tudo por uma família tão carente e dos sérios envolvimentos de Pescada com drogas e álcool. Ali, parada, vendo a cena bizarra, me perguntei onde tinha se escondido a felicidade.

A agitação na Casa do Coração não parou. Policiais levaram a quadrilha, homens subiram com Cafa e Cadu até a maldita casa para buscar Felipe e fiquei sem rumo dentro de mim, andando de um lado para o outro da minha alma, esperando respostas. Enquanto sentia meu corpo perdendo as energias, lembrei do palhaço, em um dos meus sonhos, dizendo: "Jamais pense que acabou. Existe vida muito além dos momentos difíceis. Nos dias duros, esqueça as coisas ruins."

Jalma ficou no quarto com Jeloma, a moça ainda precisava de muitos cuidados. As duas empregadas da casa de Paraty foram trazidas para substituir a criminosa muda. Um médico foi chamado para examinar a moça no limite de graves problemas dermatológicos, respiratórios, digestivos... Apesar da necessidade de medicamentos, exames e apoio, ela ficaria bem. O que, de certa forma, nos aliviou. Só de ter tomado banho, ficar no soro e se alimentado com uma sopinha, Jeloma mostrou melhora. E o melhor de tudo, ela não tinha sido molestada.

– Quando imaginaríamos tudo isso? E Kira? Assusta pensar no acerto do seu sonho. Estava tudo lá. A casa, a Jeloma...

– Não posso acreditar que o Felipe morreu.

– Amiga, calma, eles vão encontrá-lo. Você sabe. Tenta dormir um pouco. Toma esse comprimido e deita.

Fechei os olhos, mas, pela primeira vez, não queria dormir. Tinha medo de apagar e não encontrar mais Felipe dentro dos meus sonhos.

VINTE E OITO

O pior não existe

Eu sinto você perto de mim, logo não acredito na sua partida. Você participou de uma história tão especial, que não pode ter saído tão rápido e deixado esse imenso vazio. E se isso acontecer, terei caído com você naquele rio.

Não me lembrei de nenhum sonho, o que me decepcionou demais. Levantei, a casa estava silenciosa e um policial se encontrava sentado na varanda. Olhei para o deck, onde eu e Felipe estivemos juntos e lembrei do nosso beijo e das nossas conversas perfeitas. O sentimento de perder aquilo tudo me feria, deixando uma marca densa.

As buscas iniciais não deram resultado e meus irmãos chegaram com poucas palavras. A procura continuaria, eles não conseguiam imaginar onde tinha parado o meu namorado e eu queria, pessoalmente, procurar no dia seguinte.

– Kira, não podemos. A polícia vai seguir com as buscas, mas nós precisamos voltar para o Rio.

– Voltar para o Rio? Nem pensar, só vou embora depois de encontrar o Felipe. Ele está baleado!

– Nós ligamos para a mãe e ela mandou a gente retornar hoje. Está em pânico, tomou até remédio.

– Mas irmão...

– A gente vai para o Rio, conversa com os nossos pais e se tiver que voltar, a gente retorna. Prometo.

– Cadu, não sei se consigo sair daqui.

– Vamos juntos.

– Amiga, fico com você esses dias, a Sandra vai cuidar sem nenhum problema da Canto da Casa. O importante é você ficar bem.

Arrumei a mala de qualquer jeito. Não queria pensar na minha partida. Entendi ser impossível convencer meus irmãos a permanecermos ali. Na sala, um policial confirmou o prosseguimento das buscas e pediu confiança no trabalho dos profissionais acostumados com esse tipo de situação. Antes de entrar no carro, pedi, emocionada, para que Felipe fosse encontrado vivo.

A volta para o Rio foi de um silêncio sepulcral. Paramos na estrada para comer e a falta de apetite tinha virado minha colega de infância. Forcei a me alimentar para permanecer de pé. Não queria desabar e ficar sem notícias, ou abandonar Felipe nos meus pensamentos.

Em casa, chegamos e demos de cara com um verdadeiro drama. Minha mãe transtornada, questionava o porquê de nos metermos naquela roubada, fazendo mil perguntas sobre meus sonhos, lamentando demais por Felipe e simulando possibilidades sobre a decisão de subir e buscar Jeloma, indicando desfechos ainda mais trágicos do que o ocorrido. No pior deles, eu e meus irmãos também estávamos mortos.

Fui para o meu quarto. Minha mãe estava coberta de razão, mas, mesmo assim, escutar o que já sabia me doía demais. De longe, ouvia a proprietária do Enxurrada Delícia falando, falando, falando, meu pai falando, falando, falando, os dois discutindo sobre a irresponsabilidade juvenil e arroubos que só a pouca idade carregam. Meu pai informava sobre as questões jurídicas, minha mãe demonstrava ainda mais tensão, ele comentava o caso, fazia projeções, e com as vozes tão familiares adormeci.

Eu parecia afundar num buraco ainda mais profundo do que a imaginação pode criar. Me senti em uma espécie de *Alice no País das Maravilhas*. Fui mergulhando, passando rápido por um túnel apertado, algumas luzes pelo meio do caminho, objetos pendurados como decoração, meus cabelos voando, o vento passando pelas minhas bochechas com força, cordas impossíveis de serem capturadas pelas minhas mãos e a sensação de pessoas sentadas em pedras ao longo da queda, mas esse detalhe não consigo confirmar.

Caí num chão duro e, despreocupada com qualquer tipo de dor, caminhei impressionada com a tonalidade cinza daquele lugar. A mesma moça voadora do sonho com Jeloma estava ali, sentada, um sorriso indecifrável e me indicou com a mão para seguir em frente. Passo a passo, eu buscava alguma resposta na direção do mistério. Não sabia mais se gostava de sonhar, não queria saber do futuro e me sentia saudosa da minha vida simples e comum de garota carioca.

O lugar possuía a fragrância da tristeza. Meu corpo queria sair dali, mas minha mente demonstrava mais força e vontade de permanecer. Eu precisava de um sinal, algo para acalmar a alma. Nada ao redor me inspirava segurança, mesmo assim continuei, passando a mão por uma parede áspera e tendo a ajuda de velas na iluminação. Não queria perder a última gota de esperança morando dentro de mim. Aquele sonho podia me trazer alguma resposta.

Meus pés seguiram adiante e me dei conta da proximidade de um lago. O lugar tinha bichos mumificados e uma água de coloração incomum. Um arrepio subiu pelo meu corpo e aqueles animais mortos, com seus olhos estáticos e a dor da morte ao redor, me envolviam com um medo genuíno.

Alguém colocou a mão no meu ombro e quando me virei, não acreditei naquela presença tão real diante de mim.

– Felipe!

– Meu amor, você aqui?

– Nós estamos te procurando.

– Eu não sei o que aconteceu direito. Quando vi, estava dentro de um rio.

– Você e aquele criminoso brigaram. Ele te jogou lá de cima. Pensamos que você poderia estar preso nas raízes ou encoberto por folhas, desmaiado. Me diz que está bem? Eu preciso acalmar o meu coração.

– O que de fato aconteceu comigo?

– Não sabemos. – Passei a mão no seu rosto, sentindo a leveza da pele já conhecida por mim. – Que lugar é esse?

– Esse aqui é o Lago Natrão, na Tanzânia. Famoso por ser mortal para animais como aves e morcegos.

– Como assim?

– O pH natural desse lugar varia acima do normal e a temperatura pode chegar até 60 graus. Natrão vem do nome da cinza vulcânica. Por isso, muitos bichos morrem com esta combinação e são calcificados, virando essas estátuas assustadoras neste lago corrosivo. – Meu namorado falava com a voz de um robô, estranhezas normais em sonhos.

– E por que você está aqui tão longe de casa?

– Não sei dizer, Kira, mas precisa confiar em mim. Escute bem o que eu disser: só tenho uma certeza, não morri. Não estou morto. Meu sangue continua correndo e estou bem. Seus irmãos vão me achar. Não perca o pensamento em mim. Lembra-se da nossa frase? Bem, seja como for, não desista de mim.

– Não vou, não vou. Mas você precisa se ajudar a sair desse lugar.

– Tentarei. É como se minha mente estivesse presa naquele porão sujo, onde a Jeloma estava.

Realmente impressionava a semelhança do Lago Natrão com o cativeiro de Jeloma. O mesmo tom cinza, o mesmo vazio e a dor ao redor. Felipe, aliás, usava a mesma camiseta cinza do sonho, do pior dia das nossas vidas, combinando bem com as cores daquele lugar.

– Felipe, esse lugar não é seu. Não tenho ideia de onde você está, mas vamos achá-lo vivo. Espere por nós.

Meu namorado chegou bem perto de mim, o sonho mais difícil de todos. Passou a mão nos meus cabelos, sorriu e me beijou no rosto com um carinho puríssimo. Ficamos próximos, na mesma respiração, mãos dadas, e pude sentir um suor descendo pelas minhas costas até que Felipe me beijou com o furor e desejo de sempre.

– Kira, amo você. Não estamos vivendo algo superficial e que passará. Viemos para ficar. Não vou perder por nada a garota mais linda já vista pelos meus olhos. Se vamos nos ver novamente…

– Dizem ser sorte encontrar um grande amor, poder viver esse sentimento – falei, tentando encontrar forças para acreditar naquele sonho.

– O amor ainda existe, está dentro de várias pessoas e ele tem uma capacidade absurda de salvar dois corações ao mesmo tempo e fazê-los mais fortes para o mundo. Confia, Kira. Nossa história ainda nem começou.

Sentei em uma pedra repleta de natureza morta ao redor, a imagem de Felipe foi sumindo na frente dos meus olhos e fiquei repetindo para mim mesma: "Nossa história ainda nem começou", "Nossa história ainda nem começou", "Nossa história ainda nem começou"... Acordei com uma estranheza, um sonho ruim, mas ao mesmo tempo bom.

Felipe estava vivo. Mas... até quando resistiria aos ferimentos?

Lelê estava deitada no chão do meu quarto, tomei um banho e troquei de roupa. A manhã tinha chegado e eu podia ver o fio de luz no canto do blackout. Um enorme silêncio no apartamento, meus pais provavelmente tinham saído para seus respectivos trabalhos. Um bilhete na minha mesinha de maquiagem dizia: "Filha, desculpa se mamãe brigou demais. A ideia de perder vocês me fez ser uma chata ontem. Te amo. Estarei no nosso Enxurrada Delícia. Qualquer coisa, liga, venho correndo para casa." Junto com a letra materna, o patriarca da casa colocou: "Papai também ama vocês DEMAIS!"

Fui andando pelo corredor e cheguei até a cozinha, onde Anja estava deitada, parecendo saber do meu estado emocional. Não fez festa, me observou, deixando o branco dos olhos aparecerem e abaixou a orelha, sem euforia.

Abri a geladeira e nada me contagiava. Fui tirando itens das prateleiras, pensando em preparar algo para Lelê. Minha amiga não demorou a surgir na porta.

– Morrendo de fome, amiga, preciso me alimentar ou vou cair.

Cadu e Cafa chegaram juntos na cozinha, sem camisa, de short, Lelê rapidamente deu a mão para o seu gêmeo. Fiquei olhando pela janela, o céu cristalino e o vazio triplicado dentro de mim.

A mesa do café não me atraiu, mas comi para fingir vontade e me deixarem em paz. Enquanto engolia um cappuccino, pensei nos meus encontros com Felipe. Perfeitos. Isso seria uma dica para terem prazo de validade? Encontro especial, com fim marcado, capaz de me fazer infeliz até o *meu* fim?

Ao morder um pedaço de bolo, a imagem no Lago Natrão apareceu na minha frente. Felipe vivo, me avisando para não desistir da procura. Engasguei. Meus irmãos demonstraram expectativa no que eu poderia dizer. Lelê questionou se eu estava bem e o interfone tocou. Cadu correu para atender.

– A Jalma está subindo.

– Será que ela tem notícias do Felipe? – Levantei da mesa correndo e fiquei esperando na porta do apartamento.

Jalma surgiu com uma aparência devastada e pediu para conversar. Meus irmãos e Lelê continuaram tomando café e nós duas fomos para a varanda do apartamento. A ex-namorada mal dirigiu a palavra para Cafa, passou pela sala, analisando cada detalhe, sem muita cerimônia.

– Alguma notícia do Felipe?

– Nada. E é sobre isso mesmo a nossa conversa. – Jalma estava reticente nas palavras.

– Pode falar.

– Vim aqui saber por que você matou o Felipe.

Aquela declaração me atingiu como um dos tiros daquele Pescada.

– Como é que é?!?

– É isso mesmo, garota. Você tem alguma dúvida que o meu namorado está morto?

– Seu namorado? Jalma, você e Felipe não estavam mais namorando. Ele estava comigo, ou você esqueceu que se pegou com o meu irmão?

– Dormi e acordei tentando entender por que inventar de subir até aquela casa, armar aquele circo todo e Felipe morrer.

– Você está sendo ingrata. Salvamos a sua irmã.

– Eu deveria ter sido perguntada se queria trocar a vida dele pela da Jeloma. Eu queria? Você sabe qual a minha opção?

– Como é que é?

– É isso mesmo. Você acha que todo mundo ama profundamente a família? Eu convivo com as pessoas da minha casa, não desejo mal, mas daí aceitar perder um amor por uma irmã ingrata, adorada por todo mundo, sem nenhuma afinidade comigo? Muito obrigada, prefiro o Felipe. Agora, aquela garota está lá, meus pais bajulando a coitadinha até não poder mais. Ninguém me perguntou se eu queria dessa maneira. Não me olhe assim. Acha que não gosto da minha irmã? Gosto, mas amar… amo o cara que caiu naquele rio.

– Não estou escutando isso. – Juro, é um absurdo tão grande como naquelas cenas de novela que o público duvida alguém ser capaz de dizer algo tão ruim. Mas existe gente pensando calamidades como as asneiras ditas por essa louca, essa doente.

– Vai me censurar? Julgar como estou errada? Onde está Felipe? Me responde. Eu só estou sendo sincera.

Não tinha as respostas e não entendia aquele discurso culposo e arrogante. Ela deveria no mínimo estar grata ou feliz pela recuperação da irmã, mas me acusava como se eu tivesse armado uma tocaia para o meu próprio namorado. Afinal, Jalma podia ainda viver o delírio de namorada atual, mas eu não tinha nenhuma dúvida da minha conexão com Felipe e da profundidade da nossa relação. O que nos pertence só encaixa na nossa alma. O que é nosso não possui outra mão para segurar.

– Jalma, você já disse o que queria?

– Já e quero saber o que você acha. Ou você vai se fazer de coitadinha? Desculpa, mas o cargo de viúva não te pertence.

– É a sua opinião, não tenho que achar nada. Se você preferia o Felipe aqui do que a sua irmã, e olha a situação como uma troca, nada tenho a dizer. Não vejo o ocorrido como uma troca de corpos. Salvamos a sua irmã e, infelizmente, perdemos o Felipe.

– Perdemos, Kira? Morreu, você quis dizer?

– Para mim, não morreu. O lugar de onde ele caiu não me parece tão alto.

– Não me parece tão alto? Tinha um rio passando, óbvio, se afogou.

– Não é óbvio para mim. E ainda é menos óbvio você preferir sua irmã morta.

– Me canso com gente sem noção, Kira. Você é o tempo todo assim, a boazinha perfeita?

– Fico feliz de alguém como você não concordar comigo, Jalma. Egoísta, superficial, incapaz de ser sincera consigo mesma e muito menos com as pessoas ao redor. E o pior: ficou meses namorando um cara que, simplesmente, não te namora. Agora, é melhor você se mandar, porque a gente nada tem em comum, nenhum pensamento semelhante e se, em algum momento nos tratamos com algum respeito, foi por causa da Jeloma. Agora sai da minha casa. Some, desaparece!

Jalma, para meu alívio, atendeu a minha ordem e se foi. Um minuto depois, Lelê estava do meu lado, querendo saber cada palavra trocada naquela conversa. Não me sentia capaz de repetir as idiotices escutadas, mas tentei.

– Ah, quer dizer que, segundo a Jalma, a culpa da morte do Felipe é sua?

– O Felipe está vivo. Sonhei com ele.

– Sério?!? Não duvido. Se você falou, acredito a partir de agora.

– Quando ele aparecer, ela ficará com aquela cara de idiota. Ainda mais idiota do que já consegue ser.

– Gente, passada na farofa por alguém preferir uma irmã morta. Garota dolorida, vou te dizer.

– Quero ver essa aí longe da minha vida.

– Amiga, deixa eu te contar uma coisa. Sabe a Fátima Bernardes?

– Claro que sei, o que tem ela?

– Quer fazer uma entrevista com você para o programa dela.

– Comigo?

– Já ligaram da produção do programa duas vezes.

– Eu não sei se quero falar com a TV. – Só conseguia pensar em Felipe e onde ele estaria.

– Kira, pensa bem. A TV tem um alcance enorme. O Felipe pode ser encontrado com ajuda dessa entrevista.

– É, de repente alguém o reconhece. O que eu faço?

– Aceita, Kira. Você fala bem, vai saber dizer as palavras certas.

Respirei fundo. Quantas voltas mais minha vida daria? Quantas surpresas chegariam? Desejava de maneira ardente minha calmaria de volta.

Lelê ligou para a produção, avisando a resposta positiva. Telefonei para a minha mãe, mais calma, ela também concordou com a entrevista. Valia a pena para, quem sabe, alguém ter notícias do meu namorado. Meu coração disparava com a ideia de ficar longe, perder o contato e receber as piores notícias. Se aparecer na televisão envolvia a possibilidade de encontrar o cara dos meus sonhos, eu assumiria a posição de mostrar minha cara para o Brasil.

Algumas horas depois, uma equipe entrava pelo apartamento, montando tripés, perguntando por tomadas, recebendo cafezinho da mão da Lelê. Fátima Bernardes tinha uma beleza radiante e Cafa não conseguiu controlar seus olhares na direção da apresentadora. Sentamos em duas poltronas, eu de costas para a varanda. Cadu falava comigo no ouvido, me dizendo palavras de força e apoio. Meu pai chegou mais cedo do trabalho para acompanhar a entrevista de perto.

Cenário armado, maquiagem feita, equipamento preparado, Fátima Bernardes segurou minha mão e demonstrou tremenda humanidade:

– Só fale o que quiser. Não querendo responder, só me avisar. Está tudo certo aqui. É uma conversa, quem sabe alguém viu o seu namorado e pode ajudar?

– Tudo bem, só por ele estou aqui. Sou muito na minha, detesto aparecer. A chance de encontrar o Felipe vale falar com as câmeras.

– Obrigada pela confiança. – Fátima agradeceu e sorriu, bastante respeitosa.

A apresentadora então voltou os olhos para o câmera, falou sobre como se posicionaria, testou o microfone e eu, totalmente neófita, acompanhava com atenção o diálogo dos profissionais, tentando não atrapalhar.

– Vai dar tudo certo, Kira. Você é linda e fala muito bem. – Fátima Bernardes tinha uma voz grave no tom certo e eu ainda tive tempo de reparar como ela estava bem-vestida com um blazer bem cortado, uma calça jeans justa, um batom deslumbrante e cabelos perfeitamente arrumados. Com o sim do câmera, Fátima começou:

– Uma semana de grandes emoções para jovens aqui do Rio de Janeiro. Um caso que está chamando a atenção de todo o Brasil. Um grupo salva a vida de uma amiga sequestrada, mas um dos integrantes dessa turma, Felipe Dontarte, continua desaparecido. Estou aqui em uma entrevista exclusiva com Kira Peltros que é namorada do rapaz desaparecido. Kira, como estão sendo essas horas de espera por notícias do Felipe?

– Terríveis. Estou vivendo as piores horas da minha vida.

– Não só eu mas todos que estão em casa querem saber o que aconteceu durante a verdadeira operação que vocês fizeram para salvar Jeloma Fidalgo?

– Nós estávamos desconfiados do lugar do cativeiro. – Uma calma tomou conta da minha voz e sabia exatamente o que dizer. Esqueci câmeras, produção, esqueci tudo e consegui até pensar rapidamente entre decidir ou não se contava sobre meus sonhos. Não. Segui: – Resolvemos ir sozinhos porque achávamos que nossas desconfianças não seriam palpáveis o bastante para mobilizar a polícia.

– Jeloma estava muito perto do sítio dos avós maternos? – Fátima Bernardes fazia uma voz bem jornalística nas perguntas e nesse momento olhou para a câmera, intencionalmente querendo reforçar a informação para os telespectadores.

– Estava sim e a gente demorou cerca de três horas para encontrá-la. Infelizmente, o criminoso foi avisado, voltou e nos pegou no momento de fuga. Começou uma confusão, ele estava muito violento, drogado, não aceitava negociar, e aí, no meio de toda a loucura, teve uma briga, Felipe quis nos defender e acabou sendo jogado de um barranco, onde passa um rio logo abaixo.

– Qual foi o pior momento vivido naquela situação?

– Quando o criminoso apontou a arma para a gente. Você se sente impotente, sem força e existe uma espécie de descrença. Por um segundo, você acha aquilo tudo uma brincadeira. Algo tão bizarro, uma pessoa capaz de matar com tanta facilidade, com um amor doentio por uma garota que, se não fosse a gente, morreria.

– Você, conversando comigo antes, disse acreditar na sobrevivência do seu namorado. Por quê?

– Porque bate no coração uma certeza, porque o local não é tão alto e o corpo não foi encontrado. – Foi aí que fiz algo não combinado. – Felipe, se você está vendo essa entrevista, estamos esperando a sua volta. Se você que nos assiste sabe onde ele está, nos avise, por favor. Sua família, seus amigos, estão todos desesperados por notícias.

– O que você espera que seja feito com os criminosos que sequestraram a Jeloma?

– Não sou a justiça deste país. – Olhei para o meu pai, Juiz, observando o que eu diria. – Mas tenho certeza que eles precisam ser severamente punidos. O estado da Jeloma, a maneira como a encontramos, só gente doente e da pior espécie faz isso. Em alguns momentos, o mundo é tão injusto que você se pergunta se tem outro mundo para morar.

– Eu vou torcer para você ficar bem e o seu namorado ser encontrado, Kira. Nós gostaríamos de agradecer sua participação aqui no programa e desejar que o seu namorado volte o mais rápido possível. Caso você de casa tenha alguma informação, é só ligar para o telefone do Disque Denúncia ou fazer contato pelo site do nosso programa que aparece aqui na tela.

A entrevista acabou e aí sim meu coração começou a disparar. Anja veio animadinha na minha direção e a peguei no colo. Fátima Bernardes elogiou a maneira segura como falei e todos da minha família me parabenizaram pelo meu comportamento determinado. Como se alguma fala curasse a imensa dor no meu peito.

A equipe do programa foi embora, Fátima Bernardes me deu um abraço daqueles bem apertados, desejou conhecer Felipe em breve e nos convidou para estar ao vivo no palco do seu programa, o que me fez sentir um alívio interno. Pelo menos alguém acreditava na possibilidade do meu namorado estar vivo.

Fui para o meu quarto, liguei a TV e estava passando o clipe da música *No Escuro*, do *Anacrônico* da Pitty: "Quando tá escuro e ninguém me vê/ Quando tá escuro, eu enxergo melhor/ Quando tá escuro, te vejo brilhar/

É onde eu fico à vontade, sem medo da claridade/ Passo o dia inteiro esperando a noite chegar/ Porque não há mais nada que eu queira fazer". Eu nunca tinha me sentido tão no escuro na vida. Tudo muito denso, me trazendo sentimentos pesados demais para serem vividos de uma vez só. A voz daquela idiota gritando comigo, me acusando de matar meu próprio namorado, não me saía da cabeça.

Se eu pudesse voltar no tempo, será que faria tudo de novo?

VINTE E NOVE

Onde encontrar?

Ninguém me falou ser possível suportar tanta dor.
O vazio se multiplicando me faz duvidar se estou aqui.
Talvez eu tenha ido embora com você.

No dia seguinte, bem cedo, uma verdadeira comissão invadiu meu quarto. Cada um queria me dizer algo, mas tudo girava ao redor de me elogiar durante a entrevista. Cafa descontraía o ambiente, ressaltando a beleza da Fátima Bernardes:

– Mais bonita ao vivo do que na TV. Não sou de perder o rumo com mulheres, mas…

– Não é de perder o rumo? Me poupe, Cafa. Você nunca resistiu a um rabo de saia!

– Qual é, Lelê? Só porque virou minha cunhada, já quer desmoralizar?

– E a Fabi, que fim levou? – Nem Cadu conseguia acompanhar o pique do irmão gêmeo.

– Vou encontrar mais tarde. – Sobre a Jalma, Cafa já estava desinteressado. Segundo ele, "a menina tinha problemas" e estava fora de se meter no rolo com a ex do meu namorado.

Meu pai saiu do quarto, precisava chegar cedo ao fórum e, antes de bater a porta, me elogiou mais uma vez.

– Parabéns, filha! E que a justiça, da qual faço parte, cumpra seu papel.

– Quem não deve ter gostado nadinha dessa entrevista é a Jalma. A Fátima Bernardes, lindérrima, mandou na cara do Brasil: Kira Peltros é a namorada de Felipe Dontarte. Puro luxo! – exclamou minha amiga e só então percebeu não ter me arrancado nenhum sorriso. Eu me sentia seca por dentro. Como se minhas raízes não soubessem mais como conseguir nutrientes.

– Ai, gente, sei que vocês querem me fazer rir, mas tô focada no Felipe. Cafa e Cadu, posso pedir uma coisa?

Os dois balançaram a cabeça, enquanto se olhavam. Sabiam, viria algo bem sério na minha próxima fala.

– Vamos voltar naquele lugar e procurar alguma pista?

– Kira, a polícia está lá. Eles fizeram tudo, a gente não vai encontrar o cara assim.

– A gente encontrou a Jeloma, Cadu. Vocês acreditarão no que vou dizer?

– Podemos tentar, irmã. – Cafa se jogou nas almofadas do meu quarto, aguardando a informação.

– Sonhei com o Felipe e ele está vivo.

– Como você sabe? – Cadu sentou no braço da poltrona onde Lelê estava e ficou esperando minha certeza.

– No sonho, tão forte como os que tive com Jeloma. Me disse estar vivo e pediu para eu não desistir dele.

– O que faremos, Cafa? – Cadu pareceu escutar alguma palavra mágica e demonstrou um desejo imediato de agir.

– Beleza, todo mundo se arruma e vamos atrás do Felipe. A mamãe não pode nem sonhar. A gente vai e depois explica.

Lelê pareceu não acreditar na nossa disposição para se envolver em mais uma possível loucura.

– Kira, para quem queria ter uma lojinha no Recreio, viver feliz, tranquila, pegar uma praia no fim de tarde, você está parecendo dublê da Angelina Jolie.

– Amiga, a causa é nobre.

– Tudo bem, vou com vocês, sou a dublê da Julia Roberts! – Lelê deu um beijo com vontade em Cadu e foi buscar seus pertences e se arrumar.

O esquema foi parecido com nossa viagem anterior e parar no mesmo posto de gasolina me desestabilizou. O lugar de Jalma foi rapidamente substituído por Fabi. Estar acompanhada de dois casais me fazia lembrar ainda mais de Felipe. Meu irmão trocava a acompanhante, mas continuava namorando alguém.

Imprimi um mapa da região e fomos no carro estudando as possibilidades. Faríamos o caminho do rio. Como? Não tínhamos ideia.

A viagem pareceu ainda mais lenta do que na primeira vez. Na minha cabeça começou a tocar *Echo*, do Jason Walker: "*Hello, hello/ Anybody out there?/ Cause I don't hear a sound/ Alone, alone/ I don't really know where the world is but I miss it now/ I'm out on the edge and I'm screaming my name/ Like a fool at the top of my lungs/ Sometimes when I close my eyes I pretend I'm alright/ But it's never enough/ Cause my echo, echo/ Is the only voice coming back/ Shadow, shadow/ Is the only friend that I have*".*

No meio da tarde, já estávamos diante do portão da Casa do Coração. Na porta, foi possível ver cadeados. Haviam trancado a casa. A gente não queria invadir o lugar e andamos pela rua de barro em busca de alguma ajuda até encontrar um conjunto de casas simples com janelas miúdas e escadinhas de três degraus. Um senhor bem velhinho, sentado em um banco de madeira ao lado de uma porta aberta, mastigava fumo e usava calça e camisa social bem velhas com um suspensório prendendo apenas um lado da cintura.

– O senhor poderia nos ajudar?

– Xi, claro, ih, eu acabei de ver ocê na TV! Tavam metidos na história do Pescada e do Sardinha! Aquela família nunca prestou. Esses dois quando eram moleque matavam tudo quanto era gato, e se fosse preto então... quanta crueldade. A mãe achava normal, dizia ser brincadeira de criança. Deu no que deu. Sem educação e amor no coração, o cabra não serve pra nada. O avô da Jeloma nunca deveria ter pego esses perdidos para trabalhar. Deu tudo, ajudou e levou essa no meio da fuça.

---

* Olá, olá/ Tem alguém aí?/ Porque eu não ouço nada/ Sozinho, sozinho/ Eu realmente não sei onde o mundo está, mas eu sinto saudades dele agora/ Estou no limite e estou gritando meu nome/ Como um louco a plenos pulmões/ Às vezes, quando fecho meus olhos eu finjo que estou bem/ Mas nunca é o suficiente/ Porque meu eco, eco/ É a única voz que volta/ Sombra, sombra/ É a única amiga que eu tenho.

– A gente queria saber como encontrar o rio que corta o terreno, sem entrar no terreno, se é que o senhor me entende.

– Oh, Biteco, Biteco, chega aqui. – O senhorzinho foi chamando por alguém e escutei barulho de passos vindo do interior da casa.

– Que é, vô?

– Esse povo perdido aqui – detalhe, povo perdido – quer entrar no rio, mas não querem invadir a Casa do Coração. Leva eles pelo outro lado.

A tristeza dentro de mim me fazia sentir enganada como quando a gente compra cereja na padaria e na verdade é chuchu, capaz de aceitar bem qualquer sabor e enrolar o nosso paladar. Não havia sido isso que a vida tinha me prometido.

Biteco nos olhou de cima a baixo. Um garoto franzino, usando apenas uma bermuda bem mais larga para o seu tamanho, com um chinelo todo remendado, pronto para ser jogado no lixo, e uma camiseta que mais parecia uma peneira de tanto furo. O jeito moleque sobressaía nas roupas humildes.

Pegamos nossas mochilas no carro, meu irmão decidiu levar uma barraca de camping e, seguindo orientações do senhorzinho, estacionamos o carro embaixo de uma árvore.

– Ninguém vai mexer no carro docês que eu num vô deixá!

O carro não me preocupava. Pela primeira vez na vida sentia meu coração sangrar. Uma dor grande com fios de sangue escorrendo pelo músculo involuntário, inundando meu corpo de um líquido concentrado de sofrimento puro.

Caminhamos silenciosos, passando por um mato fechado, resquícios de um piquenique, árvores frutíferas e até uma horta, esquecida pelo tempo. Subimos uma ladeira, Lelê me deu a mão, o suor do nervoso escorria pelo meu rosto, o calor na nuca irritava e sentia minha barriga e pernas molhadas.

Paramos depois de uma meia hora para beber água. Sentamos embaixo de uma árvore.

– Como é seu nome mesmo, garoto? – Cafa ofereceu água, estendendo um copo e nosso guia aceitou de pronto.

– Biteco. Quer dizer, tenho outro nome, mas só uso Biteco mesmo. O que vocês querem aqui? Posso ajudar, se souber.

– Nós estamos procurando o moço desaparecido.

– O que caiu lá da Casa do Tribunal?

– Casa do Tribunal? – Cadu nos olhou, imaginando algo bem ruim.

– Ali foi a casa de uma dona muito estranha. Tinha uma estradinha para chegar lá, uma ponte, passava até caminhão aqui atrás, mas aí um dia ela sumiu. – Sumir não era um verbo que eu andava querendo escutar a conjugação. – O povo passou a usar pra fazer justiça com as próprias mãos. Ficou anos com as coisas da mulher lá. Você achava fotos, cartas e roupas. Depois, uma família tentou morar lá e foram todos mortos. Os mais velhos não deixavam mais a gente subir. O limite das crianças passou a ser o rio. Lá no alto, depois do rio, nem pensar.

Um arrepio me feriu por dentro e entendi por que aquela casa tinha uma energia tão pesada.

– Adoro história de livro policial. – Cadu adorava ler e tinha encantamento por crime, suspense e mistérios.

– Detesto, prefiro história de amor com final feliz.

– Estou com você, Lelê! – Fabi mostrou a língua para o Cafa.

– E se a gente estiver no meio de um thriller? – Cafa caminhava na frente, cortando galhos com um facão.

– Não, meu querido, nós estamos no meio de uma novela das nove e o autor vai dar final feliz para todo mundo que merece. – Lelê deu um leve tapa na cabeça do cunhado, entendendo ser melhor calar a boca. Minha mente voava longe, pensando se encontraríamos Felipe nessa busca.

Chegamos a um descampado rodeado de árvores. Biteco nos contou que ali seria uma igreja, mas, com as mortes, a ideia acabou esquecida e usavam o local para um campeonato de futebol anual e mais nada. Alguns casais namoravam ali, mas em geral as pessoas não andavam muito naquela área.

Depois de uns vinte minutos além do descampado, encontramos o rio. Uma emoção me dominou e prometi não tirar os olhos da margem de jeito nenhum. Biteco indicava com o braço o caminho a ser seguido. Certamente ele andava por ali muito mais do que havia nos contado e o avô imaginava. Tivemos que voltar para entrar no mato e cortar caminho, encontrar o ponto exato da queda de Felipe e aí sim, descer, buscando o meu namorado.

Um bicho passou atrás de nós e não conseguimos identificar. Estávamos no meio de uma mata. Muitos animais, donos daquela terra, possivelmente notaram nossa presença. Meus irmãos e Lelê alternavam suas preocupações comigo. Fisicamente, eu tinha energia para correr um mundo. Por dentro, o sangramento emocional continuava.

Depois de quase duas horas encontramos finalmente o local exato da queda e eu pude ver que não fora tão alta, mas o impacto não parecia ter sido fácil. A Casa do Tribunal estava ali, silenciosa, quieta, guardando todas as suas dores. Quanta história ruim em um só lugar. Consegui ver uma ponta da Casa. Ficamos olhando, relembrando o pior dia de nossas vidas. Minha mente repetiu várias vezes a queda do meu namorado que, agora com mais calma, só podia ter caído no rio e sido levado pela força da água. O olhar insensível de Pescada, Jeloma nas profundezas de si mesma... Se pudesse, reescreveria aquele dia de outra forma, salvando Jeloma, Felipe e não deixando o final feliz pela metade.

Alguns poucos raios de sol mergulhavam no rio. Biteco declarou ter relatado apenas parte dos acontecimentos. Foi contando sobre o local ser usado como esconderijo anos antes. Dois grandes inimigos teriam brigado na frente da casa e uma série de pequenas histórias de vingança não inspiravam paz.

Montamos um plano para seguir toda a margem do rio. Não sairíamos mais do curso da água e procuraríamos em árvores, buracos e o que mais pudesse ter servido de abrigo para Felipe. Meus irmãos traçaram metas, combinaram com a gente atuações e Biteco fez questão de prometer nos acompanhar. Se decidíssemos dormir ali, ele ficaria com a gente.

Fomos terra a terra, olhando detalhes, fazendo comentários, tentando descobrir marcas ou algum sinal para nos dar respostas do que acontecera naquele dia. Tentei educar meus olhos, alguns dias tão distraídos, a serem, naquela busca, acima da média como a velha expressão, indicando enxergar excepcionalmente bem, ter olhos de lince. Tal expressão me lembrou meu pai me contando a origem do termo não estar somente ligada ao felino carnívoro.

Certa vez, curiosa sobre essa expressão, meu pai me deu a seguinte explicação: "Uma lenda falava de Linceu, piloto da expedição dos argonautas, grupo de 56 heróis da mitologia grega... Linceu, com uma visão tão boa, podia ver através de paredes de pedra, verificando a existência de potenciais tesouros escondidos e até assistir os acontecimentos no céu e no inferno. Um dia, conseguiu contar de uma só vez, a uma distância de mais de duzentos quilômetros, o número de barcos de uma frota de guerra saída de Cartago...

Linceu acabou se misturando com lince até os olhos de Linceu chegarem na expressão 'olhos de lince'."

Durante um tempo, não encontramos nada capaz de trazer alguma reflexão. Cafa, enfim, achou uma garrafa de vidro e um saco de biscoito. Biteco imaginou ser de algum morador local, mas ao observar o biscoito, disparou:

– Não vende esse pacote aqui.

Mais adiante, achamos um pedaço sujo de tecido. Cafa cheirou, comentou ser óleo de carro e passou para Cadu confirmar. Biteco mais uma vez interferiu:

– Oléo de barco, você quer dizer.

– Verdade, Cafa, o moleque é esperto. – Cadu olhou ao redor, procurando algo mais.

– Aqueles criminosos podiam usar esse rio para entrar e sair sem ninguém ver. Por esse rio, eles não passam por lugar nenhum e ficam em segredo. A mulher do Sardinha, aquela mentirosa, podia trazer, da Casa do Coração, tudo que o Pescada precisava por aqui – o menino falava como gente grande.

– Biteco, qual a sua idade? Bem inteligente você. Gosta de estudar?

– Eu sou o primeiro lugar da minha escola, o meu avô não aceita nota ruim. Ele ama ler, me ensinou a gostar de livro e, de noite, a gente fica lendo até a vista cansar e sentir saudade da claridade.

Fiquei olhando aquele pequeno, pensando na sabedoria vir de onde menos esperamos. Ele continuou falando de livros, jogando pedrinhas no rio e tirando os galhos capazes de nos machucar. Andava com uma desenvoltura de quem conhece cada centímetro do local.

A terceira peça de um mistério nos deixou ainda mais curiosos: uma lata de metal, com restos de papéis e um colar envelhecido decorado com uma flor de plástico.

– Isso aí devia ser da dona da Casa do Tribunal. Num disse que as coisas se perderam? Deve ter objeto até o outro lado do morro, tudo perdido por aí. Aquela casa já foi muito bonita, tudo arrumado, meu avô fala de antigamente ter cristais, peças de prata, foi tudo roubado. Na casa da costureira tem uma colher de prata que ela achou quando caminhava.

– Moleque, tu fala melhor que eu!

– "E aconteça o que acontecer, o único consolo que fica é que tudo foi predestinado." – O menino disse isso e congelamos.

– Mentira que você decorou isso? – Eu quase caí para trás.

– A frase não é minha. Está no livro *Moby Dick*. Meu avô leu esse livro três vezes comigo e a gente anotou as frases em um caderno.

– Tô me sentindo um lixo de gente. Tenho que aprender com esse garoto. Vou abandonar o surf e sair lendo todos os livros que encontrar.

– Deus sabe o que faz, Cafa – disse Fabi rindo. – Você já é metido com QI mediano...

– Ah, é assim? Vai ver só, Fabi.

Paramos mais uma vez para beber água e comer alguma coisa. Minha garganta reclamava os chamados excessivos por Felipe. Meu estômago começava a queimar, mesmo não estando muito preocupada com o meu bem-estar. O rosto do Felipe parecia surgir na minha frente, me fazendo tirar forças sabe-se lá de onde e continuar buscando. "Bem, seja como for, não desista de mim" passou a ter muito sentido. Por que ser escolhida para ter Felipe longe de mim? Se a frase de *Moby Dick* estiver certa, cada passo naquela floresta, a busca por Felipe, encontrá-lo ou não, tinha um final já combinado com o destino.

Os minutos no relógio voavam. Entramos na mata, encontramos buracos, bichos mortos, lixo, árvores centenárias, sementes, pássaros, mosquitos, viva o repelente, mais objetos enferrujados espaçadamente perdidos... A vida da antiga morada da Casa do Tribunal espalhada pela floresta inteira. Ali o destino me mostrou que bens materiais não nos servem tanto quanto imaginamos. Vamos embora e ficam nossos pertences sendo entregues, distribuídos, vendidos, doados ou, tristemente, esquecidos em uma floresta. O que vale são mesmo os laços de afeto, os encontros marcantes, as pessoas...

A tarde começou a cair e ainda faltava muito para seguir o rio. Estávamos buscando detalhes, vasculhando, e não queríamos desistir. Biteco decidiu o que faríamos. Voltaríamos para sua casa e dormiríamos por lá. Ele sabia o local exato onde paramos e retornaríamos nossa busca no dia seguinte. Todos aceitaram. Ninguém tinha coragem de contrariar o garoto.

Descemos rapidamente, sem dar atenção ao que víamos. Me angustiava deixar as buscas de lado, mas a segurança acima de tudo. Nenhum de nós queria ficar disponível para animais notívagos. Onça, por exemplo? Vá saber.

A caminhada foi pesada, todos muito cansados e chegamos à ruazinha exaustos. Biteco correu na direção de casa e foi um dos poucos momentos que o senti como uma criança. Tão amadurecido para a idade, às vezes parecia o mais velho do grupo.

O avô nos ofereceu a casa para dormir, mas éramos muitos e meus irmãos falaram que tínhamos uma barraca de camping gigante e o gramado atrás, com um banheiro disponível, nos fez confirmar o quintal como a melhor opção. Somente eu, a solteira, ficaria na casa.

Enquanto meus irmãos montavam a barraca, eu, Lelê e Fabi ficamos enchendo o colchão de dormir.

– Amiga, como você está? – Lelê sabia o quanto eu estava internamente ferida.

– Muito chateada, mas não quero saber o que a polícia pensa. Vou lutar para encontrar o Felipe. Ele não pode ter desaparecido assim.

– Vamos achá-lo. Eu garanto!

– Kira, estamos com você nessa. Nem que a gente saia todo final de semana, buscando por ele. Ninguém vai te abandonar. – Fabi demonstrou seu carinho e percebi como meu irmão seria mais feliz se ficasse ao lado dela. Mas quem disse que nos assuntos do coração sempre se pensa racionalmente? Também tinha receio de Fabi se machucar no meio desse namoro. Sua paixão estava declarada pelo irmão mais safado.

Não demorarei a dormir. Queria subir assim que clareasse e Biteco prometeu nos acompanhar em mais um dia de buscas. O garoto ficou falando outras frases de livros para os meus irmãos. Cafa parecia tentar decorar alguma coisa para usar no momento certo e tirar onda com alguma garota.

Entrei para dormir, mas tinha certeza que Cadu, Cafa, Lelê e Fabi permaneceram conversando próximos ao carro. Por todos os motivos do mundo, precisava dormir, descansar o corpo, chegar o dia seguinte e, quem sabe, encontrar Felipe na caverna de Morfeu. Não escutei os meus parceiros de viagem entrando na barraca, apesar da minha janela ficar muito perto do acampamento. Quando vi, tinha mergulhado no sono e estava relaxando o corpo.

Uma voz me chamou. Felipe estava em pé no quarto. Me puxou pela mão, pedindo silêncio e foi comigo até a entrada da mata:

– Kira, presta atenção. Eu não estou por aqui.

– Como assim, Felipe? Isso é um sonho? Estou inventando esse encontro ou é de verdade?

– Acredita no que você está escutando: não estou por aqui.

– Felipe… me fala se você está bem, não aguento esse sumiço. Quem te levou? Onde você está?

– Não esquece o que a gente viveu. Fecho os olhos e está tudo dentro de mim. As melhores imagens com alguém que jamais imaginei me fazendo tão feliz, como sonhei a vida inteira.

– Meus dias estão sendo um verdadeiro furacão de dor e vazio.

– Estou vivendo a mesma dor, Kira.

– Muita saudade de você. Minha vida calminha, onde foi parar? – Consegui sorrir no meio do sonho e Felipe retribuiu com um carinho.

– Jamais perderemos nossa leveza, mesmo no meio dessa loucura toda.

– Você está falando tão igual ao Felipe do mundo real.

– Mas sou o Felipe do mundo real.

Quando meu namorado disse isso, comecei a ouvir, vindo de longe, *Polly* do Nirvana. Aprendi a escutar essa música com o meu pai, que volta e meia cantava: "*Isn't me / Have a seed / Let me clip / Your dirty wings / Let me take a ride / Cut yourself / Want some help / Please myself / I've got some rope / You have been told / I promise you / I have been true / Let me take a ride / Cut yourself / I want some help / Please myself*".*

Tentei organizar os pensamentos. Os sonhos com Felipe tinham um sentido de realidade absurdo, incômodo, ainda assim eram sonhos.

– Felipe, eu sei que muitos sonhos se mostraram reais, mas como posso acreditar ser uma mensagem sua?

– Olhe nos meus olhos.

Obedeci e percebi o cara por quem eu era apaixonada mais real do que nunca. Uma angústia me dominou, não sabia o que decidir. Felipe tentou me tranquilizar, pedindo calma:

– Preciso ir…

– Por que, Felipe? Isso é um sonho, a gente pode ficar aqui.

– Não posso, estou exausto e quanto mais tempo, mais cansado eu fico.

Reparei que aquele sonho tinha sido com pouca movimentação, Felipe parecia desejar guardar energia. Compreendi que precisávamos nos despedir.

---

* Não sou eu/ Pegue uma semente/ Me deixe aparar/ Suas asas sujas/ Me deixe dar um passeio/ Corte a si mesmo/ Quer ajuda?/ Me satisfaça/ Tenho uma corda/ Você foi avisada/ Eu te prometi/ Tenho sido verdadeiro/ Me deixe dar um passeio/ Corte a si mesmo/ Eu quero ajuda/ Me satisfaça.

Como se tornava difícil, desta vez, com ele longe de mim fisicamente, não ter notícias e ter que deixá-lo desaparecer na minha frente.

Cafa me chamou, o dia brilhava ainda mais intenso do que na véspera.

– Irmã, nós acordamos. A galera já está tomando um banho. Preparei um café e umas comidinhas para nós. Você precisa se alimentar.

Levantei, tentando lembrar se tinha sonhado durante a noite e, só no banho, o meu encontro com Felipe desabou na minha cabeça junto com a água. Me senti péssima, imaginando que podíamos estar ali por nada.

Depois de prontos, nos reunimos na entrada da floresta e puxei conversa, para, quem sabe, a gente desistir de descer o rio. Afinal, Felipe não estava ali.

– Preciso contar uma coisa. – Todos pararam ao mesmo tempo. – Sonhei com o Felipe.

– O que ele disse?

– Que não está aí dentro, Lelê.

O garoto Biteco não entendeu e movia a cabeça, acompanhando o que cada um falava.

– A gente tem que procurar, Kira!

– Mas ele me disse não estar aqui, Cadu.

– Irmã, você está querendo que a gente não procure o seu namorado, porque você sonhou com ele?

Biteco estava levemente vesgo.

– Sonhei com Felipe e o reconheci, igualzinho nos meus sonhos anteriores em que tudo aconteceu. Vi Jeloma presa, adivinhei sobre a casa e agora estou afirmando que Felipe não está aí dentro. Detesto dizer isso, me angustia, mas temos o mundo inteiro, além dessa floresta, para procurar. Isso me dói.

Comecei a chorar, estava no meu limite. Parecia mesmo uma ideia muito idiota procurar Felipe dentro daquela mata.

– Irmã, escuta, a gente é uma família e não deixamos de ajudar um ao outro. Estamos com você. Eu e o Cadu prometemos, vamos encontrar o seu namorado, confia na gente.

Entramos no acordo de, já que estávamos ali, caminharíamos no trecho ainda não verificado. Andamos por horas. Biteco me perguntou sobre meus sonhos, o menino estava intrigado e questionou se eu tinha sonhado de verdade com o meu namorado, dando bastante ênfase no "de verdade".

Balancei a cabeça afirmativamente, ele arregalou os olhos e decidiu colecionar galhos deformados na mão.

A única coisa que encontramos foi um pedaço de pano, razoavelmente grande, repleto de sangue, e Cafa o colocou num saco para mostrar aos familiares de Felipe, que eu ainda não tivera coragem de encontrar. Me sentia um trecho andante de um poema de Florbela Espanca: "A vida é sempre a mesma para todos: rede de ilusões e desenganos. O quadro é único, a moldura é que é diferente." Seria assim mesmo ou estaria apenas na pior fase da minha vida e qualquer tristeza naquele momento seria minha?

Me despedi do menino, prometendo voltar com Felipe, porque meu namorado precisava conhecer o garoto esperto que foi tão querido e tanto nos ajudou. Biteco com seus olhos pretos marcantes me disse:

– Eu já li muito livro que as pessoas sofrem, mas depois elas ficavam felizes. Isso vai acontecer na sua história.

Fiquei tão engasgada que respondi apertando os lábios e deixando uma lágrima cair de presente nas mãos do rapazinho.

A volta para casa foi ainda mais solitária. No carro, encostei a cabeça em um travesseiro e tentei dormir. Meu sono havia se transformado numa busca por verdades. Não tinha ideia como isso acontecia, mas minha conexão com Felipe se tornara uma prova viva de como acontecimentos imensamente inexplicáveis podem ocorrer com garotas comuns.

Eu queria a minha vida de volta. Não a vida antes de Felipe, mas a vida antes de perdê-lo.

TRINTA

Virei a moça da televisão

Um dos maiores erros do ser humano é achar ser possível controlar os acontecimentos da vida, mas a gente se engana e, assim, o mundo parece mais calmo. Essa sensação de que temos controle sobre nossa vida é uma ilusão, serve para nos afastar dos problemas do mundo real.

Acordei com uma certeza: procurar a mãe do meu namorado e pedir perdão por ter levado Felipe naquela roubada. Antes que pudesse levantar da cama, meu pai entrou no quarto com um livro na mão.

– Trouxe para você!

– Que livro é esse? – Minha visão ainda estava embaçada. A capa azul e branca brilhava na minha frente.

– *O Sonho de Eva*, do Chico Anes. O livro fala sobre sonhos lúcidos. Pela nossa conversa sobre o seu estado de sono, acho que será uma distração e uma base de informações. É uma ficção, leia, faça seu pensamento sair um pouco de si mesma.

Meu pai partiu depois de beijar a minha testa e senti sua preocupação comigo no ar. Olhei o bonito livro e lembrei como minha mãe também não parava de me procurar, querendo saber como me sentia. Eu mesma, confusa e solitária, não sabia dar maiores explicações.

Assim que coloquei os pés na loja da família de Felipe, senti as pessoas me olhando. Uma senhora me segurou pelo braço, muito delicadamente.

– Desculpa, só queria dizer que assisti ontem o programa falando da sua história. Estou torcendo para o seu namorado aparecer.

– Muito obrigada.

Caminhei até um balcão com máquinas de cartão de crédito e um rapaz me levou até a mãe do Felipe, sem dizer nada. Imagens do nosso primeiro encontro na loja rodeavam o meu pensamento. Como me sentira feliz em cada momento com ele.

A porta do escritório se fechou e um frio me dominou. A mãe me olhava e eu não conseguia decodificar se queria me bater ou chorar comigo. Uma tensão não me deixou dizer nada e ela começou nosso primeiro contato:

– Você é realmente como meu filho falou, uma moça muito bonita, de jeito educado, olhar sincero e ótima energia. Acreditamos nisso na nossa casa. Não sei se o Felipe disse, mas sou muito preocupada com bem-estar, boas ações, pensamentos positivos, visualização criativa, materialização dos nossos desejos…

– Eu queria ter vindo aqui antes, mas… – Meu telefone começou a tocar de um DDD desconhecido. Deveria ser algum telemarketing, querendo me vender um produto qualquer, assinatura ou novidade "imperdível". Me desculpei e desliguei o aparelho. – Como eu disse, não consegui estar aqui antes. Coloquei o Felipe nisso e queria pedir perdão.

– Kira, deixa eu te perguntar uma coisa. Você, por acaso, está duvidando do Felipe vivo?

– Não, é que… – Aquela mulher tão diferente de qualquer outra me deixou desconcertada.

– Olha, trabalhar com animais me fez ter uma compreensão enorme dos acontecimentos e saber muitas vezes as verdades, antes mesmo de chegarem. Desde o sumiço do meu filho, e eu o amo profundamente, não deixei de trabalhar um dia sequer. O motivo? O Felipe está vivo e voltará para nós duas. – Aquela conversa estava me impressionando. – Aqui na loja estão todos arrasados, já mandei mudarem as caras, pensam que estou louca. Meus familiares entendem um pouco as minhas intuições e crenças no amor maior, na fé e em tudo que acontece, além do que podemos ver. Quando você cogita a possibilidade do Felipe morto, tira um pouco da energia vital que ele tem. E coração de mãe não se engana, ele está precisando de muita saúde nesse momento. Por favor, pare de imaginar meu filho morto.

– Felipe tinha falado muito bem da senhora, mas, nossa, acho que estou sorrindo pela primeira vez em dias.

– Querida, para acalmar seu coração, vou dizer mais uma coisa: meus cachorros não mudaram seus ânimos, estão bem, sorridentes e felizes. Quando algo de ruim vai acontecer na minha casa, os animais nos avisam antes, com comportamentos de isolamento, olhares caídos e falta de apetite. Minha mãe me batizou de Mabel por significar quem gosta da interioridade e do mundo da mente.

O que seria uma visita de minutos durou uma hora e meia. Amei ter conhecido a mãe do meu namorado, vi lindas fotos do Felipe na loja, ele criança fantasiado de Super-Homem, adolescente com vários amigos e principalmente uma quando era bebê, junto com outro bebê, será que ele também era gêmeo? Mas como me disse que era filho único preferi não tocar no assunto. Saudade do seu sorriso e saí de lá com uma certeza: fortaleceria meu pensamento para que Felipe voltasse logo, como ela disse, para nós duas. Antes que fechasse a porta do escritório, Mabel me aconselhou:

– Kira, tem uma frase ótima do Rubem Alves que você deveria carregar consigo: "O brilho do sol, no lado de dentro da gente, se chama Sonho." Vá para casa, confie, medite, peça e em breve teremos Felipe aqui, para celebrar a vida.

Não preciso dizer meu susto ao escutar a frase e minha surpresa com aquele encontro. Se eu achava possível sonhar com pessoas e esperá-las aparecendo na minha vida, por que a mãe de Felipe estaria errada?

Abri a porta do apartamento e dei de cara com Cadu e Cafa fazendo anotações. Senti uma pausa na conversa com a minha chegada, mas desencanei, estava feliz. Como podia? Quase um pecado, mas, no íntimo, parecia ter recebido um antídoto e me salvado da reprodução de bactérias devoradoras de gente. O medo é como um verme que nos come por dentro. Felipe estava vivo. De agora em diante, isso era uma certeza absoluta.

Fui para o meu quarto. Mais uma vez, o telefone tocou com o número e DDD desconhecidos. Era só o que me faltava uma empresa atrás de mim, que saaaco!!! Quando atendi, a ligação caiu. Diminuí o volume do som do aparelho, liguei a TV e depois vi que tinham ligado apenas uma vez.

Consegui aquele dia não pensar em nada. O que valia como um prêmio. Anja sentiu minha melhora e se animou, fazendo gracinhas pelo quarto, correndo de um lado para o outro. Enquanto eu brincava com a mascote da casa, o telefonou tocou mais uma vez.

– Alô...

– Oi, Kira. Eu estou ligando para saber se você tem alguma novidade.

– Nenhuma. – Eu definitivamente não tinha a menor vontade de ter Jalma como amiga.

– Eu tentei ligar para a família do Felipe, mas o pessoal daquela casa não vai com a minha cara. Também não vou com a deles. A Mabel é o que podemos chamar de ser estranho, só pensa abobrinha, acredita em energias, uma doidinha, coitada!

– Jalma, não vou discutir o comportamento da Mabel com você.

– Ela sempre foi uma sogra chata pra caramba, me dava uns cortes, se metia. Não quis pagar uma viagem da gente pra Cancun. Egoísta. Cheia do dinheiro.

– Ué, mas não é obrigação dela pagar viagem pra vocês.

– Por que não, com o filho se matando naquela loja? Ela mandou um nem pensar e desistimos da viagem, porque ele não aceitava meu pai pagando tudo. Bem, queria saber se você tem notícias do meu namorado. Porque, Kira, você pode ser namorada dele, mas eu ainda me sinto namorada, porque não tivemos uma conversa final.

Bati o telefone na cara dela. Eu não tinha que dar explicações para aquela doente. Ainda bem a Jeloma não tinha as mesmas características desprezíveis, e o que mais me perguntava sobre a ex do meu namorado: como podia uma garota que recebia de tudo, não conseguir ter nada dentro de si? Vazia de dar pena.

Na manhã seguinte, estranhei o sumiço dos meus irmãos. Passei o dia na loja, compromissos atrasados, eu, Lelê e Sandra tivemos uma reunião para decidir alguns detalhes e demonstrei uma melhora visível. Fui dando opiniões e reparei a troca de olhares entre minhas duas parceiras de trabalho, se surpreendendo com a minha leve animação.

– Amiga, estou feliz de te ver assim, mais otimista.

– Estou sim, conheci a mãe do Felipe e ela me passou uma enorme confiança. Preciso apenas pensar no que vou fazer, para continuar procurando por ele.

– Não vou te deixar sozinha nisso. – Lelê me abraçou. Eu tinha muita sorte de ter uma amiga para sempre, tão verdadeira, parceira, capaz de dividir comigo os momentos mais incríveis, os deploráveis, sem me julgar, questionar ou me diminuir.

– Lelê, ele vai voltar. Meu coração está dizendo isso.

Tentei ligar para o Cadu, desligado, Cafa o mesmo. Lelê não sabia onde seu namorado estava e minha mãe não tinha ideia para onde meus irmãos foram. A vida profissional dos dois envolvia uma correria e nem eu, com uma vida razoavelmente agitada, conseguia acompanhar.

Saí da loja, pensando em dar um mergulho no mar. Foi o que fiz. Dia de semana, a praia ficava um luxo. Poucas pessoas na areia, a água continuava calminha e cristalina. Mergulhei, o silêncio do mar acalmando minha alma e meu coração acelerando, para tentar me dizer alguma coisa. Saí da praia já era noite!

Cheguei em casa e meus pais estavam deitados juntos, no mesmo sofá. Definitivamente, a crise entre eles tinha passado e me sentia muito feliz ao vê-los próximos, daquela maneira.

No meu quarto, tomei um banho, liguei o laptop e fiquei vendo fotos minhas com Felipe. Pouco tempo juntos e tantas imagens confirmando não ter sido ilusão o que vivemos.

Do quarto, escutei a voz de Lelê. Ela chegou na minha casa, falou algo com os meus pais e interrompeu a conversa, quando cheguei.

– Lelê, não enjoa de mim?

– Te encontrar uma vez por dia nunca será o bastante. Esqueceu que eu te amo, amiga?

Meus pais ficaram rindo e sentamos, contando as novidades da loja. Uma meia hora depois, amigos dos gêmeos chegaram ao apartamento. Abri a porta e convidei para entrar.

– É festa hoje aqui?

– Eles estão? – perguntou Pedrinho meio sem graça.

– Não sei dos meus irmãos. Já liguei várias vezes, não atendem. Achei que tinham sumido para a praia, mas dia de semana, sem avisar ninguém. Devem estar chegando. Saíram cedo.

Os garotos entraram e, a convite de meus pais, ficaram no outro sofá. Meu pai adorava falar de esporte com os dois e Sodon então nos contou, em primeira mão, que tinha sido mesmo contratado pelo UFC e estrearia no Rio de Janeiro contra um americano que vivia falando mal dos brasileiros. Disse que ia massacrar o fanfarrão no primeiro round.

Minha mãe saiu da sala, dizendo que prepararia algo para nos servir. Ela detestava vale-tudo, achava aquilo uma selvageria. De longe, escutávamos o barulho na cozinha, o abrir e fechar da geladeira e achei engraçado o cara de pau do Sodon falar para o meu pai:

– Muita mulher vai cair em cima!

– E você quer ganhar várias mulheres por ser lutador de MMA? Que ridículo, Sodon! – Lelê não aceitava machismo nem dos amigos.

– Sodon, meu filho, posso garantir a você, queira uma só mulher.

– Ah, tio, você deu sorte, a mãe da Kira é uma gata, com todo o respeito!

O interfone tocou avisando que teríamos mais visitas e minha mãe foi abrir a porta. Ficou no hall do apartamento e eu aguardei para saber quem seria. De repente, vi o rosto de Jeloma. Levantei, impávida, e corri para recebê-la.

– Jeloma, que prazer você aqui na minha casa.

– Vim te ver, Kira, saber como você está.

– Nossa, entra. Como você está linda!

– Já estou bem melhor. Comecei o tratamento psicológico, vou fazer um acompanhamento... – Enquanto a irmã de Jalma entrava, fui apresentando para os amigos dos meus irmãos. Lelê e Jeloma deram um forte abraço. – Vida que segue, né, Kira. E você, como está?

– Esperando, mas estou mais confiante. Vou conversar com os meus irmãos, continuar as buscas por Felipe.

Meu pai não gostava muito da ideia, mas dessa vez, estranhamente, parecia ter aceitado. Ele sabia, ninguém seguraria minha decisão de achar meu namorado. Continuar a vida como se nada tivesse acontecido?

– Depois de tudo que me aconteceu, minha vida mudou muito. Cresci como pessoa e, se já tinha prioridades de não valorizar bobagens, agora nem se fala.

– Bom demais te ver assim com saúde. Você estava tão fraca quando te encontramos... – falei, lembrando daquela casa dos horrores.

O telefone da Lelê tocou e ela ficou na varanda, falando sobre um assunto importantíssimo. Gesticulava, fazia perguntas, falava, escutava e voltou para sala sem dizer uma palavra, um semblante estranho.

– Tudo bem, amiga?

– Tudo ótimo. Nada importante.

Resolvi não insistir. Ela não pareceu querer falar na frente de tanta gente. Aliás, quando imaginaria minha casa cheia daquela maneira? Felipe adoraria estar ali. No pouco tempo de convivência, notei como gostava de uma social.

A porta rangeu avisando a entrada de... meus irmãos estavam finalmente chegando em casa! Os dois carregavam no rosto um semblante emocionado e, os observando entendi, as pessoas não estavam ali por coincidência.

– Cadu, Cafa, o que foi?

– Irmã, a gente quer falar com você.

– Ai, o que aconteceu?

Fiquei olhando para todos, olhares atentos e iluminados. O que estavam querendo me dizer. O pior? O melhor?

– Olha, ontem seu telefone tocou várias vezes de uma cidade chamada Queluz. Fica em São Paulo, logo depois da divisa com o Rio de Janeiro.

– Eu vi, eu sei, tentei atender mas caía, achei que poderia ser uma empresa para me vender alguma coisa.

– Não era. – Cafa segurou a minha mão.

– Não?

Meus pais, abraçados, me olhavam, querendo me proteger com uma cumplicidade que sabíamos o tamanho.

– Olha, a gente não falou que encontraria o Felipe pra você? – disse Cadu, ainda mais manso que o normal.

– Cadu e Cafa, falem logo! Não fui feita de papel. Quero logo a verdade, que angústia. Encontraram o Felipe, ele está morto, é isso?

– Então, ontem seu telefone tocou porque seu celular foi o único número que ele conseguia lembrar.

– Ele? Felipe? – Meu coração ameaçava sair pela boca e queria acelerar logo o tempo e saber o que todos estavam querendo dizer.

– É, parece que o moço acordou sem lembrar muitas coisas, mas o seu celular ele sabia repetir. Falava o número até dormindo. – Cadu começou a sorrir.

– O que, vamos combinar, é quase um milagre. Quem decora o telefone de quem hoje em dia? – Cafa conseguia ser engraçado até nos momentos mais tensos.

– Kira, o Felipe está vivo. Hoje, bem cedo, seu namorado lembrou o nome do Enxurrada Delícia e ligaram para lá. A galera do restaurante me avisou e nós saímos cedinho para buscá-lo. Eu e Cafa pedimos o helicóptero do pai do Ygor emprestado.

– Isso que dá ter um amigo milionário no meio da galera. Por isso que o Ygor é meu amigo!

– Para de bobagem, Cafa! – Minha mãe dando bronca no filho mais terrível.

– Cadê o Felipe?

– Está ali fora, a gente queria te preparar, para você não ter um treco.

Saí andando pela sala e as pernas bambas me fizeram compreender como eu o amava. Abri a porta e Felipe estava em pé, sendo amparado por Duke e Ygor. Gustavo vinha logo atrás. Eu encarei o amor da minha vida, abrindo o sorriso sincero de quem encontra tudo que mais queria no universo.

– Meu amor, você voltou!

– Eu estou aqui, meio caído, mas ainda o Felipe verdadeiro. Tomei tiro, rolei um barranco, mas não mexe comigo que ainda sou a arara fiel!

Felipe entrou mancando e parou na minha frente mais real do que nunca. Passei a mão no seu rosto, lágrimas começaram a cair e não consegui esconder como desabei por dentro, em cada pedacinho de emoção guardado dentro de mim. Todos ao redor silenciaram e acompanharam a cena.

– Eu pedi tanto para você estar bem. Não saberia viver sem o que a gente construiu em tão pouco tempo.

– Pensar em você me fez forte para viver, Kira.

O abracei com todo o cuidado possível e percebi como ele estava frágil, o corpo mais magro e notadamente debilitado. Nos beijamos com uma saudade dolorida de quem valoriza o que há de mais valioso.

– Filha, deixa o seu namorado sentar aqui. – Os meus amigos o levaram até o sofá e eu não tirava os olhos daquele rapaz me vendo renascer ali, diante de todos.

Felipe sentou, sorriu, agradeceu o carinho e começou a contar o ocorrido naquele dia fatídico. Ele caiu no rio e quase se afogou. Percebeu que não conseguiria nadar contra a corrente. Tinha tomado um tiro de raspão, sentia como se a costela tivesse quebrado, machucou o pé, cortou a orelha e luxou o braço. Não sabia qual das dores incomodava mais. Nadou como deu e só se salvou porque na margem, já quase sem forças, abraçou um tronco e ficou agarrado até conseguir algum apoio para chegar à terra escura. Sangrava bastante. Acabou desmaiando.

Enquanto a polícia chegava ao sítio, um barco com pescadores passou e o ajudou. Estava apagado, não conseguia dizer nada. Os homens enrolaram o ferimento com um pano e seguiram com ele até uma caminhonete. Como saíram pela outra margem do rio, onde não existiam habitações, acharam melhor buscar ajuda e o levaram para a cidade de Queluz, interior de São Paulo, onde um dos pescadores tinha um irmão enfermeiro. Foi hospitalizado, mas, com a queda, esqueceu um pouco as informações sobre si mesmo. Depois de algum tempo, lembrou o meu celular e o nome do restaurante.

Quando terminou de contar a história, coloquei minha cabeça no seu ombro e um alívio tinha dominado cada célula do meu corpo.

– Tive uma pequena hemorragia na barriga, mas agora estou bem melhor.

– Você salvou as nossas vidas, Felipe! – Jeloma sabia bem como meu namorado tinha sido importante para sua sobrevivência.

– Não deixaria aquele maluco continuar ameaçando vocês.

Jeloma chorou emocionada e passou a mão no rosto, tentando se controlar.

– Tive uma briga terrível com a minha irmã. Ela me disse coisas… que eu nunca vou esquecer. Fiquei arrasada. Fui para a rodoviária e peguei um ônibus para Paraty. Fui chorando daqui até lá. Quando estava chegando liguei e pedi que um funcionário fosse me buscar, e lá estava o Pescada. Nunca imaginei que ele fosse um psicopata. Me ofereceu água, tomei e em poucos minutos foi me dando uma sonolência forte. Quando acordei, já não sabia mais onde estava. – Jeloma parecia necessitar daquele desabafo. – Não vou esquecer o que você fez por mim, Felipe. Quando te vi no cativeiro comigo, acreditei ser uma pessoa abençoada. Me vi morta vários dias e você não tem ideia de como torci para alguém aparecer. Minha única distração passou a ser rezar e pedir mentalmente ajuda, que alguém pudesse me ver, mesmo estando tão bem escondida. Nunca esquecerei todos vocês terem salvo a minha vida, me ajudado, quando tanta gente não acreditava mais, ou imaginava ser uma fuga que eu tinha planejado. Vocês me tiraram do pior lugar que estive, o buraco mais cruel, onde jamais pensei passar tantos dias.

– Mas sua irmã contou que a briga foi com seu pai!

– Mentira. Ela tentou me jogar contra a família. Ela me odeia. É falsa, dissimulada, é má, é…

– Jeloma, já passou. Agora você e Felipe precisam ficar bem, cuidar da saúde – interrompi o desabafo.

– Kira, nem acredito que estou escutando sua voz novamente. Ah, antes que se preocupe, eu lembrei de tudo. A falta de memória durou pouco. – Meu namorado fez questão de me dizer, sabia de nós em cada um dos nossos encontros.

Assim que terminou de me dar mais um abraço, uma voz estridente ecoou na entrada do apartamento. Jalma entrou toda arrumada, como se fosse para um casamento, com um salto alto coral, um vestido justo laranja e um maxicolar combinando com a sandália.

– Meu amor, que felicidade saber que você está bem.

Meus pais fizeram uma cara estranhíssima e eu, naturalmente, me afastei. Jeloma condenou imediatamente as palavras da irmã, fazendo a boca ficar com um arco para baixo. Todos continuaram calados.

Jalma se ajoelhou na frente de Felipe e o agarrou pelas pernas.

– Ai, tão bom te ver assim, de volta ao mundo novamente.

– Obrigada por se preocupar, Jalma. Estou bem sim.

– Vamos comigo, vou te levar para casa.

Felipe ficou parado, inicialmente, sem reação. Jalma sorriu e ficou séria.

– Jalma, quando caí daquela altura, pensei que jamais me arrependeria de ter ajudado a sua irmã. Gosto demais da Jeloma e ela foi um elo entre nós, uma garota que virou praticamente uma irmã.

– Fico tão feliz de escutar isso.

– Mas não é o que sinto por você. Nós não temos a menor afinidade, somos pessoas distantes no modo de ver o mundo. Namoramos uma época das nossas vidas, foi legal e vivemos o que tivemos que viver. Depois, tentei terminar, você pirou. Seus hábitos mudaram, sua mania por academia, alimentação, seu modo fútil de ser e sua superpreocupação com a beleza fizeram você não pensar em mais nada, em mais ninguém e se tornar um ser humano insuportável. Tentei te dizer isso de várias formas, mas você fez questão de falar alto um namoro que entre nós já não existia. Depois, a Jeloma sumiu e me senti obrigado a estar do seu lado. Achamos a sua irmã graças a Kira. Você e sua família deveriam ser gratos a ela para sempre. Nosso relacionamento não existia mais, quando me apaixonei pela irmã dos gêmeos. Eu não sou mais seu namorado, você não é minha namorada e, por favor, me deixa livre, porque o que eu tinha que fazer por você já foi feito. E desculpa falar isso na frente de todos, mas não tenho forças para andar e conversar separadamente com você, Jalma. Todos que estão aqui são hoje da minha família e eu não tenho nada da minha vida para esconder.

Sabe o maior silêncio do mundo? Foi o que tomou conta do ar daquela sala. Jalma saiu, Jeloma foi atrás e a mãe de Felipe chegou quase ao mesmo tempo.

– Meu filho, ó meu filho querido, que delícia vê-lo bem! – Mabel começou a beijar Felipe, sem nenhuma cautela e ele chegou a gemer ao ser apertado com mais força. – Sei que está machucado, mas abraço de mãe não se nega.

– Mabel? – interrompeu minha mãe, reconhecendo a mãe de Felipe de algum lugar.

– Sim, sou eu... Claudia?!?

– Mentira!!!

Felipe e eu não entendemos o aparente reconhecimento. As duas se abraçaram na maior felicidade, fizeram uma festa de quem tem muita intimidade e vibraram com o reencontro.

– Você é a mãe da Kira?!?

– E você a do Felipe?

– Estou chocada, me belisca! Que destino maravilhoso! – Mabel falava gritando, emocionada.

– Vocês podem explicar o que está acontecendo aqui? – A curiosidade não estava apenas me dominando, mas todos na sala.

– Kira, Felipe, vocês não vão acreditar. Eu conheço a Claudia há 22 anos. Vocês dois nasceram na mesma maternidade.

– Sério?

– Meu filho, lembra quando eu disse que não tinha leite e teve uma mãe que se ofereceu para amamentar você, que berrava de fome?

– Eu fui sua mãe de leite, mocinho. – Minha mãe estava emocionada.

– Mãe, uma vez você me contou isso...

– Pois é, nós perdemos contato. Os telefones mudaram e nunca mais eu soube daquela família da maternidade.

– O mais engraçado nisso tudo, crianças, a gente dizia que quando vocês ficassem grandes se encontrariam e se apaixonariam. Dava gosto vê-los deitadinhos, um do lado do outro. Um dia, até ficaram de mãozinhas dadas. Posso procurar, temos uma foto dessa cena. Não me surpreendi com o nome Kira, porque quando a conheci seus pais ainda estavam decidindo como batizá-la. Não seria Sofia? – Mabel estava com os olhos cheios de lágrimas.

– Ah, eu sei dessa época trágica da minha vida, já fui uma garotinha sem nome. Imagina, filha de Juiz? Casa de ferreiro, espeto de pau!

Foi uma gargalhada geral. Emoções à flor da pele.

– Vocês ficavam deitadinhos na cama, esperando pela hora de mamar e bastava um olhar para o outro, para abrir um sorriso impressionante. – Minha mãe não segurou as lágrimas e ficou rindo, enquanto limpava o rosto. Lembrei da foto mostrada por Mabel. O bebê com Felipe era eu.

Sentei ao lado do meu amor, segurando sua mão e fazendo carinho em um ser humano que eu conhecia muito antes do que imaginei.

– Menina, você não envelhece? – A convite da minha mãe, foram para a cozinha colocar a conversa em dia e preparar mais comidinhas para o povo. Meu pai também lembrou da minha "sogra" e as acompanhou para um papo tipo de volta ao passado.

Eu e meus amigos ficamos na sala. O final do pesadelo não podia ter sido melhor e eu não parava de repetir, para mim mesma, não ser mais apenas um sonho, mas a realização de um, e que sonho! Todos os meus pedidos, tudo que mais desejei dentro de mim estava ali na sala da minha casa. Meu namorado me olhou e, sussurrando no meu ouvido, disse:

– Eu te amo! Muito.

Eu também o amava. Desde sempre e com muitas perguntas jamais respondidas, sonhos inexplicáveis, destino mais do que marcado, escrito nas estrelas, nossa história apenas "começando".

Antes de dormir, peguei meu caderno e escrevi:

Te amarei por toda a nossa eternidade, Felipe Dontarte.

EPÍLOGO

A mais feliz de todas

Você acredita em finais felizes? Não? Ah, se não acreditar,
ele jamais acontecerá. É como o ar puro... não adianta respirar fundo
quando se está andando pelo centro da cidade. Caminhe entre
a sua natureza interior, acredite e o grande amor será seu.

Sabe quando uma garota fala "sou muito feliz", e você pensa: por que não comigo? Nunca desista do grande amor, a sensação de tê-lo é única e você saberá quando estiver com o coração preenchido pela pessoa certa. Um dia simples terá o brilho dos mais especiais encontros.

Felipe ainda não estava 100%, mas marcamos um churrasco na piscina do meu prédio com todos os amigos reunidos. Cadu chegou com Lelê e os dois estavam definitivamente envolvidos, sem meu irmão, tímido, ter falado diretamente sobre o assunto comigo. Seu olhar feliz me bastava. Cafa chegou com Fabi, o que aliviou o meu coração. Um dia antes, pedi a ele para não fazer a minha mais nova amiga sofrer.

Felipe ficou sentado na cadeira, observando a felicidade dos amigos, com o pensamento bem longe, aproveitando a sombra e parecendo personagem da música *Summer Paradise* do Simple Plan: "*But someday/ I will find my way back/ To where your name/ Is written in the sand/ Cause I remember every sunset/ I remember every word you said/ We were never gonna say goodbye*".*

– Tudo bem, amor? – Felipe estava mais calado que o seu normal.

– Tudo ótimo!

– É que você está tão reflexivo...

– Pensando. Quanta história envolvida em uma só história...

– Nunca imaginei que te conhecer me traria tantas descobertas. Nascer na mesma maternidade foi a melhor de todas.

– Não, Kira, te amar foi e sempre será o melhor.

Um beijo gostoso, repleto de paixão nos fez um só por alguns instantes.

– Sou um cara comum, sabe, uma pessoa que tem sonhos, mas não sou exagerado, não quero ser o cara mais rico do Brasil. Tenho planos, mas o maior deles foi me sentir bem por dentro, tranquilo, bem acompanhado e eu nunca vivenciei isso, até encontrar você e sentir as peças certas caindo no meu jogo em que vencemos da maneira mais bonita.

– Também me sinto como você. E posso te confessar uma coisa? Eu vivia chateada por nunca ter tido um namorado. Olha o que estava me esperando!

– Desde que te conheci, aumentei meus desejos, comecei a ter mais coragem dentro de mim, meus planos se tornaram maiores e sei lá, hoje, continuo achando que não gostaria de ser o cara mais rico do Brasil, afinal, já sou o mais rico do mundo, minha joia rara.

– Nossa maior riqueza é o nosso amor.

– Sei que bens materiais não importam, percebo como quero melhorar por você.

– Me sinto plena do seu lado. Para quem nunca teve um namorado, ganhei na mega sena!

– Preciso te contar uma coisa. – A seriedade na fala de Felipe me assustou, mas depois de tudo que passamos eu estava preparada para o que der e vier.

– Algo ruim? – perguntei, desejando não ter mais nada detestável nos meus dias.

---

* Mas algum dia/ Eu vou encontrar meu caminho de volta/ Para onde o seu nome/ Está escrito na areia/ Porque eu lembro de cada pôr do sol/ Lembro de cada palavra que você disse/ Nós desejávamos nunca dizer adeus.

– Algo estranho… – Ficamos num silêncio incômodo. – Sabe, quando você falou dos seus sonhos, não duvidei, até porque achamos a Jeloma e ela estava da forma como você disse, no lugar que visualizou nos seus sonhos, mas achava toda a ideia muito louca…

– E…?

– Até sofrer o acidente e, depois do acontecido, comecei a lembrar meus sonhos. No começo, você não aparecia. Fiquei no hospital e fui atendido por uma equipe maravilhosa, digna de aplausos. Cidade pequena, mas um médico talentoso e cheio de atenção comigo. Ele me acompanhou e tentou entender da melhor maneira a minha saúde e o que estava acontecendo. Depois de uns dias, percebi que conhecia a garota dos meus sonhos de algum lugar.

– O que acontecia nos sonhos?

– Acontecia de tudo, a gente voou, viajou, viu pessoas, disse palavras lindas um para o outro.

– Sei bem o que você sentia.

– Depois que as memórias voltaram, comecei a achar os sonhos ainda mais reais e tinha certeza da gente se encontrar. Foi bem estranho estar naquele hospital sozinho, acordar no meio da noite sobressaltado, porque a garota dos sonhos estava morando na minha mente e falando várias verdades para mim. Você sabia lidar com tudo isso, eu não, porque naquele momento mal sabia sobre mim direito. Quanta energia naqueles sonhos, quantos mistérios, alegorias, códigos…

– Mas agora está tudo bem. Unidos, sabemos que nossa história começou literalmente no começo e conseguimos superar um verdadeiro furacão que passou nos nossos dias… Os piores caminhos levam aos melhores lugares.

– Eu sei, a gente está junto e, sei lá, de alguma forma as dores, ainda sentidas no meu corpo, não são nada perto de estar aqui.

– Nunca saberemos os mistérios dos nossos sonhos.

– Assim como o universo não sabe várias questões a seu próprio respeito. Existem discos voadores? O que acontece exatamente quando a gente morre? Os animais entendem o que a gente diz? As plantas têm mesmo uma vida secreta? A existência não tem uma série de respostas para ela própria. Talvez, essa seja a grande graça. Imagina a gente saber tudo a respeito do todo. Imagina saber quando vai se machucar, o dia que vai chorar, quando vamos ganhar um presente, ver uma estrela cadente, descobrir um segredo? Não teria graça saber como será o amanhã. E quem somos nós para dizer onde está o que não foi descoberto?

– Felipe, eu ficaria feliz se a resposta fosse: vocês sonharam um com o outro, porque nasceram no mesmo dia, mamaram o mesmo leite, combinaram de se amar por toda a vida e porque o poderoso laço traçado no passado não se rompeu.

– Vamos decorar isso e guardar no nosso coração? Porque preciso de alguma resposta. Foi tudo tão intenso, forte, jamais imaginaria ser capaz de ter sentimentos por alguém dessa maneira.

– Felipe, parece até que você não está tão feliz por nós?

– Ao contrário, Kira, me sinto realizado, preenchido e não sei se você está sentindo o mesmo que eu. Será que você, apesar da nossa pouca idade, quer ficar comigo por toda a vida? Será que a distância não fez cair alguma ficha? O tempo nos dará as explicações necessárias.

– Amor, escuta, quando você sumiu, senti o meu coração sangrar, sabe, sentia um líquido viscoso escorrendo dentro de mim. Não conseguia entender por que tinha encontrado você, descoberto ao seu lado todas as alegrias do amor e, de repente, o seu sumiço. Foi sua mãe, com todas aquelas palavras positivas, que me fez ser forte, para não desistir de tudo e, principalmente, continuar de pé.

– Não ficou em dúvida sobre o que sente por mim?

Como podia aquele cara lindo, com um rosto e corpo que me atraíam sem afastar nenhum detalhe, uma alma de pessoa maravilhosa, um caráter admirável e uma vontade de ajudar todo mundo, estar achando que eu não o queria?

– Nunca vou desistir de você, Felipe. Não vou desistir do que a gente é junto. Nem vou desistir de desejar, querer bem ao mesmo tempo e falar minhas melhores palavras. Não vou desistir de torcer para ser muito feliz e criar com você um mundo nosso. Do seu lado eu não tenho medo e não tem chance de não ficarmos juntos, você terá sempre a minha melhor versão.

Felipe não esperava que eu falasse sem parar, sem deixar espaço para ele comentar. Também não esperava a densidade do meu discurso. Ficamos com nossos rostos bem perto um do outro, respiramos fundo, sentimos o mundo inteiro nos dando um forte abraço como recompensa e nos beijamos. Finalmente, depois de tantos dias, a gente não mais deixaria de ser um só e tínhamos uma certeza: bem, fosse como fosse, jamais desistiríamos um do outro.

Fim

Agradecimentos

Agradecer em um livro é dizer um "obrigada para sempre". Não teria como apresentar esta história sem deixar aqui meu carinho especial para tantas pessoas que foram maravilhosas, e digo até fundamentais, na realização deste novo e marcante projeto na minha vida.

Um "valeu demais" para todas as escritoras talentosas – Christine M., Fernanda França, Graciela Mayrink, Leila Rego, Patrícia Barboza, Marina Carvalho e Thalita Rebouças – que toparam falar para o livro, deixando *Sonhei que Amava Você* ainda mais charmoso. Sou fã de cada uma de vocês!

Rafael Goldkorn, meu editor, obrigada pela troca, parceria e apoio para fazer chegar aos leitores um livro quase perfeito. Rimos e nos divertimos em um trabalho extremamente detalhado. Agradeço imensamente sua contribuição valiosa em cada capítulo. Não duvido que estes agradecimentos contem depois com o seu olhar crítico e definitivo.

Obrigada, Marcelo Fraga, diretor de marketing da editora, com ótimas ideias e planos incríveis para o nosso projeto. Vânia Abreu, diretora comercial, prontamente me ajudando com a turnê do livro e agitando para que o nosso *Sonhei* chegue às livrarias do Brasil inteiro. Obrigada, Equipe Valentina, pela recepção calorosa, pela vontade de me apresentar para ainda mais leitores, distribuindo e entregando o livro no mercado literário de maneira tão positiva. Quanto carinho em tão pouco tempo!

Blogueiros, desde já, o apoio de vocês certamente envolverá *Sonhei que Amava Você* com brilhinhos estelares! Passo madrugadas namorando os textos, apresentando meus livros e carreira nos blogs literários.

Amigos e família, vocês sabem quem são, estão aqui comigo por toda a paz, carinho e certezas que trazem diariamente para a minha vida. Me sinto amada por cada um! Essa sensação habita meu pensamento e influencia minha vontade de ser alguém de bem todos os dias. Obrigada, minha irmã Shelly Luciano, pela revisão das letras das músicas no livro. Leandra do Nascimento, minha amiga desde a adolescência, espero que goste da homenagem.

Meus leitores, vocês são o grande motivo deste livro existir e os maiores responsáveis por me fazerem chegar até aqui, me envolvendo com amor e afeto no sentido mais puro. Tenho dado o meu melhor para emocionar e surpreender cada um de vocês. Fica aqui meu sentimento sincero por terem me encontrado em algum momento nessa caminhada e tido vontade de me acompanhar. Tudo hoje tem mais graça com vocês por perto.

Obrigadíssima para o Céu por ter conspirado para este livro ser lançado exatamente como desejei.

Um livro é escrito para recontar o mundo em pequenos e grandes universos. Entrego *Sonhei que Amava Você* muito entusiasmada, desejando que traga reflexões, diversão e boa companhia.

Sobre a Autora

Sou escritora, atriz, jornalista e perdidamente apaixonada por livros. Já trabalhei na televisão, em novelas como *Uga-Uga*, *Senhora do Destino*, *Laços de Família* e *Caminhos do Coração*. Participei de vários episódios do *Linha Direta* e até andei no táxi do Agostinho, de *A Grande Família*. Fui repórter de TV e fiz curso de roteiro nos Estados Unidos.

Escrevi a biografia *Fernanda Vogel na Passarela da Vida*, e as ficções *Novela de Poemas*, *Sou Toda Errada*, *Garota Replay* e *Claro que Te Amo!* Hoje sei que já não posso mais viver sem encontrar leitores, gravar vídeos para o meu canal no Youtube e viajar pelo Brasil divulgando minhas histórias. Adoooro chocolate, bater papo, animais, moda, música, praia, escrever segredos de madrugada...

Acredito que o impossível existe, assim como sorrir tem poderes mágicos. Várias vezes sou reconhecida como "a divertida escritora que já foi até no *Programa do Jô*".

Sonhei que Amava Você é o primeiro de muitos livros na editora Valentina.

SEJAM SEMPRE FELIZES!!!

Ah, quero ver todo mundo lá nas minhas redes sociais, tá?

www.tammyluciano.com.br
www.twitter.com/tammyluciano
www.facebook.com/tammylucianooficial
www.instagram.com/tammyluciano
www.youtube.com/tammyluciano
www.skoob.com.br